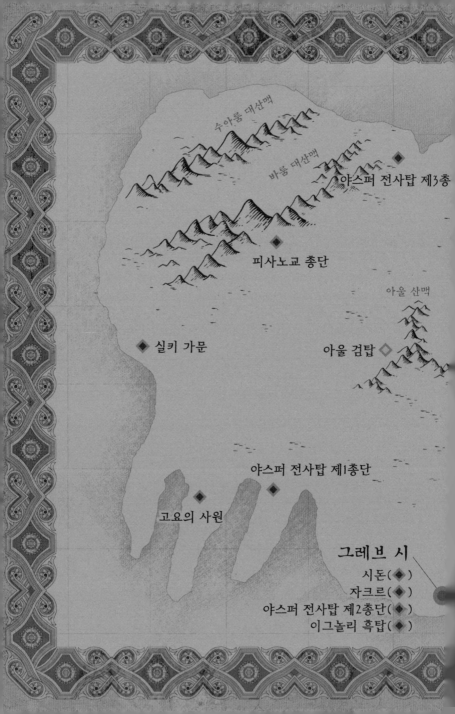

추이타 북산맥

추이타 대초원

추이타 남산맥

피요르드 시
쿠퍼 가문(◇)
은화 반 닢 기사단(◇)
모레툼 교황청(◇)

과이올라 시

솔노크 시

솔 강

더듐 시
퍼 마탑(◇)

원시림

라폴리움 시
라폴 도서관(◇)

트루게이스 시

뉴브로도 시
아바니 가문(◆)
수의 사원(◆)

◇ 백 진영
◆ 흑 진영
◈ 중립 진영
⬤ 도시

언노운월드 대륙 전도

ETAN 이탄

ORIGINAL FANTASY STORY & ADVENTURE

쥬논 판타지 장편소설

dream
books
드림북스

이탄 16 세 번째 언령의 벽

초판 1쇄 인쇄 2021년 12월 9일
초판 1쇄 발행 2021년 12월 24일

지은이 쥬논
발행인 오영배
편집 편집부
일러스트 필연
표지 · 본문 디자인 오정인
제작 조하늬

펴낸곳 (주)삼양출판사 · 드림북스
주소 서울시 강북구 도봉로 173
대표 전화 02-980-2112 **팩스** 02-983-0660
편집부 전화 02-987-9393 **팩스** 02-980-2115
블로그 blog.naver.com/dreambookss
출판등록 1999년 3월 11일 제9-00046호

ⓒ 쥬논, 2021

ISBN 979-11-283-7114-1 (04810) / 979-11-283-9990-9 (세트)

드림북스는 (주)삼양출판사의 판타지 · 무협 문학 브랜드입니다.

목차

부제: 언데드지만 신전에서 일합니다

사대신수

『성혈의 바하문트』

—신수: 날개 달린 사자

—상징: 공포

—속성: 흙(土), 피(血)

『불과 어둠의 지배자 샤피로』

—신수: 광기의 매

—상징: 탐욕

—속성: 불(火), 어둠(暗), 나무(木)

『포식자 하라간』

—신수: 투명 마수

—상징: 타락, 나태

—속성: 얼음(氷), 균(菌), 물(水)

『둠 블러드 이탄』

—신수: 냉혹의 뱀

—상징: 파멸

—속성: 금속(金), 빛(光)

발췌문

나 코후엠.

위대한 선조 나라카 님의 혈통을 이어받아 외계 성역을 활보하고 다닌 지 어언 250년.

이제 나도 제법 머리가 굵어졌으니 내우주에 한번 들어가 볼 때가 된 게 아닌가 싶다.

들리는 바에 따르면 내우주의 생명체들은 참으로 하찮기 그지없다고 한다. 약하고, 비굴하고, 또한 어리석고…….

그나마 코뿔소 일족이나 표범 일족, 문어 일족, 외눈박이 일족, 그리고 원숭이 일족은 좀 봐줄 만하다던가?

그래 봤자 위대한 리종의 혈통에 비하면 비루하고 또 비루할 뿐이리라.

외계 성역과 내우주를 통틀어서 우리 리종 일족과 견줄 수 있는 상대는 오로지 닉스의 뱀 혈통과 부이부의 도마뱀 혈통뿐.

이제 나 코후엠은 내우주로 들어가 리종의 위대함을 떨쳐 보일 것이다. 그러니 리종의 충실한 종 크라포여, 내우주에 꽃길을 깔아 나를 맞을 준비를 해놓아라.

—이탄에게 된통 쳐맞기 5년 전, 리종 일족의 코후엠이 외계 성역의 어느 암석에 손톱으로 끄적거린 내용 가운데 발췌

제1화
비번 일족의 공격

Chapter 1

9월 26일은 흐나흐 일족 축제의 마지막 날이었다. 오래전 흐나흐 일족의 전성기를 이끌었던 여우왕이 탄생한 9월 17일을 중심으로 장장 19일에 걸쳐서 개최되었던 긴 축제도 이제 마지막을 향해 치달리고 있었다.

이탄은 축제의 마지막 날을 숙소에 처박혀서 조용히 보냈다.

시장에서 살 만한 재료들은 이미 이탄이 확보해놓은 상황이었다. 지난 며칠간 이탄은 축제 구경도 실컷 하였다.

이탄은 이만하면 되었다고 판단했다. 더는 밖에 나가고 싶지 않았다.

"돌아다녀봤자 더 볼 것도 없어."

이탄은 하루 종일 숙소 밖에 얼굴을 내밀지 않았다. 그저 방 안에만 콕 처박혔다.

[끼요오오옵. 요런 고얀 놈. 그동안 나를 잠재워놓고 잘 도 싸돌아다니더니, 이렇게 깨운 것을 보니 또 뭔가 부려먹 으려고 하는구나.]

이탄의 의식 속에서 아나테마의 악령이 불평을 폭포수처 럼 쏟아놓았다.

이탄은 아나테마를 살살 구슬렸다.

'어이구, 영감. 뭔 말을 그렇게 섭섭하게 하쇼? 그동안 영감이 저주마법을 해석하느라 피곤한 것 같아 좀 쉬도록 해드렸건만. 쯧쯧쯧. 그런 내 마음도 몰라주고. 쯧쯧쯧쯧.'

[배려? 끼요옵. 배려? 요런 사악한 놈아, 그게 무슨 배려 냣? 끼요옥.]

이탄의 뻔뻔함에 아나테마의 악령이 뒷목을 잡았다.

이탄도 나름 민망했는지 헛기침으로 뭉갰다.

'어험험. 그건 뭐 그렇다 치고. 영감의 지혜가 필요한 일 이 또 생겼지 뭐요. 험험험.'

[끼요옵. 내 이럴 줄 알았다. 이럴 줄 알았어. 그럼 그렇 지. 네 녀석이 또 부려먹을 일이 생겼으니까 나를 깨웠을 테지. 끼요오오옵.]

'하하하. 역시 고대 문명의 지성답게 영민하시구려. 아 하하하.'

이탄은 능구렁이처럼 능글맞게 웃었다.

아나테마가 펄쩍펄쩍 뛰었다.

[끼요오오옵. 요런 나쁜 놈. 요런 못돼 처먹은 놈. 고대 의 악마사원에도 너처럼 치사하고 사악한 악당은 없었느니 라. 끼요오옥.]

'자자자, 아나테마 영감. 흥분 좀 가라앉히쇼. 내가 영 감이 심심할까 봐 일거리를 하나 받아왔지 뭐요. 이것 또한 그릇된 차원의 저주마법인데, 솔직히 영감도 이런 것에 관 심이 많지 않소?'

이탄이 은근히 운을 떼었다.

[닥쳐라. 안 한다.]

아나테마가 휙 돌아섰다.

이탄이 눈을 동그랗게 떴다.

'진짜로? 그릇된 차원의 저주마법인데 보고 싶지 않다 고?'

[안 본다니까.]

'허어어, 진짜? 역대 악마사원의 흑마법사들 가운데 저 주마법 해석의 제1인자라고 그렇게 자랑을 해대더니 이런 것 하나 해석할 자신이 없는 거요?'

이탄은 일부러 아나테마를 살살 긁었다.

아나테마는 이탄의 도발에 호락호락 넘어오지 않았다.

[흥! 마음대로 생각해라. 전에는 네놈의 그 교활한 말빨에 넘어갔을지 몰라도 이젠 더 이상 안 속는다. 네놈이 뭐라고 지껄여도 나는 안 해.]

이탄도 더는 구차하게 아나테마를 붙잡지 않았다.

'그럼 관두시구려.'

[뭣이?]

아나테마가 찔끔했다.

이탄은 어깨를 으쓱했다.

'영감이 싫다는데 굳이 내가 영감에게 일감을 맡길 이유가 없지. 어차피 이 저주마법은 그릇된 차원의 지식이 아니겠소? 찾아보면 영감 말고도 이 저주마법을 해석할 자가 또 있을 테지.'

[흥. 나 말고 누가 그 어려운 마법을 해석하겠느냐. 그릇된 차원을 탈탈 털어봐라. 나만 한 지성인이 또 나타나나. 흥! 흥! 흥!]

아나테마의 악령이 연신 콧방귀를 뀌었다.

이탄은 그 말에는 대꾸도 않고 영혼의 힘을 일으켜서 아나테마의 악령을 압박했다.

아나테마는 갑자기 쏟아지는 졸음에 화들짝 놀랐다.

[끼요옵. 네놈. 지금 뭘 하는 수작이더냣?]

'수작은 무슨. 영감이 일을 하지 않겠다니 별 수 없잖소. 영감이 푹 쉴 수 있도록 잠재워드리려는 거요.'

[끼요오옥. 이 무슨 황망한 소리더냐. 그동안 그렇게 나를 재웠으면 되었지, 또 재우겠다고? 나도 그릇된 차원이 궁금하단 말이닷. 나도 이 세계를 보고 싶고, 또 알고 싶다고. 끼요오오오올.]

아나테마가 펄쩍펄쩍 뛰었다.

이탄은 능청을 떨었다.

'뭐요? 그릇된 차원이 궁금하다고? 그게 참말이오? 한데 조금 전에 내가 영감에게 이곳 세상의 뛰어난 마법을 경험해볼 기회를 주겠다고 했더니 그건 싫다며.'

[야! 그건 네놈이 나를 공짜로 부려먹으려고 하니까 기분이 더러워서 한 소리지.]

'공짜로 부려먹다니? 무슨 그런 섭섭한 말을 하는 거요. 이건 내가 영감에게 은혜를 베풀어서 영감이 새로운 지식을 접할 찬스를 주는 거잖소.'

[커헉!]

아나테마는 이탄의 뻔뻔함에 다시 한번 뒷목을 잡았다.

[뚫린 주둥아리라고 아무 말이나 지껄이냐? 네놈은 나를 새우잡이 배에 태워서 노예처럼 부려먹고서도 나에게 '새

우에 대해서 알 기회를 주었으니 감사해라.' 라고 주장할 사악한 놈이니라.]

'흐으음. 새우잡이 배라. 그것도 나름 괜찮은 아이디어인걸.'

이탄은 손에 턱을 괴고 진지하게 고민했다.

아나테마가 자지러졌다.

[뭐뭣? 설마 나를 진짜로 새우잡이 배에 태우겠다고? 아니, 나는 육체도 없이 혼백만 남았는데 이게 뭔 소리야? 어엉? 엉?]

제아무리 이탄이 막무가내라고 하여도, 혼백만 남은 아나테마를 새우잡이 배에 노예로 팔아치울 방법은 없었다.

아나테마는 이 사실을 잘 알면서도 겁이 덜컥 났다. 이탄은 아나테마의 머리로는 도저히 이해가 되지 않는 괴물이기 때문이었다.

'이놈은 내 상식을 벗어난 기괴한 존재야. 이놈이 진짜로 뭔 짓을 벌일지 모른다고. 예를 들어서 내 혼백을 강제로 추출하여 미개한 자의 몸속에 가둬놓은 다음, 그 미개한 자를 새우잡이 배에 팔아치울지도 몰라. 끼요오옵.'

아나테마의 악령은 불현듯 오한이 감도는 것을 느꼈다.

Chapter 2

그러는 동안에도 이탄은 계속해서 무언가를 골똘히 고민하였다. 아무래도 그 고민은 새우잡이 배와 관련이 있는 듯했다.

아나테마가 갑자기 태도를 바꿨다.

[에헤헴. 좋다.]

'뭐가 좋다는 거요?'

이탄의 물음에 아나테마는 선심을 쓰듯이 대답했다.

[그 저주마법이라는 거, 이리 줘봐라. 내가 한번 해석을 해보마.]

'오오오, 진짜로? 왜 갑자기 마음이 바뀐 거요?'

이탄이 시치미를 뚝 떼고 물었다.

아나테마는 열이 팍 뻗쳤으나, 가까스로 분노를 다스렸다.

[그냥. 내 맘이다.]

아무렇지도 않게 대답하려고 해도 아나테마의 뇌파는 어쩔 수 없이 바들바들 떨려 나왔다.

'후후훗.'

이탄은 속으로 피식 웃었다.

축제가 끝이 났다.

각 종족에서 파견 나왔던 축하사절단들은 각자의 고향으로 복귀했다. 이탄도 흐나흐 여왕이 다스리는 수도를 떠나서 샤룬, 샤론 남매의 별궁으로 돌아왔다.

여왕과 마그리드는 이탄이 곧장 떠나겠다고 하자 무척 아쉬워했다.

반면 샤론은 뛸 듯이 기뻐서 입꼬리를 연신 씰룩거렸다.

그로부터 한 달이 훌쩍 지났다.

아나테마의 악령은 지난 30일간 머리를 싸맨 끝에 저주 마법의 해석을 간신히 끝마쳤다. 이탄은 기다렸다는 듯이 해석 결과를 의뢰인에게 보냈고, 의뢰인은 이탄에게 구아로 일족의 최상급 이빨을 대가로 지불했다.

덕분에 이탄이 보유한 구아로 일족의 최상급 이빨은 총 6개로 늘어났다.

"차원이동 통로를 제작하는 데 필요한 최상급 이빨이 10개니까 이제 4개만 더 구하면 되겠구나. 하하하."

이탄은 새로 손에 넣은 구아로 일족의 이빨을 아공간 박스 속 첫 번째 슬롯에 잘 넣어두었다.

그즈음 마그리드에게 골치 아픈 일이 발생했다.

아니, 엄밀하게 말해서 마그리드가 아니라 그녀 휘하의 세골 가문에 발생한 사건이었다.

이번 축제에서 세골은 비번 일족의 고르돈과 치열한 접전을 벌였다.

비번은 원래 불을 다루는 데 능숙한 일족이었다. 그곳의 귀족인 고르돈은 용암으로 신체를 변형하여 세골과 싸우다가 수세에 몰리자 부정 차원의 악마종까지 소환하여 승리를 쟁취하려 들었다.

세골의 검술이 제아무리 높다고 하더라도 부정 차원의 악마까지 감당할 수는 없는 일.

결국 세골은 크게 다치거나 혹은 죽을 판국이었다.

바로 그 순간에 이탄이 개입했다. 이탄이 북극의 별 마법을 발휘하자 붉은 눈알처럼 생긴 악마종은 그대로 이탄에게 흡수를 당해버렸다.

믿었던 패가 사라지자 고르돈이 당황했다. 결국 고르돈은 세골의 검에 죽었는데, 문제는 고르돈의 신분이었다. 고르돈은 단순한 귀족이 아니라 장차 비번 일족을 물려받을지도 모르는 후계 순위권자였다.

비번 일족의 최상층부가 이번 일에 크게 진노했다. 비번 일족이 키워낸 불의 몬스터들이 일제히 세골 가문을 향해 움직였다. 그들은 세골 가문이 다스리는 행성을 급습하여 수천 도가 넘는 불구덩이로 만들어버렸다. 이어서 세골 가문의 또 다른 행성도 덮쳐서 용암천지로 바꿔 버렸다.

당연히 흐나흐 일족도 가만히 있지 않았다. 흐나흐 여왕은 우선 비번 일족에게 정식으로 항의해 보았다.

한데 말이 통하지 않았다.

전선은 나날이 확대되었다. 결국 흐나흐 여왕도 본격적으로 비번 일족과 맞붙을 결심을 할 수밖에 없었다.

[마그리드, 이건 그대와 관계된 일이니 직접 나서서 사태를 수습하는 게 좋겠어요.]

흐나흐 여왕이 마그리드에게 전쟁의 책임을 떠맡겼다.

마그리드도 이 책임을 회피할 수는 없었다. 마그리드는 즉시 일곱 흉성들을 소집하여 전쟁을 준비했다. 다른 한편으로 이탄에게도 은밀히 접촉하였다.

이탄과 마주하던 날, 마그리드는 크리스털 화면 안에서 분통을 터뜨렸다.

[이탄 님, 이상이 지난 한 달 동안 세골 가문에 벌어진 일이랍니다. 휴우우우. 신성한 격투의 결과를 가지고 이렇게 막무가내로 보복공격을 하다니, 정말 비번 녀석들은 상종 못 할 종자들이지 뭐예요.]

[그런가?]

이탄의 반응은 심드렁했다. 그는 크리스털 화면 속의 마그리드를 멀뚱멀뚱 바라보기만 하였다. 게다가 이탄은 어느 틈엔가 마그리드에게 하대를 하기 시작했다.

마그리드도 이탄의 하대를 자연스럽게 받아들였다. 마그리드가 이탄에게 다시 한번 애처로운 눈빛을 던졌다.

[그래서 말인데요, 이탄 님. 이탄 님께서 우리 세골 가주를 좀 도와주시면 안 될까요?]

[내가?]

이탄은 이게 무슨 개가 풀 뜯어먹는 소리냐는 듯이 마그리드를 쳐다보았다.

마그리드는 힘차게 고개를 주억거렸다.

[네. 이탄 님께서 좀 도와주세요.]

[흐으음.]

이탄의 표정은 긍정도 아니고 부정도 아니었다.

마그리드는 속이 바짝 탔다.

사실 마그리드의 입장에서 세골은 절대로 버릴 수 없는 부하였다. 그렇다고 해서 마그리드가 전력을 다해 비번 일족과 싸우기도 힘들었다. 비번은 결코 만만치 않았다. 그녀석들과 진짜로 맞붙었다가는 마그리드의 세력이 크게 상할 것이 뻔했다.

'그러면 샤룬, 샤론 남매에게 역전을 당할지도 모르지.'

이것이 바로 마그리드가 이탄에게 매달리는 진짜 이유였다.

마그리드는 일곱 흉성 가운데 한 명인 피우림을 통해서 이탄에게 크리스털 판을 남몰래 전달한 뒤, 이탄에게 도움을 청했는데, 그 이유는 바로 그녀의 세력을 온전히 보존하기 위함이었다.

이탄은 짧은 고민 끝에 고개를 다시 들었다.

[대가는?]

이탄은 아무런 대가도 없이 움직일 만큼 마음씨 좋은 언데드가 아니었다.

'마침 재료의 일부가 부족했는데 잘 되었지 뭐야. 이참에 부족한 재료를 좀 더 채울 수 있을 거야.'

이탄은 엉큼한 속셈으로 마그리드를 떠보았다.

Chapter 3

마그리드가 당장 반색했다.

[대가 말씀이신가요? 당연히 이탄 님께서 도와주시기만 하신다면 제가 크게 사례를 해야죠. 어디 저뿐이겠어요? 세골 가문에서도 이탄 님께 사례를 할 겁니다.]

이건 이탄이 바라는 대답이 아니었다. 이탄은 두루뭉술한 답변을 싫어했다.

[그러니까 대가는?]

[대, 대가요?]

마그리드가 당황했다.

'이탄 님이 씨클롭의 초강자들을 물리쳐준 대가로 무엇을 받았지? 전공 점수? 아니면 보물? 마법 무기? 아니면 상급 음혼석을 한 꾸러미쯤 받았을까?'

마그리드는 빠르게 머리를 굴렸다.

상대가 머뭇거리자 이탄은 크리스털 판을 소파에 휙 집어던졌다.

[앗! 이탄 님. 죄송해요. 제발 대화를 끊지 마세요.]

마그리드가 뾰족하게 외쳤다. 마그리드는 생각나는 대로 읊조렸다.

[전공 점수. 일단 제가 이탄 님께 전공 점수를 10,000점쯤 드릴 수 있어요.]

[음.]

이탄의 심기가 불편해 보이자 마그리드가 재빨리 뇌파를 이었다.

[상급 음혼석도 제공이 가능하고요. 또한 제가 몇 가지 보물이나 광물, 그리고 희귀한 재료들도 가지고 있는데 이탄 님께서 뭘 원하시는지 모르겠네요. 그러니까 이렇게 하면 어떨까요? 이탄 님께서 대가로 받고 싶으신 것을 말씀해

보세요. 제가 해결할 수 있는 것이라면 꼭 구해드릴게요.]

드디어 이탄이 원하던 이야기가 나왔다.

'옳거니.'

이탄은 속으로 쾌재를 불렀다.

마그리드가 다시 한번 이탄의 의향을 물었다.

[이탄 님, 뭘 원하시나요?]

이탄은 곧바로 목록을 불렀다.

[리노 일족의 최상급 뿔이나 비늘, 구아로 일족의 최상급 이빨이나 발톱, 토트 일족의 최상급 등껍질, 백금, 적린석. 이상 일곱 가지 재료라면 흥미가 있지.]

[에효오. 전부 다 구하기 힘든 재료들이네요. 하지만 마침 제게 리노 일족의 최상급 비늘과 구아로 일족의 최상급 발톱이 좀 있어요. 토트 일족의 최상급 등껍질과 백금도 가지고 있고요.]

[수량은?]

마그리드가 난색을 표명했다.

[죄송해요, 이탄 님. 워낙 귀한 재료들이라 수량이 많지는 않답니다. 리노 일족의 최상급 비늘은 10개 정도 있고요, 구아로 일족의 최상급 발톱도 그 정도가 있어요. 토트의 등껍질은 최상급으로 20개 정도 가졌고요. 대신 백금은 꽤 많죠. 그런데 이런 재료보다 상급 음혼석이 더 쓰기 편

하실 텐데요.]

　마그리드는 애써 모은 최상급 재료들보다 상급 음혼석으로 값을 치르기를 원했다.

　'리노의 최상급 비늘이나 토트의 최상급 등껍질은 특별한 마법 방어구를 제작하려고 아껴둔 것들인데. 게다가 나에게는 구아로의 발톱도 꼭 필요하다고. 하아아.'

　마그리드는 어떻게든 최상급 재료를 내놓지 않고 싶었다.

　하지만 이탄의 태도가 워낙 완강했다.

　[상급 음혼석은 나도 충분하니까 그걸 대가라고 칠 수는 없겠지. 리노의 비늘 4개, 구아로의 발톱 2개, 토트의 등껍질 2개, 백금 1,100 킬로그램. 내가 필요한 수량은 이 만큼인데.]

　[악! 이탄 님, 그건 너무 가혹해요. 저도 정말 꼭 필요한 재료들이거든요.]

　마그리드가 발을 동동 굴렀다.

　이탄도 한 발 양보했다.

　[그럼 얼마만큼은 가능하지?]

　[으음. 으으음.]

　마그리드는 손가락을 입에 물고 한참을 망설이다가 조심스럽게 운을 떼었다.

　[리노 일족의 최상급 비늘 2개, 구아로 일족의 최상급 발톱 2개, 토트 일족의 최상급 등껍질 2개, 그리고 백금

1,100 킬로그램. 이 정도면 어떨까요?]

마그리드는 이탄이 퇴짜를 놓을까 봐 마음을 졸였다. 한데 이탄은 흔쾌히 그 제안을 받아들였다.

[좋아. 리노의 비늘, 구아로의 발톱, 그리고 토트의 등껍질 각각 2개씩. 모두 다 최상급으로. 거기에 더해서 백금 1,100 킬로그램. 이 제안을 받아들이지. 그럼 대가를 받는 대신 내가 뭘 해드릴까? 세골 가문으로 쳐들어왔다는 비번 일족을 물리쳐주면 되나?]

[네, 이탄 님. 침략자 놈들을 궤멸시켜주세요.]

마그리드가 두 주먹을 불끈 쥐었다.

이탄이 즉각 조건을 덧붙였다.

[조건이 몇 가지가 더 있는데.]

[뭔데요?]

[첫째, 전쟁이 벌어진 행성까지 이동하는 비용은 모두 그쪽에서 책임질 것. 둘째, 나를 어떤 전장에 투입해도 좋으나, 내가 상대할 적은 오로지 비번 일족으로 한정 지을 것. 셋째, 비번 일족을 해치우면서 내가 획득한 전리품은 오롯이 내 소유로 인정할 것. 마지막으로 넷째, 내가 참전하는 기한은 앞으로 딱 30일 뿐. 이상이 조건이야.]

마그리드가 눈을 찌푸렸다.

[이탄 님, 첫 번째와 두 번째, 그리고 세 번째 조건은 받

아들일 수 있어요. 하지만 네 번째는 곤란해요. 만약 비번 일족과 전쟁이 30일 안에 끝나지 않으면 어떻게 하죠? 그 후에도 이탄 님의 도움이 필요할 수 있잖아요.]

[그때는 새로운 대가를 제공해야지. 그게 합당한 것 아닌 가?]

이탄은 당연하다는 듯이 반문했다.

'뭐 이런 날강도 같은 조건이 다 있어?'

마그리드는 내심 기가 막혔다. 하지만 협상에서는 아쉬운 쪽이 숙이고 들어가는 수밖에 없었다.

그렇게 이야기가 마무리되려 할 때였다. 이탄이 한 가지를 덧붙였다.

[만약에 전쟁이 일찍 끝나면? 예를 들어서 내가 참전한 지 일주일 이내에 전쟁이 마무리되면? 그럼 보너스가 있어야지.]

[네에에? 보너스요?]

이탄은 샤론에게 대놓고 보너스를 달라고 요구했다.

마그리드는 머리에서 김이 모락모락 솟구치는 기분이었다.

그래도 어쩔 수 없었다. 이탄의 도움 없이 비번 일족과 전쟁을 치렀다가는 마그리드의 세력이 상당히 깎일 수밖에 없는 상황이었다.

'하아아. 제기랄.'

마그리드는 부글부글 끓어오르는 속을 억지로 가라앉혔
다.

하지만 곰곰이 생각해보니 마그리드에게 꼭 나쁜 조건만
은 아니었다.

'비번 일족과의 전쟁이 고작 일주일 만에 끝날 가능성은
없겠지?'

마그리드는 이렇게 믿었다.

Chapter 4

속이 불편한 이는 마그리드만이 아니었다. 이탄이 세골
가문을 돕겠다고 나서자 샤론의 속도 새까맣게 타들어갔다.

샤론은 이번 기회에 세골 가문이 뚝 부러지기를 원했다.
한 발 더 나가서 마그리드의 부하들도 비번 일족과 싸워서
장렬하게 산화하기를 기도했다.

한데 이탄이 샤론의 희망에 재를 뿌렸다.

[이탄 님, 비번 녀석들은 정말 집요하고 귀찮은 종족이거
든요. 물론 이탄 님의 무력이라면 비번 녀석들을 손쉽게 해
치울 수 있을 테지만요, 그래도 너무 귀찮잖아요. 어차피
마그리드가 알아서 전쟁을 마무리 지을 텐데 굳이 이탄 님

까지 나설 필요가 있을까요?]

샤론이 진심을 다해 이탄을 만류했다. 그녀가 고개를 좌우로 흔들 때마다 도넛 모양으로 동그랗게 틀어 올린 그녀의 머리채가 출렁출렁 흔들렸다.

애교가 절로 묻어나는 샤론의 행동에도 불구하고 이탄은 눈 하나 깜짝하지 않았다.

[어허.]

오히려 이탄이 샤론에게 눈을 부라렸다.

[히잉.]

샤론이 찔끔하여 울상만 지었다.

이탄은 이미 결심을 굳혔다. 마그리드로부터 선불도 받아놓았겠다, 이참에 이탄은 비번 일족을 탈탈 털어서 필요한 재료들을 최대한 채워볼 요량이었다. 그러니 샤론의 만류가 이탄의 귀에 들어올 리 없었다.

다음 날 아침.

사내 2명이 별궁 앞으로 이탄을 찾아왔다. 이들은 이탄을 전쟁터로 안내하기 위해서 마그리드가 급하게 파견한 자들이었다.

그중 한 명은 사람의 몸에 여우의 머리를 가진 사내였는데, 세골과 꽤 닮아 있었다.

실제로 이 사내는 세골의 여러 자식들 가운데 한 명으로, 이름은 푸이라고 했다.

[이탄 님, 제가 모시겠습니다.]

푸이가 이탄에게 꾸벅 고개를 숙였다.

푸이는 서글서글하고 붙임성이 좋았다.

이탄이 머리를 끄덕여 푸이의 안내를 받았다. 이탄은 이미 전쟁터로 출전할 준비를 마친 상태였다.

푸이의 곁에는 회색빛 피부에 음침하게 생긴 노인이 뒷짐을 지고 서 있었는데, 이 노인이 바로 마그리드 휘하 일곱 흉성 가운데 한 명인 두쿰이었다.

두쿰은 유난히 눈빛이 날카롭고 눈 밑에 짙은 다크서클이 끼어 있는 모습이었다. 키는 중간 정도에 손이 큼지막한 것이 특징이라면 특징이었다.

'이 녀석이 외계성역에서 왔다는 초강자인가?'

두쿰이 이탄을 위아래로 훑어보았다. 이탄을 응시하는 두쿰의 눈빛은 상대를 꿰뚫어버릴 듯이 강렬했다.

반면 이탄은 매가리 없이 멀뚱멀뚱 두쿰을 바라보기만 하였다.

[두쿰 님.]

푸이가 중간에 끼어들어 두쿰을 말렸다.

[크흐흠.]

두쿰은 그제야 날카로운 눈빛을 거두었다.

푸이의 시선이 황급히 이탄에게로 향했다. 두쿰의 도발적인 행동 때문에 이탄이 화를 낼까 봐 걱정한 것.

한데 의외로 이탄은 무덤덤한 표정이었다.

'이탄 님이 무척 과격하다고 들었는데, 아닌가?'

푸이는 의아함을 속으로 감추고는 서둘러 용건을 뱉었다.

[이탄 님, 가주님께서 계신 곳으로 안내하겠습니다.]

딱!

푸이가 손가락을 튕기자 붉은 털을 가진 긴 허리 여우가 휘리릭 나타나 바닥에 납죽 엎드렸다.

[가시죠.]

푸이와 두쿰은 여우의 앞쪽에 탔다. 반면 이탄은 적당히 떨어진 뒤쪽에 자리를 잡았다.

푸이의 신호가 떨어지기 무섭게 긴 허리 여우가 벼락처럼 빠른 속도로 내달리기 시작했다. 푸이가 부리는 긴 허리 여우는 눈 깜짝할 사이에 지하도시를 벗어나더니 흐나흐 일족의 수도로 향했다.

흐나흐의 수도 외곽에는 행성과 행성을 오가는 플래닛 게이트(Planet Gate: 행성의 문)가 설치되어 있었다.

푸이가 도착하자 플래닛 게이트를 지키는 병사들이 즉각 길을 터주었다. 긴 허리 여우는 게이트 바로 앞쪽에 푸이 일행을 내려주었다.

푸이가 이탄을 돌아보았다.

[플래닛 게이트의 출구를 미리 목적지에 연결해 두었습니다. 이탄 님, 바로 출발하시면 됩니다.]

이렇게 뇌파를 보낸 뒤, 푸이가 먼저 플래닛 게이트 안으로 들어갔다. 이어서 이탄이 게이트에 발을 디뎠다. 두쿰은 이탄의 등을 떠밀기라도 하는 것처럼 가장 뒤에서 플래닛 게이트에 올라탔다.

갑자기 날씨 변화가 나타났다.

쩌저적! 쩌저적! 쩌저저저적!

도시의 상공에는 수십 가닥의 붉은 벼락이 내리쳤다.

흐나흐 일족의 도시들은 지하에 세워져 있기에 구름이 낀다거나 벼락이 치는 것은 말이 되지 않았다.

그래도 어쩌겠는가. 실제로 허공에서 붉은 벼락이 마구 쏟아져 플래닛 게이트를 구성하는 커다란 스톤들을 활성화시켰다.

스톤과 스톤 사이에서 붉은 벼락이 거칠게 날뛰었다. 그렇게 모인 벼락들이 이윽고 중앙 스톤으로 몰려들었다.

번쩍!

중앙의 스톤으로부터 엄청난 광휘가 폭발했다. 푸이와 이탄, 두쿰은 그 자리에서 감쪽같이 사라졌다.

HMS―9번 행성의 어느 산꼭대기.

후옹!

검푸른 대지로부터 푸른빛이 폭발적으로 솟구쳐 올랐다.

그 빛 속에서 3명이 모습을 드러내었다. 흐나흐 일족 수도에서 날아온 이탄 일행이었다.

[푸이 님, 오셨습니까?]

여우머리에 푸른 투구를 쓴 흐나흐 족 전사가 오른 주먹을 왼쪽 가슴에 붙이고 절도 있게 고개를 숙였다.

Chapter 5

푸이가 전사들 앞으로 한 발 내디뎠다.

[마그리드 님의 명을 받들어 이탄 님과 두쿰 님을 모시고 왔느니라. 아버님은 어디에 계시느냐?]

푸른 투구의 전사는 산 아래로 감겨드는 오솔길을 가리켰다.

[가주님께서는 산 중턱에 세워진 임시지휘본부에 계십니다. 푸이 님, 어서 가시지요.]

[오냐.]

푸이가 옷자락을 펄럭이며 먼저 몸을 날렸다.

두쿰은 이탄을 한 번 힐끗 보더니, 플라잉(Flying: 비행) 마법으로 낮게 떠올라 푸이의 뒤를 쫓았다.

　이탄도 곧바로 그들의 뒤에 따라붙었다.

　산이 꽤 높아 중턱까지 내려가는 데만도 한 시간이 넘게 걸렸다. 세골 가문의 임시지휘본부는 검푸른 벼랑 위에 세워져 있었다. 높이가 수 킬로미터나 되는 어마어마한 벼랑이었는데, 높이에 비해 폭이 좁았다. 하여 멀리서 보면 마치 산 중턱에 검푸른 검을 한 자루 거꾸로 꽂아놓은 것처럼 느껴졌다.

　[푸이 님, 오셨습니까?]

　[푸이 님을 뵙습니다.]

　푸이가 나타나자 임시지휘본부 주변을 에워싼 병력들이 일제히 오른 주먹을 왼쪽 가슴에 대고 군례를 표시했다.

　[음.]

　푸이는 고개를 끄덕여 전사들의 인사를 받았다. 그런 다음 전사들 사이를 가로질러 임시지휘본부의 중앙 건물로 발걸음을 옮겼다.

　이곳 중앙 건물은 통나무를 잘라서 뚝딱 지어놓은 곳으로, 2층에 불과하였으나 규모가 상당히 컸다. 건물 옆에는 20 미터 높이의 통나무 감시탑이 세워져 있어 먼 곳을 관찰하기에 좋았다.

푸이가 도착했다는 소리에 세골이 중앙 건물 밖까지 직접 마중을 나왔다.

엄밀하게 말해서 세골은 아들인 푸이 때문에 나온 것이 아니었다. 이탄과 두쿰을 마중하기 위해서 어려운 발걸음을 옮긴 것이었다.

[이탄 님. 먼 곳까지 귀한 걸음을 해주셨습니다. 얼마나 감사한지 모르겠습니다.]

세골이 엉덩이에 검을 매단 차림으로 이탄에게 인사를 했다.

이탄은 짧게 고개를 한 번 끄덕여 그 인사를 받았다.

이어서 세골은 두쿰에게도 반갑게 아는 체를 하였다.

[하하하. 두쿰 님, 오랜만에 뵙습니다.]

[세골 가주. 오랜만이오.]

두쿰도 옅은 미소로 세골의 인사에 답했다.

세골은 서둘러 이탄과 두쿰을 건물 안으로 안내했다.

[아, 참. 여기서 이럴 때가 아닙니다. 어서 안으로 드시지요. 두 분께 전황을 설명드리겠습니다.]

건물 안에는 직경이 30 미터나 되는 커다란 원형 탁자가 놓여 있었다. 탁자 둘레를 따라 세골 가문의 원로와 핵심인사들이 빙 둘러 자리했다.

다들 표정이 비장하였다.

탁자 앞쪽 벽에 걸린 커다란 크리스털 판에는 붉은 벌레와 푸른 벌레들이 깜빡깜빡 빛을 토하며 기어 다녔다.

[가주님.]

세골이 안으로 들어오자 가문의 원로들이 일제히 자리에서 일어났다.

세골은 손을 끄덕여서 원로들을 자리에 앉게 만든 다음, 이탄과 두쿰에게 탁자 중앙을 내주었다. 이어서 세골 자신도 이탄과 두쿰 사이에 앉았다.

푸이는 세골의 뒤쪽에 공손히 시립했다.

세골이 착석하자 회의가 재개되었다. 여우머리에 애꾸눈 사내가 크리스털 판 앞에 서서 발목을 척 붙였다. 한쪽 눈에 검은 안대를 찬 이 애꾸눈 귀족이 바로 푸이의 큰형이자 세골의 맏아들인 츄이였다.

세골이 츄이를 향해 고개를 끄덕였다.

[전황 보고를 시작하라.]

[넵. 가주님.]

츄이는 바짝 군기가 든 뇌파로 전황을 설명했다.

[우선 이틀 전의 상황부터 다시 보고를 올리겠습니다.]

츄이가 크리스털 판으로 손을 뻗자 붉은 벌레들이 좌라락 왼쪽 상단으로 몰려갔다. 푸른 벌레들은 크리스털 판 전체에 넓게 분포했다.

츄이는 손가락으로 붉고 푸른 벌레들을 가리켰다.

[여기 보이시는 푸른 벌레가 아군의 병력 배치를 나타냅니다. 그리고 왼쪽 귀퉁이의 붉은 벌레는 비번 놈들이라고 생각하시면 됩니다.]

'흐음. 설명 방법이 무척 참신하네.'

이탄은 벌레를 이용한 전황 설명 방법에 감탄했다.

그러는 동안 츄이의 뇌파가 계속되었다.

[이틀 전 오전 7시 무렵, 비번 놈들이 대규모로 병력을 보냈습니다. 이어서 오전 8시 20분경에 놈들의 첫 공격이 시작되었습니다.]

츄이의 설명에 따라 붉은 벌레들이 크리스털 판 왼쪽 상단에서 슬금슬금 퍼져서 영역을 넓혀갔다. 반대로 푸른 벌레들이 뒤로 밀려나는 양상이 전개되었다.

이탄은 눈으로 벌레들의 움직임을 보면서 츄이의 뇌파를 들었다.

[이틀 전 오후 3시 16분. 가문의 지원병력이 플래닛 게이트를 통해서 이곳 HMS—9번 행성으로 급파되었습니다. 그러자 비번 놈들의 진격이 주춤하여 이렇게 대치 상태가 이루어졌습니다.]

대형 크리스털 판에는 붉은 벌레와 푸른 벌레가 대각선으로 대치 상태를 이루며 치열하게 부딪치는 장면이 그려졌다.

한번 형성된 전선은 움찔움찔 움직이며 조금씩 변형되어 갔으나, 전선 자체가 와해되지는 않았다.

[이렇게 대치국면이 전개되고 있을 때 적의 주력들이 나타났습니다. 어제 새벽 2시 30분의 일입니다.]

크리스털 판에는 덩치가 유난히 큰 붉은 벌레 10여 마리가 나타나 단숨에 전선을 돌파했다. 한번 전선이 와해되자 푸른 벌레들은 붉은 벌레들에게 둘러싸여 빠르게 힘을 잃었다.

[제가 이곳 행성에 도착한 것이 어제 아침 6시입니다. 저는 전황이 불리하다 판단하여 아군 병력을 뒤로 물렸습니다.]

크리스털 판 위의 푸른 벌레들은 대치 상태를 포기하고 뒤로 물러나 오른쪽 하단에 집결했다. 푸른 벌레들은 그곳에서 여러 겹의 원형 방어진을 구축한 다음 숨을 골랐다.

덩치가 큰 붉은 벌레들이 앞장서서 푸른 벌레들을 공격했다. 그러는 와중에도 크리스털 판 왼쪽 상단에서는 붉은 벌레들이 끊임없이 충원되는 모습이었다.

[끄으응. 지독하구먼.]

[비번 녀석들이 아주 작정을 했어.]

가문의 원로들이 낮게 으르렁거렸다.

Chapter 6

츄이는 빠르게 다음 장면으로 넘어갔다.

[끝내 이곳 행성이 적들에게 점령을 당할 위기의 순간에 가문의 원로님들과 가주님께서 와주셨습니다. 이때가 어제 오후 1시 50분. 이 순간을 기점으로 아군 병력은 무너졌던 방어진을 다시 구축하고 적들을 이곳까지 몰아내었습니다.]

크리스털 판 구석에 몰렸던 푸른 벌레들이 다시 힘을 얻어 크리스털 판의 4분의 1 영역을 수복했다. 덩치가 큰 푸른 벌레들이 수십 마리나 등장하면서 이루어낸 성과였다.

어디 그뿐인가. 덩치 큰 푸른 벌레들 사이에는 유독 밝은 빛을 뿌리는 뿔 달린 벌레가 우뚝 서서 전장을 지휘했다.

푸른빛을 영롱하게 내뿜는 이 뿔 달린 벌레가 바로 세골 가주를 상징했다.

츄이가 자랑스럽게 외쳤다.

[가주님과 원로님들의 등장으로 인하여 아군은 다시 희망을 되찾았습니다. 그리곤 임시지휘본부를 중심으로 빼앗겼던 영토를 점차 수복해가고 있었습니다. 오늘 오전까지만 해도 이렇게 전세가 역전되나 싶었습니다. 그런데 정오 무렵에 적의 주력군단이 이곳 행성에 재차 상륙했습니다.]

츄이의 표정이 갑자기 어두워졌다.

원로들도 마찬가지였다.

[빌어먹을.]

심지어 세골 가주마저 낮게 욕설을 뱉었다.

다들 심각하게 지켜보는 가운데 크리스털 판 왼쪽 상단에는 지금까지 볼 수 없었던 뿔 달린 붉은 벌레가 나타났다. 또한 뿔 달린 붉은 벌레의 주변으로 덩치 큰 벌레들도 10여 마리가 더 늘어났다.

이 벌레들의 등장으로 인하여 전쟁 상황이 다시 역전되었다. 붉은 벌레들이 크리스털 판 전체를 뒤덮으며 해일처럼 밀려들었다. 푸른 벌레들은 연신 후퇴하며 좁은 지역에 똘똘 뭉쳤다. 그 주변을 붉은 벌레들이 빙 둘러쌌다.

[끄으응. 저렇게 밀렸구나.]

답답함을 느낀 원로들이 신음을 토했다.

세골도 손바닥으로 의자 팔걸이를 세차게 내리쳤다.

츄이가 입술을 꽉 깨물었다.

[크으윽. 송구하오나 이것이 이 시간 현황입니다. 아군은 이곳 산봉우리를 중심으로 다섯 겹의 방어막을 치고 버티는 중이며, 그 바깥쪽에는 비번 놈들의 병력이 속속 집결하고 있습니다. 아마도 한두 시간 내로 적들의 총공세가 예상됩니다.]

츄이의 뇌파에는 분노가 가득했다.

세골이 이탄과 두쿰을 돌아보았다.

[이탄 님, 두쿰 님, 심히 부끄럽습니다만 이것이 현재 저희 가문의 상황입니다. 게다가 비번 놈들은 이 행성에만 병력을 투입한 것이 아닙니다. 놈들은 총 4개의 행성에서 동시에 작전을 펼치고 있으며, 그 가운데 이 HMS—9번 행성의 사태가 가장 심각합니다.]

세골은 솔직하게 모든 것을 밝혔다.

[케헴. 전황이 썩 좋지는 않구려.]

두쿰이 사태의 심각성을 느꼈는지 눈매를 가늘게 좁혔다.

반면 이탄은 아무런 표정의 변화가 없었다.

잠시 후, 두쿰이 침묵을 깨고 세골에게 물었다.

[세골 가주, 그래서 내가 어떻게 힘을 썼으면 좋겠소?]

[츄이.]

세골이 맏아들에게 눈짓을 보냈다.

츄이는 즉각 크리스털 판의 오른쪽 하단부를 가리켰다. 그곳에는 푸른 벌레들이 다섯 겹의 동심원을 그리며 똘똘 뭉쳐 있었다.

츄이는 그중 한 방향을 지목했다.

[저희 가문이 구축한 동심원 방어진에는 120도 간격으로 3개의 축이 있습니다. 이 가운데 두쿰 님께서 3번 축을 맡아주실 것을 부탁드립니다.]

[음. 알겠네.]

두쿰이 순순히 고개를 주억거렸다.

[감사합니다, 두쿰 님.]

세골이 가문을 대표하여 두쿰에게 고마움을 표시했다.

이번에는 츄이의 손가락이 동심원의 또 다른 방향으로 향했다.

[이어서 이곳 2번 축은 이탄 님께 부탁을 드리고자 합니다.]

이탄은 말없이 고개만 끄덕였다.

[고맙습니다, 이탄 님.]

세골은 이탄에게도 감사의 뜻을 전했다.

두쿰이 불쑥 끼어들었다.

[나머지 1번 축은 세골 가주가 맡으시는가?]

[그렇습니다. 미흡하지만 제가 맡으려고 합니다.]

세골이 겸손하게 대답했다.

두쿰이 입매를 비쭉 비틀었다.

[클클. 미흡하기는 뭘. 세골 가주의 실력이라면 우리 일곱 흉성에 못지않지. 클클클.]

두쿰이 세골을 추켜세울 때였다. 둔중한 굉음과 함께 임시지휘본부가 우르르 뒤흔들렸다. 곧 이어서 뜨거운 열기가 확 몰아쳤다.

[설마 비번 놈들이 벌써?]

[이런 빌어먹을 족속들 같으니.]

원로들이 분분히 일어났다.

세골도 자리를 박찼다. 세골의 손에는 어느새 검의 손잡이가 쥐어져 있었다.

츄이가 재빨리 푸이에게 지시했다.

[푸이, 네가 이탄 님을 2번 축으로 모시고 가라. 두쿰 님은 내가 3번 축으로 안내하마.]

[네, 형님.]

푸이가 재빨리 츄이의 명에 따랐다.

세골을 비롯한 원로들은 이미 회의실을 박차고 나갔다. 이탄도 푸이를 따라서 2번 축을 향해 몸을 날렸다. 두쿰과 츄이는 3번 축을 향해 움직였다.

[이탄 님, 서두르셔야 합니다.]

푸이가 이탄을 재촉했다.

이탄은 말없이 푸이의 뒤에 따라붙었다. 이탄과 푸이는 임시지휘본부가 세워져 있는 깎아지른 절벽을 떠나 산을 빙 돌아 우회하였다.

이윽고 이탄의 눈앞에 탁 트인 평야가 나타났다.

이 일대 산 밑자락부터 중턱에 이르기까지는 흐나흐 병

력들이 다섯 겹의 동심원진을 구축하였다. 높은 곳에서 그 모습을 내려다보면, 파도를 막기 위해 다섯 겹의 방파제가 산봉우리를 둘러싼 것과 유사했다.

이탄이 높은 곳에서 아래를 내려다볼 때였다. 평야 저 멀리서는 붉은 갑옷을 걸친 적들이 등장했다.

적의 수가 어찌나 많았던지 광활한 평야가 이내 붉은 물결로 꽉 찼다.

Chapter 7

쿠구구궁!

비번 일족은 이 행성에 존재하는 모든 것을 쓸어버리려는 듯 거대한 쓰나미를 이루며 밀려들었다.

비번 일족의 진격에 대지가 우르르 흔들렸다. 그보다 한 발 앞서 뜨거운 열폭풍이 훅 끼쳐왔다.

저 거칠고 뜨거운 공세에 부딪치면 다섯 겹의 동심원진은 단숨에 와해될 것 같았다.

[아아, 놈들이 이렇게나 빨리 총공세를 시작하다니!]

푸이는 충격을 받았다.

후웅—.

이탄은 충격을 받아 몸이 굳어버린 푸이를 내버려둔 채 질풍처럼 산 아래로 질주했다.

[앗! 이탄 님.]

푸이가 황급히 이탄을 향해 손을 뻗었다.

그때는 이미 늦었다. 이탄은 이미 산비탈 아래로 내려간 상태였다.

이탄의 귀 옆에서 바람이 횡횡 소리를 내면서 지나갔다. 커다란 바위가 이탄의 눈앞으로 휙 다가왔다가 이탄의 등 뒤로 빠르게 멀어졌다. 이탄은 눈 깜짝할 사이에 가파른 산비탈을 따라 수 킬로미터를 내달렸다.

두근, 두근, 두근, 두근.

너른 평야를 꽉 채운 적들을 보자 이탄은 가슴이 세차게 뛰었다. 저 많은 적들을 다 때려죽일 생각을 하자 이탄의 (진)마력순환로 속을 흐르는 음차원의 마나가 거칠게 요동 쳤다. 똬리를 틀듯이 질주하는 음차원의 마나는 포악하기 짝이 없었다. 이탄의 입술 사이엔 새하얀 이빨이 으스스하게 드러났다.

[단숨에 부숴주마.]

이탄은 진짜로 웃고 있었다. 진심으로 즐거워하고 있었다.

이탄의 의식 저 밑바닥에 깔린 심연 속에서 파멸과 파괴의 본능이 크게 일어났다. 그 본능은 온 우주를 한 입에 집어삼키는 붉은 뱀과 같았다. 온 차원을 한 바퀴 휘감아 그대로 으깨버리는 뱀 말이다.

불쌍하게도 비번 일족은 지금 어떠한 존재가 눈을 떴는지 알지 못했다. 그들은 무지한 채로 평야를 가로질렀다.

비번 일족의 감각에 잡히는 것은 오로지 높은 산에 숨어서 잔뜩 긴장한 세골 가문의 가병들과, 그 가병들이 다섯 겹으로 구축한 동심원진뿐이었다.

[가라! 가서 모든 것을 불태워 버려라. 위대한 비번의 전사들이여.]

비번의 귀족이 우렁차게 뇌파를 터뜨렸다.

[크우워어어—.]

지휘관의 명을 들은 비번 전사들은 온몸에 사나운 투기를 휘감았다. 그 다음 전력으로 질주하여 흐나흐의 방어선을 덮쳤다.

너른 평야를 거침없이 질주하는 비번 일족의 모습은 성난 야생마를 보는 듯했다. 머리가 2개 달린 쌍두 야생마 말이다.

우두두두두—.

말발굽 소리가 요란하게 울렸다. 수십만, 수백만의 쌍두 야생마들은 뜨거운 콧김을 뿜으며 지축을 뒤흔들었다.

이것만으로도 충분히 위협적인데, 비번 일족의 공세는

여기서 그치지 않았다. 산에 가까워지자 쌍두 야생마의 몸에서 화염이 솟구친 것이다.

펑! 펑! 펑! 화르르르륵.

여러 야생마로부터 격발된 화염 덩어리들이 하나로 합쳐지면서 거대한 불의 해일이 산을 향해 밀려드는 듯한 광경이 연출되었다.

콰르르르르—.

활활 타오르는 화염의 해일 위로 뜨거운 열폭풍이 일어났다. 멀쩡하던 공기가 터지면서 펑! 펑! 펑! 굉음이 울렸다.

[으으으으읏.]

그 무시무시한 광경에 세골의 가병들이 잔뜩 긴장했다. 특히 맨 바깥쪽 1차 방어선에 배치된 흐나흐 전사들은 덜덜 떨리는 손으로 창대를 꽉 움켜잡았다. 흐나흐 전사들의 잇새로 가느다란 신음이 새어나왔다.

1차 방어선의 전사들만 긴장한 것이 아니었다. 2차 방어선에 배치된 로셰—랍 전사들도 온몸에 힘이 꽉 들어갔다.

드디어 전투가 시작되었다.

콰아앙!

시뻘건 화염의 해일은 세골 가문이 지키고 있는 산비탈을 강하게 후려쳤다. 넘실거리는 화염이 방파제를 타넘는 파도처럼 높이 솟구쳐서 흐나흐 전사들을 덮쳤다.

흐나흐 일족도 그냥 당하지 않았다. 그들은 화염의 해일에 맞서서 푸른빛이 감도는 마법의 방어막을 찬란하게 일으켰다.

화르르르륵!

화염의 해일이 방어막 표면을 타고 솟구쳤다. 주변의 온도가 초고온으로 치솟으면서 공기를 잔뜩 일그러뜨렸다.

[버텨라. 방어막이 뚫리면 안 된다. 이빨을 악물고 버텨야 해.]

흐나흐 일족 1차 방어선의 지휘관이 악을 썼다.

후옹! 후옹! 후옹! 후옹!

산비탈을 따라 설치된 중급 음혼석들이 일제히 빛을 발하며 마나를 내뿜었다. 흐나흐 전사들은 음혼석이 방출한 음차원의 마나를 체내로 끌어들인 다음, 그것으로 방어 마법진을 구현해내었다.

무려 수만 명의 흐나흐 전사들이 동원된 마법진이었다. 어지간한 공격으로는 이 마법진에 흠집 하나 내지 못해야 정상이었다.

하지만 비번 일족은 세골 가문의 가병들보다 숫자가 10배, 100배에 달했다. 수십만, 수백만 명이나 되는 비번 일족이 힘을 합치자 그 열기가 송곳처럼 대지를 뚫었다. 산비탈 내부로 파고들어 흙을 이글이글 녹였다.

치이익, 치이이이익.

멀쩡하던 땅에서 수증기가 마구 피어올랐다. 땅 속 깊은 곳의 지하수가 증발하면서 발생한 현상이었다.

이어서 흙이 벌겋게 달아올랐다. 흙은 용광로 속에 던져진 철괴처럼 달아오르더니 수천 도 이상의 열기를 뿜어내었다.

화르륵!

흐나흐 전사들의 신발에 불이 붙었다.

[앗 뜨거.]

[크악. 내 발에 불이 붙었어.]

흐나흐 전사들이 펄쩍 뛰었다. 전사들의 정신이 흐트러지자 마법의 방어막이 우르르 흔들렸다.

Chapter 8

그 순간에도 방어막 바깥쪽에선 화염의 해일이 연속해서 밀려와 마법의 방어막을 세차게 때렸다.

[버텨! 정신력으로 버티란 말이닷. 너희가 무너지면 너희의 가족들이 다 죽는다.]

1차 방어선의 지휘관이 악을 썼다.

[끄으으으윽.]

흐나흐 전사들은 신발이 녹아 맨발로 뜨거운 불판 위에 올라선 꼴을 하고서도 끝까지 버텼다. 전사들의 발바닥에서 허연 연기가 쉴 새 없이 피어올랐다.

흐나흐 일족 마법 전사들이 물을 소환하여 땅바닥을 식히려 들었다. 하지만 비번 일족이 뿜어내는 열기가 워낙 대단하여 뜻대로 되지 않았다. 소환된 물은 그 즉시 증발해버렸다.

[크악.]

마침내 흐나흐 전사 가운데 한 명이 바닥에 쓰러졌다.

화르르르륵!

벌겋게 달아오른 흙에 닿자마자 전사의 온몸에서 불길이 치솟았다.

[아아악, 나 좀 살려줘. 아아악.]

전사가 데굴데굴 굴렀다.

그럴수록 더욱 거센 화염이 솟구쳐서 흐나흐 전사를 집어삼켰다.

주변의 동료들이 전사를 일으켜 세우려고 몰려들었다. 그러면서 마법 방어막 한 귀퉁이에 공백이 생겼다.

그 즉시 화염의 해일이 밀려들어 왔다. 화염은 마치 드래곤의 브레스처럼 쏟아져 흐나흐 전사 수십 명을 순식간에 불태웠다.

[이런 바보 새끼들. 제자리를 지켜라. 동료가 쓰러져도 흔들리지 말고 각자의 자리를 지키란 말이다.]

지휘관이 버럭 뇌파를 질렀다.

[넵.]

흐나흐 전사들은 다시금 이를 악물고 뚫린 방어막을 다시 메꿨다.

살짝 틈이 벌어졌던 마법 방어막이 다시 제자리로 돌아오면서 비번 일족의 해일은 산비탈로 파고들지 못했다.

그렇다고 해서 흐나흐 일족이 안심할 때는 아니었다. 이 순간에도 산비탈은 점점 더 벌겋게 달아오르는 중이었다. 바위가 붉은 빛을 띠었다. 흙이 지글지글 소리를 내면서 녹았다. 흙 알갱이들이 서로 엉겨 붙으면서 산비탈 전체가 용암으로 변할 조짐이 보였다.

[안 되겠다. 2선. 2선이 도와야 해.]

1차 방어선의 지휘관이 후방에 도움을 요청했다.

두 번째 동심원을 구성하던 로셰―랍 일족들이 1차 방어선까지 우르르 내려와서 힘을 보탰다.

로셰―랍, 즉 바위게 일족은 암석처럼 튼튼한 몸뚱어리로 뜨거운 대지를 밟고 서더니, 흐나흐 전사들을 어깨 위에 무등 태웠다.

금방이라도 쓰러질 것 같았던 흐나흐 전사들이 다시 정신을 차렸다. 그들은 전력을 다해 방어 마법진에 음차원의 마나를 공급했다.

후우웅!

위태롭게 흔들리던 푸른빛이 다시 거창하게 일어나 화염의 해일을 막아내었다.

[버텨라. 버티고 또 버텨라.]

[조금만 더 버티면 된다. 비번 놈들도 곧 마나가 고갈될 게야.]

1차 방어선과 2차 방어선의 지휘관들이 번갈아가며 전사들을 격려했다.

하지만 비번 일족의 공격은 이제 시작일 뿐이었다. 푸른 방어막을 향해 달려드는 쌍두 야생마들 뒤에서 머리가 3개나 달린 삼두 야생마가 등장했다.

푸르릉, 푸릉, 푸르릉!

삼두 야생마는 불꽃으로 이루어진 콧김을 무려 여섯 줄기나 내뿜은 뒤, 산봉우리를 향해 미친 듯이 질주했다.

[저, 저것!]

[안 돼애애. 크악.]

어깨 높이만 무려 수십 미터에 달하는 거대 삼두 야생마의 등장에 흐나흐 전사들이 바짝 얼어붙었다.

두두두두두, 콰앙!

삼두 야생마가 이글거리는 불덩이로 변해서 흐나흐 일족의 마법 방어막을 들이받았다. 난폭한 충돌의 순간, 삼두 야생마가 확 폭발하면서 용암으로 변신했다. 시뻘건 용암이 마법의 방어막 곳곳에 구멍을 뚫어버렸다.

치이이익!

뚫린 구멍에서 무시무시한 소리가 들렸다. 이어서 시뻘건 화염들이 불뱀처럼 방어진 안으로 파고들어 흐나흐 전사들을 휘감았다.

[아아아악.]

[앗 뜨거.]

로셰―랍 전사들의 어깨 위에 올라타고 있던 흐나흐 전사들이 불덩이가 되어 떨어졌다. 심지어 로셰―랍 전사들도 주춤주춤 뒷걸음질 쳤다.

문제는 화염이 아니었다. 마법 방어진 안쪽으로 흘러내린 용암들이 서로 뭉쳐서 다시 수십 미터 크기의 삼두 야생마로 변해간다는 점이었다.

흐나흐 일족 1차 방어선의 지휘관이 2차 방어선의 지휘관을 돌아보았다.

[놈을 막아야 합니다.]

2차 방어선의 지휘관도 그 말에 동의했다.

[알겠습니다. 함께 하시지요.]

그 즉시 둘의 공격이 시작되었다.

콰앙!

여우머리 지휘관은 하얀 빛에 휩싸이더니 폭발적으로 튀어나가 삼두 야생마를 덮쳤다. 하얀 빛덩이는 마치 날카로운 비수처럼 삼두 야생마의 앞가슴에 꽂히더니 새하얀 빛기둥을 사방팔방으로 쏟아내었다.

[크왁.]

삼두 야생마가 난폭한 괴성을 터뜨렸다.

그때를 노려 2차 방어선의 지휘관이 달려들었다. 로세―랍의 귀족인 2차 방어선의 지휘관은 거의 80 미터나 되는 본체를 드러내었다. 그리곤 그 육중한 체격으로 삼두 야생마를 위에서 찍어 눌렀다.

그 모습이 마치 산봉우리가 통째로 허물어져서 공격하는 것 같았다.

철퍽!

막 하나로 뭉쳐지려던 용암들이 온 사방으로 다시 흩어졌다.

여우머리 지휘관이 곧바로 연쇄공격을 퍼부었다. 하얀 빛이 철창처럼 가로 세로로 뻗어서 용암들을 가두었다.

흩어졌던 용암 방울들이 다시 하나로 뭉치려고 했으나,

하얀 철창 때문에 쉽지 않았다. 게다가 거대한 바위게가 집게발을 둔중하게 휘둘러 용암을 마구 후려쳤다. 로셰―랍 귀족의 무지막지한 괴력에 용암이 파편으로 흩어져 사방으로 휘날렸다.

흐나흐 귀족과 로셰―랍 귀족의 협동 공격에 삼두 야생마는 제 모습을 찾지 못하고 수세에 몰렸다.

Chapter 9

그러나 적은 한 명이 아니었다.

강력한 귀족들이 드잡이질을 벌이는 동안, 마법 방어진의 일부가 취약해졌다. 또 다른 비번 귀족이 그 틈을 노려 마법 방어막 안으로 침투했다.

[쿠어어어어.]

새로 난입한 삼두 야생마가 흐나흐 전사들을 와락 덮쳤다. 시뻘건 용암이 온 사방으로 퍼지면서 세골의 가병들을 휩쓸었다.

[끄아아아악.]

로셰―랍 전사들이 시뻘건 용암 속에서 허우적거렸다.

[살려 줘어―.]

흐나흐 전사들은 용암에 떠밀려갔다. 그들의 살이 탔다. 뼈가 흐물흐물 녹았다.

여우머리 귀족은 새로 등장한 삼두 야생마에게 돌진했다. 하얀 빛이 창처럼 촥촥 쏘아져 나가 삼두 야생마를 가뒀다.

그 사이 용암 방울로 흩어졌던 첫 번째 삼두 야생마는 다시 하나로 합쳐질 기미를 보였다. 로셰―랍 귀족이 마력까지 잔뜩 실어서 용암들을 흩어버리고 하였으나, 혼자 힘만으로는 삼두 야생마의 응집을 막지 못했다.

결국 삼두 야생마가 다시 본래의 모습으로 응집하는 데 성공했다. 이제 온몸이 용암으로 이루어진 삼두 야생마가 두 마리로 늘었다.

[젠장.]

여우머리 귀족이 이빨을 빠득 갈았다.

그러는 동안에도 용암은 점점 더 넓게 퍼지면서 흐나흐 전사들을 휩쓸었다. 흐나흐 일족의 방어 마법진에는 점점 더 커다란 구멍이 뚫렸다.

그 틈을 비집고 수십 마리의 비번 전사들이 난입했다. 지금은 수십이지만, 비번 무리는 곧 마법의 방어막을 찢고 들어와 수백, 수천, 수만으로 늘어날 것이다.

화염이 온세상을 불태울 듯이 기승을 부렸다. 산비탈 아래쪽은 온통 용암과 불바다로 변했다.

[후퇴. 후퇴. 3차 방어선까지 물러나라.]

여우머리 귀족이 악을 썼다.

[로셰―랍의 용병들도 모두 물러난다.]

로셰―랍의 귀족, 즉 2차 방어선의 지휘관도 부하들에게 후퇴를 명했다.

[모두 후퇴하라.]

살아남은 흐나흐 전사들과 로셰―랍 전사들이 화염과 용암을 피해서 가파른 산비탈을 거슬러 올랐다.

그 뒤를 쫓아 온몸이 화염에 휩싸인 쌍두 야생마들이 달려들었다. 용암이 산비탈을 잠식하며 서서히 위로 뻗었다.

냇물은 위에서 아래로 계곡을 따라 흐르는 법이건만, 시뻘건 용암의 강은 거꾸로 산 아래쪽에서 산 정상을 향해 거슬러 올라갔다. 용암의 주변으로 화염이 번져나가면서 온 산을 시뻘건 불길로 뒤덮었다.

흐나흐 전사들은 비교적 빠른 속도로 후퇴하여 3차 방어선에 도달했다.

반면 로셰―랍 전사들은 몸이 느렸다. 뒤뚱뒤뚱 도망치는 로셰―랍 전사들을 쌍두 야생마들이 뒤에서 붙잡았다.

화르륵, 화륵, 화르륵.

몸이 암석으로 이루어진 바위게가 불길에 휩싸여 산비탈

을 오르는 모습이 가엽게 느껴지기도 하고, 공포스럽게 보이기도 하였다. 로셰—랍 전사들은 그렇게 온몸에 불이 붙은 채로 꺽꺽 소리를 내면서 도망쳤다.

[서둘러 방어막을 쳐라. 불길이 곧 밀려든다.]

3차 방어선의 지휘관이 명을 내렸다.

[넵.]

흐나흐 전사들은 지휘관의 명에 따라 마법 방어막을 곧장 일으켰다.

후오옹!

짙푸른 막이 거창하게 일어나 아래쪽에서 뻗쳐 올라오는 용암을 가로막았다.

[저기까지만 합류하면 살 수 있다.]

1차와 2차 방어선에서 후퇴하던 자들은 세 번째 마법 방어선을 향해서 젖 먹던 힘까지 쥐어짜 달렸다.

[어서 도망쳐. 뒤꽁무니에 불이 붙었다고.]

[위험하다. 좀 더 빨리 뛰어. 좀 더 빨리.]

3차 방어선에 배치된 전사들이 후퇴하는 동료들을 힘껏 응원했다.

도망치는 흐나흐 전사들과 로셰—랍 전사들도 기를 쓰고 산비탈을 기어올랐다. 그들은 철퍼덕 넘어졌다가도 다시 일어나 뛰었다.

헉헉거리는 동료의 숨소리가 흐나흐 전사들의 귀청 바로 옆에서 들렸다. 그들의 심장은 터질 것 같이 박동했다.

화르르륵!

도망치는 자들의 뒤에서 시뻘건 화염이 빠르게 추격했다.

여러 갈래로 갈라져서 산비탈을 오르는 화염은 마치 징그러운 혓바닥을 날름거리며 먹이를 덮치는 뱀 떼와도 같았다.

[안 된다.]

로셰—랍 귀족이 힘껏 도약하여 두 주먹으로 산비탈을 내리찍었다. 그는 바로 2차 방어선의 지휘관이었다.

쿠왕!

땅거죽이 뒤집혔다. 산기슭의 암반이 와르르 허물어졌다.

그렇게 흙이 무너지면서 불길이 번지는 것을 막았다.

하지만 그것도 잠시뿐이었다. 비번의 귀족들, 즉 두 마리 삼두 야생마가 용암으로 변해 질주하기 시작하자 불길은 다시 거세게 일어났다.

바위가 흐물흐물 녹아서 용암이 되었다. 흙이 질퍽하게 끓어올라 매캐한 연기를 푹푹 내뿜었다. 가공할 열기에 하늘이 울렁거렸다.

거기에 더해서 세 번째 비번 귀족까지 등장했다.

이 세 번째 귀족은 앞선 두 귀족보다 머리 하나는 더 컸다. 3개의 머리 뒤에서 솟구치는 용암의 열기가 말갈기처럼 길게 펄럭거렸다.

[쿠우워어억.]

새로 등장한 귀족이 우렁찬 포효와 함께 산비탈을 질주했다. 그는 눈 깜짝할 사이에 흐나흐 일족의 3차 방어선에 도달하더니 이글거리는 어깨로 마법 방어막을 들이받았다.

파창!

마법 방어막이 푸른빛을 뿜었다. 방어막의 표면을 타고 시뻘건 용암이 줄줄 흘러내렸다. 치이익 소리와 함께 하얀 연기가 솟구쳤다.

비번 귀족은 뒤로 몇 발 물러서더니, 다시 달려들어 온몸으로 마법 방어진을 들이받았다.

파창!

방어진 전체가 찢어질 듯 출렁거렸다.

[크흡.]

방어진을 구성하던 흐나흐 전사들은 충격을 받아 입에서 피를 뿜었다.

제2화

불의 전투 I

Chapter 1

비번 귀족이 다시 뒤로 몇 걸음 물러섰다.

이번엔 그 혼자가 아니었다. 밑에서 치고 올라온 두 귀족들도 옆에 나란히 섰다. 온몸이 용암으로 이루어진 삼두 야생마 세 마리가 나란히 투레질을 하자 그 위압감이 장난이 아니었다. 그들의 콧김은 불꽃이 되어 대지를 뚫었다.

비번의 귀족들은 서로 눈짓을 주고받은 뒤, 전력을 다해 마법 방어진을 타격했다.

우두두두, 콰앙!

마침내 흐나흐 일족의 3차 방어선이 뚫렸다. 마법 방어진이 찢어지면서 초고온의 용암이 뚫린 구멍 안으로 침투했다.

치이이익! 치익! 치이익!

사방에서 살 타들어가는 소리가 울렸다.

[으아악.]

[살려줘.]

흐나흐 전사들의 비명도 난무했다.

방어선 안쪽의 땅이 무시무시한 열기에 의해 흐물흐물 녹았다. 돌과 바위가 벌겋게 달아올랐다. 흐나흐 전사들은 가공할 열기를 견디지 못하고 뒷걸음질 쳤다.

3차 방어선 바깥쪽은 이제 온통 용암 천지였다. 바닥에는 시뻘건 용암이 흘렀다. 하늘에는 유황 연기가 가득했다.

[총공세를 펼쳐라.]

비번의 귀족이 부하들을 독려했다.

우두두두—.

명을 받은 쌍두 야생마들이 불바다, 용암바다를 거침없이 질주하여 흐나흐 진영을 향해 달려들었다.

[으으으으.]

끔찍한 화염지옥을 연상시키는 듯한 광경에 흐나흐 일족은 기가 질렸다.

[후퇴한다. 후퇴. 모두 4차 방어선까지 물러나라.]

결국 3차 방어선의 지휘관도 후퇴를 명했다.

[크흑.]

흐나흐 전사들은 검댕이 묻은 얼굴을 소매로 닦으면서 다시금 산비탈을 기어올랐다.

처음 이 산에 다섯 겹의 방어선을 구축할 때까지만 해도 흐나흐 일족은 이렇게 쉽게 방어선이 무너질 줄 몰랐다.

하지만 비번 일족의 공격력은 너무나도 무서웠다. 흐나흐 일족이 손을 써볼 새도 없이 진지가 붕괴했다. 모든 것이 불타버렸다.

[크우워어억.]

이글거리는 용암 속에서 수십 미터가 넘는 커다란 삼두 야생마 세 마리가 떠올라 포악하게 울부짖었다. 그들이 악다구니를 쓸수록 용암은 더욱 빠르게 더욱 강력하게 퍼져나갔다. 흐나흐 전사들은 적 귀족들의 포효에 심령이 짓눌려 허우적거렸다.

바로 그때 이탄이 등장했다.

슈왕—.

이탄은 한 줄기 질풍이 되어 산 아래로 달려왔다. 그러더니 한순간에 땅을 박차고 허공으로 힘차게 뛰어올랐다.

'저기구나.'

높은 허공에서 이탄이 목표물을 포착했다. 시뻘건 용암 한복판에 커다랗게 떠오른 삼두 야생마들이 바로 이탄의 타겟이었다.

이탄의 몸뚱어리가 적을 향해 벼락처럼 떨어져 내렸다.

푸르릉! 푸릉!

비번의 귀족들, 즉 삼두 야생마들은 가소롭다는 듯이 콧김을 내뿜었다. 그들의 눈에 비친 이탄은 조그맣고 무기력해 보였다.

하지만 그건 비번 귀족들의 착각이었다.

콰앙!

허공으로 높이 도약했던 이탄의 몸이 산비탈 한복판에 작렬했다. 이탄의 손바닥은 벼락처럼 날아와 삼두 야생마들 가운데 하나를 내리찍었다.

철퍼덕!

이탄이 휘두른 강력한 스매싱에 용암이 사방으로 튀었다. 이탄이 손을 휘두르는 동작이 어찌나 강렬했던지 산비탈을 뒤덮었던 용암이 모두 흩어졌다. 용암 아래 땅바닥이 훤히 드러났다.

아니. 그 땅바닥까지 쩍 갈라져서 깊이를 알 수 없는 균열이 땅속으로 쩌저적 뻗어나갔다.

[어억?]

비번의 귀족들이 이탄의 공격력에 흠칫 놀랐다.

하지만 비번의 귀족들은 여전히 이탄을 두려워하지 않았다.

'푸훗. 우리 비번 일족은 온몸을 용암으로 바꿀 수 있는 능력자들이다. 물리적인 공격으로 아무리 때려봤자 소용없다고.'

'용암이 흩어져도 다시 응집시키기만 하면 그만이지. 우리 일족은 모든 물리 공격에 대해서는 이뮨(Immune: 면역성이 있는, 영향을 받지 않는) 상태나 다름없거든.'

모든 물리 공격에 대한 이뮨.

이것이 바로 비번의 귀족들이 믿는 바였다.

그 믿음은 곧 산산 조각 났다.

쭈와아아악―!

비번의 귀족들을 지탱하던 음차원의 마나가 갑자기 썰물 빠지듯이 빠져나갔기 때문이었다.

단 한 호흡.

이탄이 숨 한 번 훅 들이쉬었을 뿐인데 비번의 귀족들과 연계된 상급 음혼석들이 모든 에너지를 빼앗기고 모래처럼 부서졌다.

그뿐만이 아니었다. 비번 전사들이 사용하던 중급 음혼석들도 일제히 에너지를 갈취당한 채 가루가 되었다.

이탄을 중심으로 반경 20킬로미터, 직경으로는 40킬로미터.

그 이내의 음혼석들은 모두 이탄에게 에너지를 갈취당

했다.

북극성, 혹은 북극의 별이라 불리는 피사노교의 금지마법이 다시 한번 그 무시무시한 위력을 드러내었다.

비번의 세 귀족들은 마나 공급이 뚝 끊기자마자 아찔한 현기증을 느꼈다. 이어서 용암으로 변했던 귀족들의 신체가 다시 평범한 말의 모습으로 돌아왔다.

물론 일반 말은 아니었다. 그들은 말의 머리에 사람의 몸을 가진 독특한 몬스터의 형태를 지녔다.

Chapter 2

[켁.]

비번의 귀족 가운데 한 명이 비명을 질렀다. 이탄의 손이 어느새 그의 목줄기를 낚아채 우둑 잡아 뜯은 탓이었다.

[꾸르륵.]

비번의 귀족이 무릎을 꿇을 때 그의 목에서는 시뻘건 피가 폭포수처럼 쏟아졌다. 비번의 귀족은 두 손으로 목을 붙잡은 채 용암 속에 머리를 처박았다.

이번에는 이탄이 옆으로 몸을 날렸다.

이탄은 펄펄 끓는 용암 속에서도 전혀 지장을 받지 않았다. 이탄이 신고 있는 신발형 법보도 끄떡없었다. 다만 이탄의 상의와 하의만이 뜨거운 열을 견디지 못하고 활활 타버렸을 뿐이었다.

쭈―웅.

이탄의 몸이 순간적으로 쭉 늘어났다.

실제로 이탄의 몸이 신체변형을 하여 엿가락처럼 길게 늘어난 것은 아니었다. 이탄의 속도가 워낙 빨라서 몸이 늘어난 것처럼 착시현상을 일으켰을 뿐이었다.

[허억?]

말의 머리에 사람의 몸을 가진 비번 귀족들이 황급히 뒤로 물러섰다.

비록 이 귀족들은 북극의 별 마법 때문에 신체변형이 풀려버렸지만, 그래서 지금은 용암으로 변형된 상태가 아니지만, 그래도 그들은 활활 타오르는 용암 속에서도 해를 입지 않았다.

기본적으로 비번 일족은 불 속에서 자유로웠다.

안타깝게도 이것은 이탄도 마찬가지였다. 이탄에게 용암 따위는 아무것도 아니었다.

[어딜 가게?]

이탄이 이글거리는 용암을 뚫고 손을 뻗어 도망치는 비번 귀족의 뒤채를 붙잡았다.

[으헉?]

머리채를 잡힌 귀족이 자지러졌다. 귀족의 머리가 뒤로 휙 딸려가면서 순간적으로 그의 몸뚱어리는 허공에 수평으로 떴다.

이탄은 그렇게 오른손으로 적의 머리를 붙잡아 뒤로 당긴 다음, 왼손가락 2개를 모아서 상대의 관자놀이를 찔렀다.

뽁!

비번 귀족의 머리 옆쪽에 구멍이 뻥 뚫렸다. 이탄의 손가락은 젖은 창호지를 뚫는 것보다 더 손쉽게 상대의 머리통에 바람구멍을 뚫어주었다.

[꾸르륵.]

비번의 귀족이 입에서 피거품을 게웠다. 머리에 뚫린 구멍으로부터는 붉은 피와 허연 뇌수가 뒤섞여서 흘러나왔다.

이탄은 눈 깜짝할 사이에 비번의 귀족 2명을 해치운 다음, 세 번째 상대를 향해 몸을 날렸다.

후웅—.

시뻘건 불길을 뚫고 한 줄기 질풍이 불었다. 이탄은 펄펄 끓는 용암을 가로질렀다. 그리곤 도망치는 적의 앞을 가로막았다.

[으허헉. 너, 넌 누구냣?]

적이 기겁하여 물었다.

이탄은 대답 대신 손부터 뻗었다.

[이이익.]

비번의 귀족이 재빨리 옆으로 몸을 날려 이탄의 손을 피했다.

이탄은 그럴 줄 알았다는 듯이 따라잡았다. 기괴한 궤적을 그리며 날아간 이탄의 손이 상대방의 오른팔을 붙잡았다.

[이놈. 놔라.]

비번의 귀족이 이탄에게 호통을 질렀다.

이탄은 손목에 스냅을 주어 상대의 팔을 홱 잡아끌었다. 비번의 귀족이 이탄의 괴력을 이기지 못하고 홱 딸려왔다.

빠각!

이탄이 다가오는 상대의 두개골을 손날로 쪼갰다. 잘 익은 사과가 갈라지듯이 적의 두개골은 쩍 소리를 내면서 두 쪽이 났다.

비번의 귀족 3명이 모두 죽임을 당하기까지는 불과 몇 초도 걸리지 않았다. 이탄의 손에 의해 귀족들이 사망한 뒤에도 땅거죽에는 여전히 용암이 흘러 다녔다. 유황 연기도 펄펄 피어올랐다.

이탄은 그 용암 속에 발을 담근 채 산비탈을 슥 훑어보았다.

미친 듯이 돌격하던 비번의 전사들이 모두 멈춰 서 있었다.

[으윽.]

[히끅.]

이탄의 무심한 눈과 마주친 순간, 비번의 전사들은 등골이 오싹해지는 공포를 맛보았다.

불길로 변했던 비번 전사들이 다시 원래 모습으로 돌아왔다. 중급 음혼석이 깨지면서 그들의 신체변형도 모두 풀린 탓이었다.

저벅.

이탄이 적들을 향해 한 발을 내디뎠다.

[으으으으.]

비번 전사들은 낮은 신음과 함께 뒤로 물러섰다.

저벅.

이탄이 또 한 발을 내디뎠다.

[으으읏, 으으으으.]

[다가오지 마.]

비번 전사들은 두려움에 악을 썼다. 그들은 이탄과의 거리를 후다닥 벌렸다. 그러고도 안심이 되지 않았는지 비번 전사들의 눈동자가 파르르 흔들렸다.

[훗.]

이탄이 입꼬리를 비스듬히 비틀었다. 천천히 다가오던 이탄이 어느 순간 벼락처럼 몸을 뽑아내었다.

쭈—왕.

이탄은 눈 깜짝할 사이에 비번 전사 3명을 덮쳤다.

뻐엉! 하고 가죽 터지는 소리가 울렸다.

[끄악.]

서로 가까이 붙어 있던 비번 전사 3명이 이탄과 부딪치자마자 산산이 폭발해서 날아갔다. 전사들의 몸뚱어리가 터지면서 그들의 살점과 뼈 눈알이 사방으로 비산했다.

이탄은 옆으로 방향을 홱 틀었다.

뻐버벙!

그쪽 경로에 서 있던 비번 전사 4명이 이탄과 부딪치면서 차례로 폭발했다.

이탄은 지그재그로 산비탈을 헤집으면서 보이는 족족 적들을 들이받아 다진 어육으로 만들어버렸다.

살점이 난무했다. 피가 사방으로 튀었다. 활활 타오르는 화염이 그 살점들을 집어삼켜 고약한 냄새를 피워 올렸다.

Chapter 3

[으.으.으, 괴물이다.]

[괴물이 등장했다.]

비번의 전사들은 얼이 쏙 빠졌다.

처음엔 한 명이 도망쳤지만, 조금 뒤에는 수천, 수만 명의 비번 전사들이 모두 등을 돌려 산비탈 아래로 뛰었다.

이탄은 양 떼를 쫓는 최상위 포식자처럼 도망치는 적들을 쫓았다. 이탄이 스쳐 지나갈 때마다 비번 전사들은 펑펑 터져 산화했다. 이탄이 손을 뻗을 때마다 비번 전사들은 종잇장처럼 딸려와 팔다리가 뜯기고 머리통이 잡아 뽑혔다. 이탄은 가을날 농부가 밀을 거두듯이 손쉽게 적들의 머리를 추수했다.

후미의 비번 일족은 선두에서 엄청난 살육이 벌어지고 있다는 사실도 모른 채 평야를 내달려 끊임없이 산을 향해 밀려들었다.

그렇게 들이닥친 비번의 후발대와, 이탄에게 쫓겨 도망치는 선발대가 산 밑에서 서로 뒤엉켰다. 비번 전사와 비번 전사가 부딪쳐서 나뒹굴었다.

이탄은 쓰러진 적들을 발로 짓뭉개며 평야로 나섰다.

이탄의 발밑에서 구름이 크게 일어났다.

백팔수라(百八修羅) 제2식, 수라군림(修羅君臨) 작렬!

이것은 금강수라종의 수라군림과는 완전히 다른 이탄만의 수라군림이었다. 그 위에 북명의 술법인 포그 레코드가 더해지면서 기존의 수라군림보다 훨씬 더 끈적끈적하고 적을 나락으로 끌어당기는 독특한 수라군림이 작렬했다.

눈 깜짝할 사이에 화염이 걷혔다. 이탄의 발밑에서 일어난 수라군림의 구름은 주변 수 킬로미터 영역을 완전히 뒤덮었다.

그 구름 속에서 비번의 전사들은 온몸에 힘이 쭉 빠지는 현상을 경험하게 되었다. 농밀하게 뒤덮인 구름, 혹은 안개 속에서 머리가 18개에 팔다리가 각각 36개씩인 괴물수라가 거창하게 일어났다.

콰드드득!

괴물수라는 안개 속에서 거침없이 움직여 눈 깜짝할 사이에 수천 명의 비번 전사들을 갈아버렸다.

살이 찢겼다. 근육이 뜯겼다. 뼈가 빻아지는 듯한 소리가 짙은 안개 속에서 무섭게 울려나왔다. 비번 전사들의 비명도 그 사이에 섞여 흘렀다. 비번 전사들이 흘린 피가 증발되어 피구름을 이루었다. 이탄은 지독한 혈향을 풍기는 피구름을 몰고서 일직선으로 평야를 가로질렀다.

비번 전사들이 공포에 질려서 두 눈을 질끈 감았다.

그때 이미 이탄은 비번 진영을 쪼개듯이 가로질러 평야 저 끝 수평선까지 치달려 나간 상태였다.

그 끝자락에서 이탄이 U턴을 하듯이 방향을 틀었다. 날개를 활짝 편 맹금류가 참새 떼를 쫓는 것처럼, 이탄은 크게 우회하면서 비번 진영을 비스듬히 관통했다.

수 킬로미터에 달하는 피구름이 우르르 몰려오면서 비번의 전사 수천 명을 또다시 학살했다.

[끄아악—.]

피구름 속에서 비번의 전사들은 온몸이 뻐버벙! 터져서 죽었다.

그렇게 이탄은 대각선으로 평야를 가로지른 다음, 다시 방향을 틀어서 새로운 대각선 방향으로 질주했다.

이탄이 수라군림의 술법으로 평야를 종횡무진할 때마다 비번의 전사들은 수도 없이 쓰러졌다.

비번의 후속부대들도 비로소 사태의 심각성을 깨달았다.

[으아아. 초강자가 나타났다.]

[이건 귀족의 수준이 아니야. 귀족보다 더 위쪽의 초강자가 나타났다고.]

[철수. 모두 철수한다. 아니면 우리는 이곳에서 다 죽어.]

비번 전사들이 고래고래 뇌파를 내질렀다. 그들은 갑자기 방향을 틀더니 산에서 멀어지는 방향으로 도망쳤다.

쏴아아아아—.

산을 향해 해일처럼 밀려들었던 화염이 이번에는 180도 방향을 뒤집어 썰물처럼 빠져나갔다.

이탄은 피구름을 몰고 적들을 추격했다.

[어딜 도망치려고?]

도주하는 비번 전사들의 뇌리에 이탄의 음성이 천둥처럼 울렸다.

[으헉?]

깜짝 놀란 적들이 모든 것을 내팽개치고 전력을 다해 도망쳤다.

이탄은 적들을 모두 때려잡을 마음은 없었다. 그저 적당히 겁을 주어 적들을 쫓아낸 다음, 다시 산이 있는 곳으로 방향을 틀었다.

그즈음 흐나흐 일족은 마법 방어진을 해제하고 산비탈로 기어나왔다. 상황을 파악하기 위함이었다.

서서히 식어가는 용암.

크게 잦아든 화염.

그 속에서 파편처럼 흩어진 비번 일족의 시체.

이 모든 것들이 흐나흐 전사들의 동공에 맺혔다.

[으으으. 이게 다 뭐야?]

흐나흐 전사들은 부르르 전율했다.

흐나흐의 지휘관, 즉 귀족들도 침을 꿀꺽 삼켰다.

[비켜라.]

그때 흐나흐 전사들의 어깨를 밀치고 푸이가 나타났다.

[윽.]

푸이는 산비탈 일대에 펼쳐진 끔찍한 광경에 눈부터 찌푸렸다. 그리곤 손으로 코와 입을 막은 채 전사들에게 물었다.

[이탄 님은? 이탄 님은 어디 계시느냐?]

[모릅니다.]

[불길에 가려서 저희는 아무것도 보지 못했습니다.]

흐나흐 전사들이 떨리는 눈빛으로 고개를 가로저었다.

푸이가 다시 산비탈로 시선을 돌렸다.

푸이의 눈에 시체 세 구가 들어왔다. 그중 한 구는 목이 뜯겨서 피를 철철 흘리며 죽었다. 두 번째 시체는 관자놀이에 구멍이 뚫린 채 사망했다. 마지막 시체는 두개골이 세로로 쪼개져서 사망한 모습이었다.

Chapter 4

[푸이 님, 이들은 비번의 귀족들입니다.]

1차 방어선의 지휘관이 시체들의 정체를 알아보았다. 그는 비번의 귀족들과 싸우느라 온몸에 지독한 화상을 입었다.

[쿠륵. 비번의 귀족들이 맞군요. 쿠륵.]

검댕을 잔뜩 묻힌 로셰―랍의 귀족도 그 말에 동의했다.

[이탄 님께서 하신 일인가?]

푸이가 고개를 갸웃했다.

3차 방어선의 지휘관이 푸이의 곁으로 냉큼 다가왔다.

[어쨌거나 잘되었습니다. 어서 이 시체들을 챙겨야지요. 비번 일족의 시체는 활용도가 무척 다양합니다. 그리고 시체를 뒤져보면 아공간 주머니도 나올 겝니다.]

이렇게 말한 뒤, 3차 방어선의 지휘관은 푸이의 허락도 받지 않고 비번 귀족들의 시체에 손을 대려 했다.

그 순간 평야 저 멀리서 빛이 번쩍 뻗었다. 휘황찬란한 광채를 머금은 빛 알갱이가 벼락보다 더 빨리 뻗어와 흐나흐 지휘관의 손등을 뚫었다.

[크악! 내 손.]

흐나흐 지휘관이 박살 난 손을 잡고 펄쩍펄쩍 뛰었다.

[아얏?]

푸이가 화들짝 놀랐다.

조금 전에 날아온 것의 정체는 광정(光精).

간씨 세가의 세상에서 전해져 내려오는 전설적인 수법이었다.

빛의 정수라 불리는 광정을 날려서 흐나흐 지휘관의 손을 뚫어버린 이는 다름 아닌 이탄이었다.

이탄이 신발형 법보를 구동하여 하늘로 휙 날아오르더니 푸이 앞에 천천히 내려섰다.

[이, 이탄 님…….]

푸이가 침을 꿀꺽 삼켰다.

이탄의 의복은 신발을 제외하면 불에 홀랑 타버린 상태였다. 그래서 알몸으로 다녀야 하는데, 이탄은 그러기 싫었다. 그래서 무리에서 떨어져 나온 비번의 전사 한 명을 생포한 뒤, 그의 껍질을 산 채로 벗겨서 의복 대신 몸에 둘렀다.

피범벅인 껍질을 뒤집어쓴 이탄의 모습이 어찌나 흉악하였던지 흐나흐 전사들은 덜덜덜 몸을 떨었다.

푸이도 예외는 아니었다. 푸이는 심장이 벌렁거리고 머릿속이 왱왱 울렸다. 근육도 통제를 벗어나서 마구 경련했다.

이탄이 냉랭한 눈빛으로 3차 방어선의 지휘관을 노려보았다.

불쌍한 지휘관은 피가 철철 흐르는 손을 치료할 생각도 하지 못했다. 그저 와들와들 떨면서 이탄의 시선을 외면할 뿐이었다.

[이탄 님.]

푸이가 억지로 용기를 내어 이탄의 이름을 불렀다.

이탄이 푸이에게 똑똑히 경고했다.

[혹시 들은 적이 있는지 몰라. 내가 마그리드와 계약을 하나 했거든. 이번 전쟁에서 내가 획득한 전리품은 온전히 내 소유로 둔다고 약속을 했단 말이지.]

[아!]

[그런데 그걸 가로채려고?]

이탄이 고개를 삐뚜름 기울였다.

푸이가 황급히 손사래를 쳤다.

[아닙니다. 절대 오해십니다. 저희는 이탄 님의 전리품을 가로챌 생각이 눈곱만큼도 없습니다.]

이탄이 저벅 다가와 손가락으로 푸이의 가슴을 쿡 찍었다.

[그 말을 이번 한 번만 믿어주지. 하지만 다음번에는 단단히 각오를 해두는 편이 좋을 거야. 내 전리품에 손을 댔다가는 손등이 아니라 머리통에 시원하게 구멍을 뚫어줄 테니까 말이야.]

이탄의 뇌파에는 감정이 전혀 실려 있지 않았다. 마치 살아 있는 생명체가 아니라 무생물, 혹은 죽은 자가 뇌파를 발산하는 듯한 느낌이었다.

푸이는 미친 듯이 고개를 주억거렸다.

[으으으. 알겠습니다. 조심하겠습니다.]

이탄은 푸이에게 단단히 주의를 준 다음, 비번 귀족의 시체 세 구를 아공간 박스 속 4번 슬롯에 담았다.

물론 그 전에 시체들의 품을 뒤져서 보물들을 찾아보는 것도 잊지 않았다.

2명은 꽝이었다.

[이것들은 거지야 뭐야. 아공간 주머니는커녕 아무런 재료도 없이 다닌단 말이야? 체엣.]

이탄이 혀를 찼다.

다행히 세 번째 귀족의 시체에서는 아공간 배낭이 하나 나왔다. 이탄은 배낭을 강제로 개방한 뒤 거꾸로 들었다.

배낭 속 물건들이 땅바닥에 와르르 쏟아졌다.

[어디 보자.]

이탄은 그 물건들을 슥슥 헤집어 분류했다.

온전하게 보관된 비번 귀족의 시체 한 구가 우선 이탄의 눈에 띄었다. 안타깝게도 이것이 가장 값비싼 전리품이었다.

나머지 것들은 그다지 보잘것없었다.

그나마 적린석 20개가 배낭 속에서 나와서 이탄을 흡족하게 만들었다.

[요건 그나마 쓸 만하네. 후훗.]

비번 일족은 불을 다루는 자들이라 적린석을 비교적 많이 지닌 것이 특징이었다.

이번에 이탄이 적린석 20개를 확보했으니 이제 차원이동 통로를 제작하는 데 추가로 필요한 적린석의 수량은 딱 40개였다. 이탄은 남은 수량을 이번 전쟁을 통해서 모두 채울 수 있을 것이라 믿었다.

적린석 외에도 상급 음혼석과 중급 음혼석 일부가 아공간 배낭 속에 들어 있었던 모양이었다.

하지만 배낭 속 음혼석들은 모두 잘게 쪼개지거나 가루로 변한 상태였다. 조금 전에 이탄이 발휘한 북극의 별 마법 때문인 듯했다.

'쳇. 앞으로 북극의 별을 자제해야겠구나. 아까운 보물들이 많이 망가졌잖아.'

이탄은 이렇게 다짐했다.

물론 지켜지기는 힘든 다짐이었다. 비번 일족은 '물리이뮨'이라는 특성을 지녔다. 따라서 북극의 별 마법으로 비번 일족의 신체변형을 막아놓지 않으면 이탄의 공격이 잘 통하지 않았다.

그 밖에도 이탄은 유바의 털 두 가닥을 전리품으로 획득했다. 유바 일족의 털은 투명 망토를 제작하는 데 꼭 필요한 재료인지라 가치가 제법 높았다. 이탄은 이 털들을 아공간 박스 속 4번 슬롯에 집어넣었다.

나머지 잡동사니들은 이탄의 관심 밖이었다. 이탄은 그것들을 그냥 땅바닥에 내버려 둔 채 산 중턱으로 다시 올라갔다.

[그것들은 알아서 나눠가져라.]

자리를 뜨기 전 이탄이 인심을 썼다.

[아! 고맙습니다.]

푸이가 반색했다.

Chapter 5

푸이는 다른 무엇보다 비번 일족 사이에 통신을 주고받는 마법 아이템을 가장 먼저 챙겼다. 적의 통신 아이템을 확보하는 것은 전쟁에서 무척 중요한 일이었다.

흐나흐 전사들도 조심스럽게 다가와 아이템들을 골랐다. 비록 이탄의 눈에는 차지 않지만 전사들에게는 쓸 만한 것들이 많았다. 제법 괜찮은 보물을 건진 자들은 표정이 눈에 띄게 밝아졌다.

어쨌거나 이탄 덕분에 흐나흐 군단의 2번 축이 가장 먼저, 그리고 가장 성공적으로 정리되었다.

이곳 전장에 배치되었던 비번의 귀족 3명이 모두 전사했다. 그들이 이끌던 비번 대군도 큰 피해를 입고 쫓겨났다.

그에 비해서 나머지 두 곳은 아직도 전투가 한창이었다.

세골이 참전한 1번 축은 밀고 밀리는 혈투가 몇 차례나 반복되었다.

사실 비번 일족도 진영의 1번 축을 향해서 가장 많은 병력을 쏟아부었다. 세골의 뛰어난 검술이 아니었다면 이곳은 진즉에 비번 일족에게 점령을 당했을 것이다.

한편 흐나흐 진영의 3번 축도 치열한 전투가 이어지기는 마찬가지였다. 흐나흐 일족과 비번일족은 계속해서 치열한 공방을 주고받았다.

아니, 엄밀하게 말해서 공방을 주고받는다기보다는, 비번 군단이 주로 공격하고 흐나흐 일족은 방어에 치중하는 편이었다.

세골의 아들 츄이가 3번 축을 진두지휘했다. 츄이는 지형의 이점에 기대어 비번 일족의 강력한 공격을 막아내었다.

이 일대는 호리병처럼 중앙이 움푹 들어가 있고, 그 주변을 가파른 절벽이 에워싼 형태라 수비하기가 수월했다. 비번 일족이 제아무리 화력이 강하다고 하여도 흐나흐 일족의 방어선을 뚫기는 쉽지 않았다.

게다가 두쿰이 활약이 무척 인상적이었다.

'과연 두쿰 님은 일곱 흉성이라 불릴 만하구나. 두쿰 님의 무력은 아버님보다 더 강력하신 것 같아.'

츄이는 내심 감탄했다.

지금도 두쿰은 절벽 위에 홀로 우뚝 서서 하늘을 향해 두 팔을 활짝 펼쳤다. 두쿰의 쩍 벌어진 입 안에서 시커멓고 딱딱한 곤충들이 우루루 쏟아져 나와 온 하늘을 뒤덮었다.

이 곤충들의 정체는 블랙 아이스(Black Ice: 검은 얼음).

생명체의 뱃속에서만 배양할 수 있는 아주 특이한 곤충형 몬스터가 바로 블랙 아이스였다.

삽시간에 하늘을 가득 채운 블랙 아이스들이 허공에서 우뚝 멈췄다. 그런 다음 소형 프로펠러처럼 생긴 날개를 뱅글뱅글 회전하면서 지상으로 낙하했다.

그 모습이 마치 검은 눈이 내리는 것 같았다.

비번의 전사들은 온몸에 화염을 두른 채 호리병 모양의 절벽을 향해 치달렸다. 전사들이 일으킨 화염이 하나로 합쳐지면서 화염의 해일을 이루었다.

블랙 아이스는 그 화염을 향해 천천히 내려앉았다.

치이익! 치이익!

불과 얼음이 맞닿으면서 검은 수증기가 들끓었다.

놀랍게도 블랙 아이스들은 비번 전사들이 일으킨 화염을 뚫고 상대의 체내로 파고들었다.

[웃.]

피부 속으로 블랙 아이스가 파고들자 비번 전사들이 부르르 몸을 떨었다. 이윽고 비번 전사들의 몸 속에서 강력한 얼음의 기운이 퍼져나갔다.

쩌저저적.

블랙 아이스가 뿜어낸 강렬한 냉기는 전사들의 근육을 얼렸다. 혈관을 터뜨렸다.

[크헉.]

[꺽.]

비번 전사들은 적진을 향해 치달리다 말고 픽픽 고꾸라졌다. 땅바닥에 쓰러질 때 비번 전사들의 몸은 얼음 조각이 부서지듯이 산산이 박살 났다.

그렇게 으스러진 비번 전사들의 몸 속에서 블랙 아이스가 다시 날아올라 또 다른 먹잇감(?)을 향해 파고들었다.

[젠장. 저게 대체 어떤 종자들이야?]

비번의 지휘관이 발을 세차게 굴렀다.

그러는 와중에도 두쿰의 입에서는 점점 더 많은 수의 블랙 아이스들이 소환되어 하늘로 날아올랐다.

[전원 후퇴. 모두들 뒤로 물러나라.]

결국 비번의 지휘관은 부하들을 뒤로 물렸다.

블랙 아이스들은 눈 깜짝할 사이에 수천 명이 넘는 비번 전사들을 해치운 다음, 휘리릭 날아올라 두쿰의 입 속으로 돌아갔다.

아쉽게도 블랙 아이스는 두쿰으로부터 일정 거리 이상 떨어지면 살 수가 없었다. 그래서 이 냉혹한 벌레들은 후퇴하는 적들을 추격하지 못하고 두쿰에게 되돌아간 것이다.

비번의 귀족이 멀리서 눈을 부라렸다.

[저 괴상한 벌레들을 뚫지 못한다면 적진을 돌파할 수 없겠구나. 모두 힘을 합쳐야겠어.]

동료 귀족들이 그 말에 동의했다.

[알겠소.]

[이러다 제사장님보다 늦을까 두렵소이다. 공격을 서두릅시다.]

비번의 귀족 5명은 일제히 용암으로 신체를 변형했다. 시뻘건 용암이 평야를 지나 호리병 모양의 절벽을 향해 밀려들었다.

[크흠.]

두쿰이 마뜩지 않은 듯 눈살을 찌푸렸다. 이윽고 두쿰이 두 팔을 활짝 벌리고 고개를 90도 각도로 뒤로 젖혔다.

쩍 벌어진 두쿰의 입에서 검은 곤충들이 수도 없이 쏟아져 나왔다. 두쿰이 소환한 블랙 아이스들은 단숨에 하늘을 뒤덮으며 용암이 있는 곳 상공에 자리를 잡았다.

하늘에서 검은 눈이 내렸다.

그 눈들이 치이익! 치이익! 소리를 내며 용암 속으로 파고들었다. 블랙 아이스가 침투한 위치 주변으로 용암이 차갑게 식었다. 그러면서 대지 곳곳에 검은 돌들이 생겨났다. 이 검은 돌은 용암이 굳어서 만들어진 암석이었다.

[끄으윽.]

용암 속에서 답답한 신음이 흘렀다. 비번의 귀족들은 몸속에 돌이 생기는 듯한 고통을 느껴야 했다.

그래도 비번의 귀족들은 질주를 멈추지 않았다. 용암은 끝없이 검은 돌을 만들어내면서도 꾸역꾸역 흘러서 호리병 모양의 절벽 안으로 진입했다.

펄펄 끓는 용암이 절벽을 녹였다. 세차게 일어난 불길이 절벽을 타고 넘실넘실 위로 뻗었다.

Chapter 6

[끄으응.]

두쿰이 발을 한 번 쾅 굴렀다. 그런 다음 두쿰은 입을 다시 쩍 벌리고 새로운 블랙 아이스들을 대량으로 토해놓았다.

허공에서 검은 눈발이 마구 흩날렸다. 블랙 아이스의 주변 온도가 눈 깜짝할 사이에 영하 수백도 밑으로 내려갔다.

치이이이익.

이글거리는 용암과 블랙 아이스가 맞부딪치면서 수증기가 대량으로 솟구쳤다. 뭉게뭉게 올라오는 수증기 때문에 주변의 시야가 꽉 막혔다.

비번의 귀족들은 그 틈을 놓치지 않았다. 귀족들 가운데 2명이 용암 속에서 와락 일어나 절벽 위로 점프했다. 그런 다음 중간에 발로 절벽을 한 번 박차고는 두쿰 앞으로 불쑥 솟구쳐 올랐다.

이 귀족들은 어깨 높이만 50 미터가 넘는 거대한 몸체에 온몸이 용암으로 이루어진 모습으로 신체를 변형했다. 그런 자들이 2명이나 나타나서 두쿰을 덮치는 모습은 실로 장관이었다.

두쿰이 뒷걸음질을 치면서 손을 앞으로 뻗었다.

쩌저적!

두쿰의 몸 앞에서 형성된 두꺼운 얼음벽이 방패가 되어 비번 귀족들의 공격을 막았다. 놀랍게도 두쿰의 얼음벽은 비번 귀족들의 용암을 거뜬히 방어해 내었다.

하지만 흐나흐 전사들은 두쿰처럼 무력이 뛰어나지 않았다. 그들은 광범위하게 폭발한 용암을 막지 못하고 순식간에 불길에 휩싸였다.

[끄아아악.]

흐나흐 전사들의 비명이 찢어져라 울렸다.

[이런.]

두쿰이 낭패를 본 듯 입술을 꽉 깨물었다.

두쿰은 숨을 훅 들이마셨다가 한순간에 후우— 토해놓았다. 두쿰의 입술 사이에서 블랙 아이스들이 난사하듯이 쏘아져 나가 비번의 귀족을 공격했다.

퍼퍼퍽! 퍽퍽!

용암 곳곳이 블랙 아이스에 뚫렸다. 블랙 아이스들은 용암 속으로 파고들어 간 뒤 그 주변을 빠르게 냉각시켰다.

[끄윽. 끄으윽. 어림없다.]

비번의 귀족들이 이를 악물었다. 귀족들은 온통 용암으로 이루어진 커다란 몸뚱어리로 절벽 위의 흐나흐 진영을 덮쳤다.

철퍼덕 소리와 함께 절벽 위가 용암 천지가 되었다. 흘러넘친 용암이 절벽 아래로 콸콸 쏟아졌다.

절벽 아래쪽에서는 또 다른 비번의 귀족들이 야생마의 형태로 뭉친 다음, 높이 도약했다. 그들도 절벽을 발로 한 번 박차고 단숨에 위쪽까지 올라왔다.

이제 비번의 귀족들 5명 전원이 절벽 위에 모였다. 이들 5명은 하나로 힘을 합쳐 두쿰을 몰아쳤다.

두쿰은 두껍게 얼음벽을 둘러서 적의 공격을 막아내는 한편, 블랙 아이스를 계속해서 토해놓았다.

휭휭 허공을 날아다니는 블랙 아이스들이 비번 귀족들의 몸 속으로 파고들어 검은 돌덩이들을 계속해서 만들어 내었다.

비번의 귀족들은 블랙 아이스에 공략을 당하면서도 뒤로 물러서지 않았다. 고통을 꾹 참고 두쿰에게 달려들어 앞발로 내리찍고 화염으로 지져댔다.

그 와중에 흐나흐 전사들이 화염에 휩쓸려 무수히 죽었다.

[츄이 님, 어서 피하셔야 합니다. 더는 버틸 수가 없습니다.]

[그렇습니다. 일단 후퇴한 다음 전열을 다시 정비하셔야 합니다.]

가문의 가병들이 츄이의 등을 떠밀었다.

츄이가 안타까운 눈으로 전방을 쳐다보았다.

츄이의 눈에 두쿰이 맺혔다. 두쿰은 지금 5명의 비번 귀족들에게 둘러싸여 무지막지한 전투를 벌이는 중이었다.

[어찌 이곳에 두쿰 님만 놔둔단 말인가. 어찌 우리만 몸을 피한단 말인가.]

츄이가 피를 토하듯 외쳤다.

[하지만 츄이 님, 우리 실력으로는 두쿰 님께 방해만 될 뿐입니다.]

[그렇습니다. 우리가 자리를 피해야 두쿰 님도 좀 더 편하게 싸울 수 있습니다.]

가병들이 이런 말로 츄이를 설득했다.

아주 틀린 말은 아니었다. 틀렸건 맞았건 흐나흐 족은 그렇게 믿고 싶었다.

[가자.]

마침내 츄이가 등을 돌렸다.

흐나흐 전사들도 츄이와 함께 산 정상 쪽으로 몸을 피신했다.

온통 용암으로 변한 절벽 위에서는 두쿰만이 홀로 남아 5명의 비번 귀족들과 드잡이질을 벌였다.

콰르르, 콰르르.

사방에서 용암이 밀려들었다. 검은 돌들이 다시 녹아서 용암으로 변했다.

[쌍놈의 여우 새끼들. 의리 없이 지들만 도망쳐?]

두쿰이 이빨을 갈았다.

두쿰은 흐나흐 족이 아니었다. 그는 그저 마그리드와 계약을 맺고 그녀를 돕는 외부인일 뿐이었다.

두쿰은 버럭 화를 내었지만, 이미 흐나흐 일족은 모두 철수한 뒤였다. 그리고 비번의 귀족들은 이 기회에 두쿰을 제거하려는 듯 악착같이 공격을 해댔다. 두쿰이 제아무리 귀족의 수준을 뛰어넘은 강자라고 해도, 5명이나 되는 까다로운 적들에게 연합공격을 당하자 버틸 재간이 없었다.

[헉헉. 제길. 제길.]

두쿰은 점점 지쳐갔다.

[쌍! 이 정도면 충분히 할 만큼 했다. 내가 이 전장에서 이탈한다고 해도 마그리드 님은 내게 뭐라고 하지 못하실 게야.]

뇌파로 낮게 으르렁거린 다음, 두쿰은 두 손을 좌우로 쫙 펼쳤다.

쿠콰콰콰콰!

두쿰의 손바닥에서 시작된 검은 소용돌이가 두쿰의 가슴

께에서 하나로 합쳐졌다. 지금 두쿰이 밟고 서 있는 검은
돌 주변에는 시뻘건 용암이 철썩철썩 파도쳤다.

그뿐만이 아니었다. 5개의 방향에서 일어난 용암의 해일
이 두쿰이 서 있는 곳을 향해 세차게 밀려드는 중이었다.

두쿰은 우르르 밀려드는 용암을 무서운 눈으로 노려보았
다. 두쿰의 가슴께에서 맴도는 소용돌이가 유령처럼 스산
하게 울었다.

순간적으로 다섯 방향의 용암이 크게 일어났다. 수십 미
터 높이로 솟구친 용암의 해일 위에는 머리가 3개 달린 삼
두 야생마의 그림자가 환영처럼 일어났다.

[크웃.]

두쿰은 이빨을 악물고 때를 기다렸다.

마침내 다섯 방향의 용암이 두쿰을 집어삼켰다.

Chapter 7

바로 그 순간, 검은 소용돌이 속에서 블랙 아이스들이 폭
발적으로 튀어나왔다. 터지듯이 튀어나온 블랙 아이스들은
온 사방에서 덮치는 용암 속으로 거칠게 파고들었다.

치이익!

용암이 갑자기 식었다. 빽빽하게 밀집한 블랙 아이스들은 서로 날개를 나란히 한 채 한꺼번에 용암을 식혔다.

그러자 두쿰의 주변에 검은 돌이 탑처럼 둘러쌌다. 이 검은 돌은 블랙 아이스 때문에 용암이 급랭하면서 생성된 결과물이었다. 그 돌이 두쿰 주변을 빙 둘러 에워싸면서 탑의 모양을 갖추었다.

촤아악—.

용암은 검은 탑에 막혀서 두쿰을 직접적으로 타격하지 못하였다. 비번 귀족들의 시야가 순간적으로 검은 탑에 의해 차단되었다.

두쿰은 그 짧은 틈새를 놓치지 않았다.

콰앙!

두쿰이 세차게 발을 굴렀다.

두쿰의 입에서 쏟아진 블랙 아이스들이 뾰족하게 뭉치더니 두쿰의 발밑을 집중적으로 공략했다.

두쿰의 발밑에 흐르던 용암이 식어서 검은 돌로 변했다. 블랙 아이스들은 그 돌을 부수면서 파고들어 절벽 아래쪽으로 구멍을 팠다.

블랙 아이스의 돌파력이 어찌나 뛰어났던지, 불과 몇 초만에 수십 미터 깊이의 구멍이 팼다.

두쿰은 그 구멍 속으로 쑥 들어갔다.

철썩거리는 용암도 구멍을 향해 밀려들었다.

바로 그때 블랙 아이스들이 날아들어 온몸으로 용암을 틀어막았다. 블랙 아이스의 냉기에 의해 용암이 식으면서 검은 돌들이 우두둑 생성되었다. 그 돌에 막혀서 용암은 두쿰을 뒤쫓아 들어오지 못하였다.

두쿰은 땅속 수십 미터 아래까지 파고든 다음, 별안간 손을 앞으로 뻗었다.

웨에에에엥—.

블랙 아이스 한 무리가 솟구쳐서 땅을 뚫었다. 블랙 아이스들은 이번엔 수직이 아니라 수평으로 동굴을 파나갔다.

두쿰이 좁은 동굴 안으로 뛰어든 다음, 두 손을 번갈아가며 내뻗었다.

[웃차. 웃차. 웃차.]

두쿰이 기합을 넣을 때마다 새로 소환된 블랙 아이스들이 굴을 쭉쭉 파나갔다.

한편 절벽 위에선 5명의 비번 귀족들이 전력을 다해서 검은 탑을 녹였다. 가공할 연기에 마침내 탑이 허물어졌다.

[엇? 놈이 굴을 파고 도망쳤다.]

[이런 쥐새끼 같은 놈.]

비번의 귀족들이 분노했다. 그들은 단숨에 지반을 허물어뜨리며 두쿰을 추격했다.

그때 이미 두쿰은 산비탈 저편으로 빠져나왔다. 그 상태에서 두쿰은 사방을 둘러보더니 흐나흐 진영의 2번 축을 향해 내달렸다.

이탄이 머무는 바로 그 방향이었다.

[저기다.]

[저기 놈이 도망친다.]

비번의 귀족들이 두쿰을 발견했다. 귀족들은 거대한 야생마의 모습으로 변하여 단숨에 몸을 날렸다.

화르르륵! 화르르르륵!

비번의 귀족들이 본격적으로 내달리자 산허리가 온통 화염에 휩싸였다. 불길은 점점 더 거세게 번졌다.

[크으읏. 지독한 것들.]

두쿰은 5명의 적들을 꽁무니에 매단 채 이탄이 있는 방향으로 전력질주했다.

마침 이탄도 전리품을 챙긴 다음 새로운 적을 찾아 나서려던 참이었다.

"필요한 재료들을 모두 확보하려면 부지런해야겠지? 이쪽 전장은 정리가 되었으니 다른 곳으로 가보자."

이탄은 언노운 월드의 언어로 중얼거렸다. 그런 다음, 비행 법보를 구동하여 10 미터 상공으로 떠올랐다.

이탄의 눈에 산중턱을 활활 태우면서 달려오는 삼두 야생마 다섯 마리가 보였다. 그 앞에서 죽어라 내달리는 두쿰도 발견되었다.

"하하하. 이거 먹잇감들이 스스로 알아서 내 입속으로 기어들어 오네."

이탄은 기분 좋게 웃었다.

이탄이 한 발 앞으로 내딛자 풍경이 확 변했다. 이탄은 다짜고짜 수라군림을 발동하여 적을 맞이했다.

이탄의 발밑에서 끈적끈적한 구름이 크게 일어났다. 이 구름에 살짝 스친 것만으로도 주변의 풀들이 바짝 말라붙었다.

이탄의 머리는 어느새 18개로 늘어났다. 팔다리도 각각 36개가 되었다.

이탄은 괴물수라의 모습으로 날아가 두쿰 앞에 뚝 떨어졌다.

[으헉?]

두쿰이 괴물수라의 등장에 깜짝 놀랐다. 두쿰의 입에서는 반사적으로 블랙 아이스들이 튀어나왔다.

"흥."

이탄은 블랙 아이스는 거들떠보지도 않았다.

냉기의 결정체라 불리는 블랙 아이스들은 이탄이 만들어 낸 끈적끈적한 구름 속에 뒤덮이자마자 기운이 쭉 빠졌다. 힘을 잃은 블랙 아이스들은 후두둑 추락하더니 땅바닥에서 날개를 비비적거렸다.

이탄은 그렇게 두쿰을 스쳐지나 멀리서 달려오는 비번의 귀족들을 요격했다.

철퍽!

벼락처럼 쏘아져 나간 이탄이 선두에서 달려오던 삼두 야생마를 온몸으로 들이받았다.

이 삼두 야생마가 일반적인 몬스터였다면 100배의 반탄력으로 튕겨나가 피보라로 산화했을 것이다.

다행히 이 삼두 야생마는 일반 몬스터가 아니었다. 온몸이 용암으로 이루어진 비번 귀족이었다. 덕분에 삼두 야생마는 이탄과 충돌해도 용암이 촤악 흩어지기만 했을 뿐 다진 어육 꼴이 되지는 않았다.

그러나 그 행운은 오래 가지 못했다. 이탄이 북극의 별마법을 발휘한 탓이었다.

쭈와아아악, 쪼르르륵.

빨대로 물 빨아들이는 소리가 귓가에 생생히 들리는 듯했다. 반경 수 킬로미터 영역의 음차원 마나가 모조리 이탄의 (진)마력순환로 안으로 빨려 들어왔다. 이탄은 불과 한 호흡 만에 비번 일족 다섯 귀족들의 음차원 마나를 몽땅 흡수했다.

Chapter 8

마나를 빼앗긴 효과는 곧 나타났다. 비번의 귀족들은 용암으로 이루어진 삼두 야생마의 모습을 잃어버렸다. 대신 그들은 말의 머리에 사람의 몸뚱어리를 가진 원래의 모습으로 되돌아갔다.

[어헉? 이게 어찌 된 일이야?]

[아니 왜 갑자기 마나가 끊겼지?]

비번의 귀족들이 당황했다.

이탄은 그런 적들을 단숨에 덮쳤다.

[크악!]

비번의 귀족 한 명이 이탄의 손에 붙잡혀 목뼈가 부러졌다.

"우선 한 놈은 확보했고."

이탄은 머리가 덜렁거리는 적을 땅바닥에 거꾸로 콱 박아서 꽂아 넣고는 다음 적을 향해 달려들었다.

슈왁―.

이탄의 그림자가 어른거린다 싶은 순간, 이미 주변에는 밀도 높은 구름이 꽉 찼다. 수라군림의 술법이 발휘되면서 두 번째 비번 귀족과 세 번째 비번 귀족이 이탄의 36개 손에 붙잡혔다.

이탄은 이대로 힘을 살짝 주어 손에 잡힌 자들을 갈가리 찢어놓고 싶었다. 그런 충동이 마구 샘솟았다.

하지만 이탄은 그런 충동을 억지로 꾹 참았다.

"제값을 받으려면 시체를 온전히 보전해야겠지."

이탄은 최대한 조그맣게 상대의 두개골에 구멍을 뚫었다. 그렇게 새끼손가락으로 적 머리에 구멍을 낸 다음 뇌수만 쪽 빼냈다.

이제 이탄은 다섯 가운데 셋을 해치웠다.

이탄의 시선이 나머지 두 먹잇감들에게 돌아갔다.

[초강자다. 도망쳐야 해.]

[우리가 감당할 수 없는 괴물이 나타났어.]

비번의 귀족 2명은 각자 다른 방향으로 내달렸다. 한 명은 맨발로 뛰어서 왔던 길로 되돌아갔다. 다른 한 명은 산비탈 아래로 몸을 날렸다.

이탄은 산비탈 아래쪽부터 먼저 노렸다.

이탄이 한 걸음 내디딘 순간, 이미 상대는 이탄이 만들어낸 구름 속에 파묻혔다. 포그 레코드의 권능이 발휘되면서 비번의 귀족은 다리에 힘이 빠지고 생명력이 쭉쭉 감소하는 기현상을 겪어야 했다.

[크허억, 허억, 헉, 헉.]

비번의 귀족이 끈적끈적한 구름 속에서 거칠게 숨을 헐떡였다.

이탄은 비틀거리는 적을 쉽게 따라잡아 머리채를 뒤에서 붙잡았다.

[우힉?]

비번의 귀족이 자지러지게 놀랐다.

그 순간 빠각 소리와 함께 비번 귀족의 뒤통수가 함몰되었다.

"웁스. 살짝만 쥐었을 뿐인데 머리 뒤쪽이 완전히 부서졌네. 제기랄. 이것들은 도대체 얼마나 약한 거야?"

이탄이 투덜거렸다.

그즈음 마지막 남은 귀족은 수백 미터 밖에서 미친 듯이 도망치는 중이었다. 이탄은 단숨에 상대를 따라잡아 목덜미를 살포시 붙잡았다.

[헉. 꾸르륵.]

이 귀족은 굳이 이탄이 손을 쓸 필요도 없었다. 이탄에게 목덜미를 붙잡힌 순간 어찌나 놀랐던지 그의 심장이 그대로 멎었다.

죽은 원인은 심장마비.

덕분에 이탄은 가장 온전한 시체를 하나 건지게 되었다.

"햐아. 내가 때려죽이기도 전에 심장마비로 죽는 경우는 또 처음이네. 이제 보니 비번 녀석들, 간이 아주 콩알만 하구나."

이탄은 어이가 없어 고개를 내저었다.

사실 비번 일족은 간이 콩알만 한 겁쟁이들이 아니었다. 그들은 오히려 대책 없는 무뢰배들에 가까웠다.

다만 상대가 이탄이다 보니 심장마비가 걸렸을 뿐이었다.

게다가 간이 콩알처럼 쪼그라든 것은 비번의 귀족들만이 아니었다. 두쿰도 마찬가지였다.

[으헉. 으으으으.]

두쿰은 땅바닥에 쪼그려 앉아 바들바들 경련했다. 두쿰이 아무리 억누르려고 해도 떨림이 멈추지 않았다.

[이게 대체 무슨 일이야?]

두쿰은 벌벌 떨리는 손으로 자신의 얼굴을 쓸어내렸다.

두쿰의 주변에는 상급 음혼석 6개가 아무렇게나 나뒹굴었다. 이 상급 음혼석들은 음차원의 마나를 모두 갈취당한 채 바람에 푸스스 흩어지는 중이었다.

음혼석이 붕괴한 탓에 두쿰에게 공급되던 음차원의 마나도 뚝 끊겼다. 두쿰은 마구 흔들리는 동공으로 이탄을 올려다보았다. 두쿰의 뇌리 속에는 처음 이탄을 만나던 순간이 재생되었다.

그때 두쿰은 이탄에게 눈싸움을 걸었더랬다. 이탄을 마구 노려보고 건방지게 위아래로 훑어봤더랬다.

돌이켜보면 참으로 겁대가리를 상실한 행동이었다.

[으으으으으.]

두쿰이 사시나무처럼 몸을 떠는 가운데, 이탄은 땅에 임시로 푹푹 꽂아놓았던 비번 귀족들의 시체를 모두 회수했다. 그런 다음 이탄은 시체 다섯 구를 땅바닥에 일렬로 나란히 눕혔다.

다섯 구의 시체 가운데 네 구는 두개골의 일부가 함몰되었다. 나머지 한 구는 아무런 외상도 없이 멀쩡했다.

"또 전리품을 얻었네. 설마 이 녀석들도 땅거지들은 아니겠지?"

이탄은 한 가닥의 기대를 품고서 시체를 뒤졌다.

그 기대가 곧 실망으로 바뀌었다. 5명의 비번 귀족 가운데 아공간을 가진 귀족은 단 2명뿐이었다.

"햐아. 비번 일족이 이렇게 가난한 줄 알았다면 전쟁에 참여하지 않았을 텐데 말이야."

이탄은 고개를 절레절레 저었다. 그러면서 아공간 주머니를 하나씩 열어서 내용물을 살펴보았다.

우선 첫 번째 주머니에서 적린석 100개가 와르르 쏟아졌다.

"오오. 괜찮아. 괜찮아."

적린석은 이탄에게 꼭 필요한 재료였다.

"마침 적린석 40개가 부족하던 참이었는데, 이제 필요 수량을 다 채우고도 60개가 남네. 하하하."

이탄이 기쁜 빛을 드러냈다.

이어서 아공간 주머니 속에서는 백금 한 상자가 나왔다. 상자 표면에 흐나흐 일족의 표식이 찍혀 있는 것으로 보건대 이 백금 상자는 비번의 귀족이 흐나흐 행성을 공격하다가 빼앗은 물건인 듯했다.

"오오오. 이것도 좋아. 내가 백금이 필요한 줄 어떻게 알고 이렇게 살뜰하게 모아두었을까? 하하."

이탄이 거듭 웃음을 터뜨렸다. 눈대중으로 보건대 상자 속의 백금은 얼추 500 킬로그램은 되는 듯했다.

그래도 여전히 이탄에게는 600 킬로그램의 백금이 더 필요했다.

제3화
불의 전투 Ⅱ

Chapter 1

그 다음으로 이탄이 건진 보물은 흐나흐 귀족의 시체였다. 유리관 속에 보관된 시체는 군데군데 화상을 입은 흔적이 엿보였다.

"이 시체도 이번 전쟁 중에 획득했나 보구나. 그렇다면 세골 가문의 귀족이겠군."

이탄은 '만약 세골이 원한다면 이 시체를 돌려주어야겠구나.'라고 생각했다.

"일전에 세골 스승의 유품을 통해 건진 바가 좀 있었지. 그러니까 세골 가주에게 시체 하나쯤은 선물해도 괜찮잖아."

이탄은 막무가내로 욕심만 부리는 성격은 아니었다.

"게다가 혹시 알아? 이번 기회에 세골에게 은혜를 입혀놓으면, 나중에 그를 모레툼 교단의 신도로 포섭할 수 있을지도 모르잖아. 후후훗."

이탄이 손으로 입을 가리고 음흉하게 웃었다.

그 시각, 세골은 한창 전투를 지휘하다 말고 갑자기 등골이 오싹해지는 희한한 경험을 하게 되었다.

[뭐지? 혹시 비번 놈들이 암살자를 침투시켰나?]

섬뜩한 느낌에 세골이 주변을 둘러보았다.

아무리 살펴보아도 주변에는 아무런 위험이 없었다.

하지만 세골은 자신에게 아주 무서운 일이 벌어질 것 같다는 예감이 들었다. 세골이 부르르 몸서리를 쳤다.

이탄은 세골 가문 귀족의 시체를 아공간 박스 속에 넣어둔 뒤, 다른 전리품들을 살펴보았다.

딱히 이탄의 눈에 띄는 물건은 없었다. 이탄은 잡동사니들은 챙기지 않았다. 그냥 바닥에 수북하게 쌓아놓기만 하였다.

가루로 부서진 음혼석을 발견했을 때는 이탄이 혀를 찼다.

"쯧쯧쯧. 이게 문제야. 북극의 별 마법은 다 좋은데 이게 문제라고. 어이구, 아까워라. 이게 돈으로 따지면 대체 얼마야? 어이구야."

이탄은 이제 첫 번째 아공간 주머니는 전부 다 뒤졌다.

이탄은 바로 이어서 두 번째 아공간 주머니를 개봉했다. 이 속에서는 비번의 귀족 시체가 두 구나 튀어나와 이탄을 흐뭇하게 만들었다. 덕분에 이탄의 아공간에 보관된 비번 귀족의 시체는 총 열한 구로 늘었다.

"하하하. 그래도 이 마지막 녀석은 아주 맹탕은 아니었네. 비번 일족의 시체들은 나중에 흐나흐 일족 시장에 내다 팔아야지. 아니면 나도 다음번 블랙마켓에서 개인 천막을 열고 직접 판매를 해볼까? 서리를 판매하는 뱀 님처럼 말이야."

이런 상상을 하는 것만으로도 즐거운 것을 보니, 이탄은 과연 상업으로 크게 성공한 쿠퍼 가문의 가주다웠다.

이탄은 아공간 주머니 속에서 적린석 40개도 추가로 획득했다.

그 다음으로 이탄이 아공간 주머니 속에서 발견한 것은 토트 일족의 중급 등껍질 2개였다.

솔직히 중급 등껍질 따위는 이틴의 눈에 차지 않았다.

"쳇."

이탄이 마뜩지 않은 듯 인상을 썼다.

그래도 이탄은 중급 등껍질을 버리지 않고 아공간 박스

속 7번 슬롯에 보관했다. 이 7번 슬롯은 나중에 팔아치울 물건들을 쌓아두는 장소였다.

나머지 잡다한 물건들은 이탄의 눈에 차지 않았다. 이탄은 이것들도 땅바닥에 우르르 쏟아버렸다.

그러다 검은색 스톤 하나가 이탄의 눈에 띄었다.

"이건 또 뭐지?"

이탄이 스톤을 손에 쥐고 음차원의 마나를 살짝 불어넣었다.

후웅!

검은색 스톤이 밝은 빛을 토했다.

이윽고 이탄의 눈앞에 환상처럼 홀로그램처럼 지도가 떠올랐다. 비번 일족이 다스리는 행성들을 자세하게 기록한 지도였다.

"다른 잡동사니는 몰라도 요런 건 또 챙겨줘야지. 후훗. 나중에 비번의 행성들을 한번 털러 갈 수도 있잖아?"

이탄이 포악하게 웃었다.

전리품들을 챙긴 뒤, 이탄은 두쿰을 돌아보았다.

이탄과 두쿰 사이에는 300 미터 이상 거리가 떨어져 있었다. 그런데도 두쿰은 이탄이 바로 코앞에 서 있는 듯한 느낌을 맛보았다.

[으으웃.]

두쿰이 진저리를 쳤다.

[너, 이리 와봐라.]

이탄이 두쿰에게 손짓했다.

두쿰의 동공이 바짝 경직되었다.

이탄은 슬쩍 눈썹을 찌푸렸다.

[이리 와보라니까.]

[나 말이냐……. 아니, 저 말입니까?]

두쿰이 손가락으로 자기 자신을 가리켰다.

이탄의 눈썹이 조금 더 삐딱한 각도를 그렸다.

[너 말고 여기 또 누가 있나? 어서 뛰어와.]

이탄의 뇌파가 한층 단호해졌다.

[예엡.]

두쿰은 가슴이 철렁하여 후다닥 이탄에게 뛰어갔다.

원래 두쿰의 실력이라면 300미터의 거리쯤은 단숨에 날아가야 정상이었다. 그런데 지금은 음차원의 마나가 모두 끊긴 터라 직접 발로 뛰는 데 시간이 좀 걸렸다.

[헉, 헉, 헉, 허억.]

두쿰이 이탄 앞에서 손으로 두 무릎을 짚고 숨을 헐떡였다.

이탄은 두쿰을 요모조모 뜯어보았다.

두쿰은 흉악한 포식자를 앞에 둔 초식동물처럼 바르르

몸을 떨었다.

[으으윽. 왜…… 그러십니까?]

두쿰은 최대한 조심스럽게 이탄의 눈치를 살폈다.

Chapter 2

이탄이 두쿰의 어깨를 잡았다.

[아악!]

두쿰이 펄쩍 뛰었다. 이탄의 악력이 어찌나 강했던지 두
쿰은 자신의 어깨가 육중한 산맥과 산맥 틈새에 끼어버린
듯한 느낌을 받았다.

이탄이 은근한 뇌파로 물었다.

[너 마그리드의 부하라지? 7개의 불길한 별, 즉 일곱 흉
성이라던가?]

[일곱 흉성이라뇨? 저에게는 과분한 칭호입니다. 저는
감히 이탄 님 앞에서 그런 과분한 칭호로 불릴 자격이 없습
니다.]

두쿰이 황급히 꼬리를 내렸다. 냉혹해 보이는 겉모습과
달리 두쿰은 의외로 아부에 능하고 시세 판단이 빠른 자였
다.

이탄은 묘한 눈으로 두쿰을 응시했다.

[흡. 죄송합니다.]

두쿰이 찔끔 놀라 시선을 내리깔았다.

이탄이 다시 대화를 이었다.

[내가 일곱 흉성 가운데 피우림과 안면이 좀 있거든.]

[그렇습니까? 저도 피우림과 우호적인 관계입니다.]

두쿰이 냉큼 말을 받았다.

이탄이 손가락을 까딱였다.

[내가 듣기로 피우림은 꽤 먼 지역에서 왔다던데, 일곱 흉성들 가운데 그렇게 먼 곳에서 온 자들이 또 있나? 아는 대로 한번 읊어봐라.]

[옙. 제가 아는 바에 따르면······.]

의외로 두쿰은 입이 가벼웠다. 두쿰은 이탄이 되묻기도 전에 일곱 흉성에 대해서 줄줄이 털어놓았다. 이탄이 딱히 위협적인 눈빛을 보내지 않아도 두쿰은 자신이 알고 있는 모든 정보를 술술 흘렸다.

심지어 두쿰은 본인에 대해서도 전부 이야기했다.

알고 보니 두쿰은 '그레이'라 불리는 종족이었다. 그레이는 곤충형 몬스터의 일종으로 소환술에 능하기로 유명했다.

두쿰은 피우림에 대해서도 많은 이야기를 했는데, 피우

림이 그릇된 차원의 몬스터가 아니라 북명의 대선인이라는 사실은 알지 못하였다.

'이 늙은이가 이제 보니 별로 아는 것도 없잖아?'

이탄은 내심 그 점에 실망했다.

이어서 두쿰은 나머지 흉성들을 차례로 읊었다.

우선 다이브.

특이하게도 그녀는 알블―롭과 흐나흐 일족 사이의 혼혈이라고 했다.

알블―롭과 흐나흐는 서로 앙숙이었으나, 의외로 혼혈이 많았다. 역사적으로 서로 밀접한 관계였기 때문이다.

한데 이 혼혈들은 흐나흐 일족에게 동족으로 받아들여지지 못하는 경우가 태반이었다. 그들은 흐나흐와 알블―롭 양쪽에서 이방인처럼 겉돌면서 일족과 하나가 되지 못했다.

다이브도 마찬가지였다.

다이브는 알블―롭도 아니고 흐나흐도 아닌 채로 수백 년을 살아오면서 스스로의 정체성을 모호한 회색으로 정의했다. 그런 다음 흐나흐 일족의 경계선 살짝 바깥쪽에서 고립되어 살아갔다.

[사실 다이브가 그렇게 고뇌할 필요도 없는데 말입니다. 다이브 정도의 실력자라면 흐나흐의 귀족들도 감히 그녀를

배척하지 못할 겝니다. 다이브는 일곱 흉성 가운데서도 능히 세 손가락 안에 꼽히는 실력자이거든요.]

이것이 다이브에 대한 두쿰의 평가였다.

두쿰 본인과 피우림, 다이브에 이어서 두쿰이 설명한 네 번째 흉성은 합시였다.

합시는 뻘브 일족이라고 했다.

[합시는 뻘브 일족답게 환각 마법에 능하며, 공간 마법도 일부 다룰 줄 압니다. 게다가 암살 능력도 탁월하여 피우림과 함께 일곱 흉성 가운데 가장 상대하기 까다롭습니다. 하지만 녀석은 그 속을 알 수 없다는 점이 문제이지요.]

[그런가?]

이탄의 생각에 두쿰은 합시를 좀 꺼리는 듯했다. 합시를 설명할 때 두쿰의 눈빛에 그런 감정이 살짝 깃들었다.

합시에 대한 설명을 끝으로 두쿰은 잠시 뇌파를 중단했다. 이탄과 두쿰 사이에 침묵이 감돌았다.

[계속해봐.]

이탄이 다시 손가락을 까딱거렸다.

[예. 이탄 님.]

두쿰은 공손하게 손을 모아 대답했다.

두쿰이 언급한 다섯 번째 흉성은 오슬로였다.

오슬로는 피우림과 마찬가지로 모든 것이 모호했다. 정보에 빠른 두쿰조차도 오슬로가 어떤 종족인지 알지 못했다.

또한 두쿰은 오슬로의 주특기가 무엇인지도 몰랐다.

[피우림도 그렇지만 오슬로도 정말 베일에 싸인 존재입니다. 녀석은 영력도 아니고 신체변형도 아닌 독특한 수법을 쓰는데, 그게 또 마법이냐 하면 그런 것 같지도 않습니다.]

[흐으음.]

[게다가 오슬로는 희한하게도 마나 소모가 거의 없는 것으로 알고 있습니다. 세상에 마나를 소모하지 않고 마법을 펼친다? 이건 불가능한데. 거 참, 모를 일입니다.]

두쿰은 설명을 하다말고 고개를 갸우뚱했다.

이탄이 눈을 반짝 빛냈다.

'응? 마나 소모를 거의 하지 않는다고? 그리고 영력도 아니고, 신체변형도 아니고, 마법도 아닌 것 같다면 혹시 술법인가?'

피우림은 북명의 대선인이었다.

그렇다면 오슬로도 피우림과 마찬가지로 술법사일지도 몰랐다.

'기회가 되면 오슬로에 대해서도 잘 알아봐야겠구나. 잘하면 오슬로를 통해서 새로운 술법을 접할 수도 있겠어.'

이탄은 강한 기대감에 손바닥을 슥슥 비볐다.

두쿰이 설명한 여섯 번째 흉성은 '힐리'였다.

마그리드가 부리는 일곱 흉성 가운데 3명이 여성이었다. 피우림과 다이브에 이어서 힐리가 바로 그 마지막 한 자리를 차지했다.

두쿰의 설명에 따르면, 힐리는 츄루바라는 종족이라고 했다.

[저도 츄루바 일족에 대해서는 별로 아는 바가 없습니다. 워낙 보기 드문 종족이니까요. 하지만 제가 힐리를 보고서 느낀 사실인데, 그녀의 종족은 몸이 날랜 것이 특징인 듯합니다. 그렇다고 해서 힐리가 피우림이나 합시처럼 암살자 타입은 아닙니다. 오히려 그녀는 정면에서 적과 맞서 싸우는 전사에 가깝습니다.]

[흐음. 전사 타입의 츄루바 족이라고.]

이탄은 손으로 턱을 쓸면서 두쿰의 이야기를 들었다.

Chapter 3

두쿰이 재빨리 덧붙였다.

[또한 힐리는 각종 약을 잘 다뤄서 아군에게 꼭 필요한 존재이기도 합니다.]

[전사뿐 아니라 치료사의 역할도 하는 셈인가?]

이탄은 힐리에 대해서도 관심을 두었다.

마지막으로 두쿰이 설명한 자는 차핑이었다.

[차핑은 영력을 다루는 데 타고난 노인네입니다. 신체변
형도 제법 강력하고요. 제가 파악하기로 차핑은 셋뽀라는
희귀 일족인 것 같습니다.]

[셋뽀?]

[예. 뱀 형태의 음험한 족속들입죠.]

이탄은 뱀 일족이라는 말을 듣자마자 퍼뜩 떠오르는 바
가 있었다.

'서리를 판매하는 뱀 님. 그리고 그녀를 호위하는 자들
이 모두 뱀 가면을 썼었지. 그게 괜히 그런 것은 아닐 거야.
그렇다면 혹시 서리를 판매하는 뱀 님이 셋뽀 일족일까?'

문득 이런 생각이 이탄의 뇌리를 스쳐 지나갔다.

이탄은 이내 그 생각을 털어버렸다.

'이 넓은 그릇된 차원에서 종족이 어디 한두 개야 말이
지. 뱀 형태의 일족은 무수히 많잖아? 하나의 단서만 가지
고 판단을 내리기는 어려워.'

그럼에도 불구하고 이탄은 셋뽀라는 종족을 머릿속에 담
아두었다.

두쿰이 슬금슬금 이탄의 눈치를 살폈다.

[이탄 님, 이제 어떻게 하실 것입니까?]

[어떻게 하긴. 2번 축과 3번 축을 공략하던 비번의 귀족들을 모두 때려잡았으니 이제 1번 축으로 가야지.]

이탄은 당연하다는 듯이 대꾸했다.

두쿰은 허리를 굽혀 낮은 자세로 여쬈다.

[하오면 저는 이만 돌아가 봐도 될는지요?]

[음?]

[송구하오나 저는 비번 녀석들과 1대 5로 싸우느라 상처를 많이 입었습니다. 또 마나도 고갈되어 전투에 도움이 되지 않을 겝니다.]

그 말을 증명이라도 하듯이 두쿰의 몸뚱어리는 화상을 잔뜩 입은 상태였다. 게다가 두쿰이 가지고 있던 상급 음혼석들도 모두 가루가 된 터라 앞으로의 전투에서 두쿰의 활약을 기대하기는 어려웠다.

이탄이 손을 휘휘 저었다.

[가 봐.]

[예. 고맙습니다.]

두쿰이 꾸벅 고개를 숙였다.

그때 이탄이 한 마디를 덧붙였다.

[지금은 가도 좋다만, 전쟁이 끝나면 즉시 나를 찾아오너라.]

[예에?]

두쿰의 눈동자가 파르르 흔들렸다.

솔직히 말해서 두쿰은 다시는 이탄과 마주치고 싶지 않았다. 왠지 모를 두려움과 불길한 느낌 때문이었다.

하지만 이탄은 두쿰의 속마음을 헤아려주지 않았다.

[전쟁이 끝나면 샤론의 별궁으로 찾아오면 된다. 그때 일곱 흉성에 대해서 좀 더 자세히 물어보지.]

[저기 이탄 님. 그게 말입니다, 제가 알고 있는 것은 조금 전에 모두 말씀드렸습니다. 저를 더 추궁하셔도 더는 아는 바가 없습니다.]

두쿰이 모처럼 용기를 잔뜩 내어 이렇게 아뢰었다. 그리곤 똥 마려운 강아지처럼 안절부절못했다.

이탄이 얼굴 표정을 굳혔다.

[이봐. 두쿰.]

[옙. 말씀하십시오.]

[그런 것은 내가 알아서 판단할 것이다. 너는 전쟁이 끝나면 나를 찾아오기나 해.]

이탄의 태도는 고압적이었다.

[아아아, 예.]

두쿰이 가느다란 신음을 흘리다가 결국 마지못해 고개를 끄덕였다.

반 강제로 대답은 하였으나 두쿰의 표정에는 '어떻게 이 위기를 빠져나가지?' 라는 기색이 역력했다.

이탄이 그 기색을 읽었다.

[두쿰. 똑똑히 기억해라. 조금 전에 너는 비번의 귀족들에게 죽을 뻔했어. 내가 구해주지 않았다면 너는 이미 죽은 목숨이었다고.]

이탄은 서슬 퍼런 어투로 경고했다.

[어어어.]

두쿰이 그 기세에 눌려 뒷걸음질 쳤다.

이탄이 경고를 이었다.

[그 목숨 빚을 갚을 방법을 내가 알려줄 테니까, 전쟁이 끝나는 즉시 나를 찾아오너라. 그렇지 않으면 거꾸로 내가 너를 찾아갈 것이다.]

두쿰이 이탄을 찾아갔을 때보다 이탄이 두쿰을 찾아왔을 때 더 무서운 일이 벌어질 것이란 점은 자명했다. 두쿰은 얼이 빠진 표정으로 고개를 주억거렸다.

[으으윽. 알겠습니다. 명심하겠습니다.]

두쿰의 낯빛은 어느새 창백하게 질려 있었다.

두쿰을 후방으로 돌려보낸 뒤, 이탄은 산허리를 빙 돌아 흐나흐 진영의 1번 축으로 발걸음을 옮겼다.

푸이가 곧 이탄을 쫓아왔다. 푸이는 이탄이 1번 축에 합류하여 세골을 돕는다고 하자 뛸 듯이 기뻐했다.

[이탄 님, 정말 감사합니다. 정말 고맙습니다.]

푸이는 진심을 듬뿍 담아 이탄에게 허리를 숙였다.

같은 시각.

세골의 맏아들 츄이는 흐나흐 진영의 3번 축에서 철수하여 1번 축으로 이동하는 중이었다. 세골 가문의 가병들이 츄이와 함께 빠르게 산을 타넘었다.

츄이가 맡고 있던 3번 축은 이미 비번 일족에게 점령을 당한 상태였다.

무려 5명의 비번 귀족들이 용암으로 신체를 변형하여 흐나흐 방어선을 뚫어버렸다. 절벽 위의 방어선이 붕괴할 때 츄이는 적들 사이에 두쿰을 내버려둔 채 산 위로 도망쳤다. 그런 다음 부하들과 함께 산을 타넘었다.

'아버님과 합류해야만 한다. 그곳에서 전열을 정비한 다음 비번 놈들과 다시 싸워야 해.'

츄이의 머릿속에는 오로지 이 생각만 가득했다.

그러느라 츄이는 두쿰에 대해서는 완전히 잊어버렸다. 아니, 정확하게 말해서 츄이는 두쿰이 이미 죽었을 것이라 여겼다.

비번의 귀족 5명에게 둘러싸였으니 두쿰이 살아남을 가

능성은 제로였다. 최소한 츄이의 상식으로는 그러했다.

그 두쿰이 살아남았다. 이탄 덕분에 살아서 산 정상으로 기어오르고 있었다.

Chapter 4

두쿰이 산꼭대기로 등반하는 이유는 단순했다. 그 꼭대기에 플래닛 게이트가 설치되어 있기 때문이었다.

'일단 이 빌어먹을 행성을 떠나서 마그리드 님의 곁으로 돌아가자. 내가 힘을 되찾으려면 상급 음혼석이 필요해.'

죽다 살아난 탓인지 두쿰의 회색 피부가 유난히 창백해 보였다. 그렇게 창백한 피부와 달리 두쿰의 눈에는 시뻘건 핏발이 곤두섰다.

'빌어먹을. 이탄이 그렇게 무서운 강자일 줄 누가 알았겠어. 그 무서운 초강자에게 빌미를 주었으니 앞으로 내 앞날이 고달프게 생겼구나. 이게 모두 다 츄이, 그 개새끼 때문이야. 비겁하게 나만 적진에 남겨두고 도망치다니. 이런 쌍.'

두쿰은 오늘 비번 귀족들의 손에 죽을 뻔했다.

이탄 덕분에 간신히 죽음을 면하기는 하였으나, 앞으로

이탄에게 질질 끌려 다니게 생겼으니 이 또한 좋은 일은 아니었다.

두쿰은 이 모든 악운이 츄이 때문에 발생했다고 믿었다.

[츄이. 두고 보자. 이 두쿰 님은 은혜는 쉽게 잊어도 원한은 절대 잊지 않느니라. 뿌드득.]

싸늘한 독백이 두쿰의 뇌 안에서 메아리쳤다.

그렇게 두쿰이 산꼭대기에 도달할 무렵이었다.

'헙?'

두쿰은 일순간 바닥에 납죽 엎드렸다. 숨도 뚝 멈췄다.

타닥, 타닥, 타다닥.

다급한 발소리가 땅을 타고 두쿰의 귀에 전달되었다.

'이 소리는?'

두쿰은 귀가 밝은 몬스터였다. 발소리만 듣고도 이것이 비번 일족의 것이 아니라 흐나흐 전사들의 소리임을 알아차렸다.

'혹시 츄이, 그 개자식인가?'

두쿰은 눈에서 시퍼런 광채를 토했다.

두쿰이 바위에 녹아들듯이 모습을 감추었다. 그 상태에서 두쿰은 미끄러지듯 이동하여 멀리서 다가오는 자들을 살폈다.

'역시 츄이로구나.'

두쿰이 소리가 나도록 이빨을 갈았다.

'흐흐흐. 어쩌면 이것도 운명일지 모르지. 내 뒤통수를 친 놈이 이렇게 빨리 눈앞에 나타날 줄이야. 크흐흐흐.'

두쿰은 입가에 비릿한 미소를 걸었다.

비록 두쿰이 이탄 앞에서는 벌벌 떨다 못해 오줌을 지릴 정도라고 하지만, 그렇다고 해서 그가 겁쟁이인 것은 아니었다. 오히려 두쿰은 겁이 없고 파괴적인 성격으로 유명했다.

게다가 음차원의 마나가 끊어졌다고 해도 두쿰은 두쿰이었다. 두쿰은 마나의 도움 없이 신체의 단단함과 노련한 경험만 가지고도 어지간한 전사 수십 명은 쉽게 상대할 자신이 있었다.

또한 두쿰은 여러 종의 독충을 지녔다.

'마나가 없으니 독충으로 승부를 보는 편이 낫겠지?'

이렇게 생각한 두쿰이 허리춤에서 보라색 주머니를 하나 꺼내어 조심스레 열었다.

웨에에엥―.

눈에 보이지도 않는 미세한 곤충형 몬스터들이 파르르 날아올라 두쿰의 주변을 빙글빙글 배회했다.

두쿰은 흐뭇한 눈빛으로 그 독충들을 바라보았다.

[오냐, 내 새끼들아. 자, 가라. 가서 저놈들을 해치워라.]

사라락~.

두쿰이 전방으로 손을 슬그머니 뻗었다. 주인의 손짓에 따라 미세한 곤충형 몬스터들이 바람을 타고 소리 없이 날았다.

그 곤충들은 잠시 후 흐나흐 전사들의 목덜미에 사악 내려앉았다. 그중 몇 마리는 츄이에게 집중적으로 붙었다.

안타깝게도 이 사실을 눈치챈 전사는 아무도 없었다.

톡!

[앗 따거.]

전사 한 명이 손으로 자신의 뒷목을 때렸다. 비교적 감각이 예민한 전사였다.

동료가 뒤를 돌아보았다.

[뭐야? 무슨 일 있어?]

[아무것도 아냐. 목 뒤가 따끔한 게 뭐가 물었나 봐.]

스스로 뒷목을 때린 전사가 가볍게 둘러대었다.

[녀석. 싱겁기는.]

질문을 던졌던 동료도 다시 전방으로 고개를 돌렸다.

사실 이 전사도 조금 전에 뒷목이 찌릿했었다.

하지만 상황이 급박하다 보니 그런 사소한(?) 일에 신경을 쓸 수가 없었다. 지금 전사들은 츄이의 뒤를 따라 전속력으로 내달리는 중이며, 벌레 따위에 물린 정도로 동료들의 행군에 지장을 줄 수는 없는 노릇이었다.

산꼭대기를 비껴지나 산 중턱에 거의 도달할 때까지 츄이 일행은 아무런 이상도 느끼지 못하였다.

파탄은 행군을 잠시 멈출 때 드러났다.

[컥. 커억. 어어어, 몸이 왜 이러지?]

전사 한 명이 바위에 걸터앉으려다가 갑자기 앞으로 고꾸라졌다.

[야. 정신 똑바로 안 차릴래? 고작 산봉우리 하나 뛰어넘었다고 이렇게 비틀거리고도 네가 전사야? 츄이 님 뵙기가 민망하지도 않냐?]

상관이 쓰러진 전사를 나무랐다.

[끄어어.]

상관의 호통을 듣고도 전사는 몸을 일으키지 못했다. 꿈틀 꿈틀 몇 차례 일어서려고 노력하다가 다시 앞으로 엎어졌다.

[뭐야? 쟤 왜 저래?]

[뭔가 이상한데? 저 녀석 좀 일으켜 봐.]

동료들이 쓰러진 전사에게 우르르 달려들었다.

그때 또 한 명의 전사가 비틀거렸다.

[어어엇?]

전사는 하늘이 갑자기 노래지면서 세상이 빙글빙글 돌았

다. 울컥하고 구토가 치밀었다.

[우웩. 우웨에엑.]

강한 현기증을 느낀 전사가 먹은 것을 게워내다가 픽 쓰러졌다.

[저 녀석은 또 왜 저런대?]

[대체 무슨 일이야?]

흐나흐 전사들이 당황했다.

Chapter 5

옆에서 또 한 명의 전사가 휘청거렸다.

[으어어어. 어지럽다. 어지러워.]

이 전사도 얼마 가지 않아 뒤로 넘어갔다.

불과 몇 초 뒤에는 열댓 명의 전사들이 쓰러졌다. 어지럼증을 느끼며 나자빠진 자들은 이내 호흡이 멎었다.

[독이닷. 이건 중독되었을 때 나타나는 현상이야.]

[독이라고? 말도 안 돼. 비번 놈들은 독과는 거리가 멀다고.]

흐나흐 전사들이 우왕좌왕했다.

츄이의 얼굴이 딱딱하게 굳었다.

[모두 정신 차렷.]

츄이가 벌떡 일어나 암석에 깃발을 쾅 꽂았다. 츄이의 서슬 퍼런 호통에 우왕좌왕하던 흐나흐 전사들이 바짝 군기가 들었다.

츄이는 매서운 눈으로 부하들을 둘러본 다음, 명을 내렸다.

[2조와 3조, 4조는 주위를 경계하라. 1조와 5조는 사태를 파악햇.]

[넵. 츄이 님.]

흐나흐 전사들이 일사불란하게 움직였다.

그러나 그 움직임은 곧 흐트러졌다. 4명의 전사가 추가로 고꾸라지자 이제 전사들의 눈에는 당혹스러움과 공포가 함께 깃들었다.

츄이의 눈도 거칠게 흔들렸다.

'뭐지? 비번 놈들이 이곳 산 중턱까지 침투해서 맹독을 살포했나?'

얼핏 이런 생각이 들었다.

하지만 츄이는 이내 고개를 가로저었다.

'그건 아니야. 비번 녀석들은 독을 쓸 능력이 없어. 놈들은 체온이 워낙 높아서 어지간한 독은 즉시 타버린다고.'

세골 가문에도 독을 다루는 자들이 몇 되었다.

하지만 그런 자들이 아군에게 맹독을 살포할 리는 없었다.

'게다가 우리 가문에는 이렇게 은밀하고 강력한 독을 사용하는 귀족은 없어. 내 주변에서 이 정도로 독에 능한 자라면……? 헉! 설마?'

츄이의 뇌리에 두쿰의 음침한 얼굴이 스쳐 지나갔다. 츄이는 머리카락이 쭈뼛 서는 느낌을 받았다.

'나는 두쿰 님을 적진 한복판에 버려뒀다. 만약 두쿰 님이 그곳에서 벗어나서 복수를 하는 것이라면?'

츄이의 생각이 여기까지 미칠 때였다.

띠잉!

츄이는 뇌신경이 갑자기 끊어지는 듯한 느낌을 받았다. 머리가 멍하고 세상이 핑그르르 돌았다.

[우우웨에에엑.]

츄이가 머리를 푹 숙이고 먹은 것을 토했다.

[앗, 츄이 님.]

[왜 그러십니까? 츄이 님, 정신 차리십시오.]

부관이 황급히 츄이에게 달려왔다.

다른 전사들도 츄이를 향해 우르르 모였다.

부관은 품에서 동그란 약병을 하나 꺼냈다. 이 약병 안에는 뻘브 일족이 만든 치료제가 들어 있었다.

무척 귀한 약이라 함부로 쓸 수는 없었다. 부관은 전쟁터에서 츄이가 다쳤을 때 이 치료제를 사용하려고 마음먹었다.

그리고 지금이 바로 그때였다.

부관이 츄이의 갑옷을 황급히 벗겼다. 그런 다음 칼끝으로 츄이의 심장 바로 위쪽을 부욱 그었다.

푸확!

츄이의 가슴팍에서 피가 분수처럼 뿜어졌다.

흐나흐 전사들이 깜짝 놀랐다.

부관은 냉철한 눈빛으로 고개를 가로저었다.

[모두 놀라지 마라. 이것이 바로 치료 방법이다. 이 약은 심장에 직접 침투시켜야 효과가 나타난다.]

[그렇습니까?]

부관의 말에 흐나흐 전사들이 눈을 동그랗게 떴다.

부관은 약효를 직접 보여주려는 듯, 츄이의 상처 부위에 약을 들이부었다.

치이이익!

흰 연기와 함께 물약이 츄이의 심장으로 스며들었다. 약 기운이 피를 거슬러 올라가 츄이의 심장 안쪽까지 침투했다.

[허억. 허억. 허억.]

츄이가 거칠게 숨을 몰아쉬었다. 츄이의 가슴에는 하얀 붕대가 칭칭 감긴 상태였다. 또한 츄이의 머리 위에는 얇은 천막이 둘러쳐져 햇볕을 가려주었다.

[으허어어, 크윽.]

츄이는 상체를 일으키다 말고 손으로 가슴을 움켜쥐었다. 츄이의 가슴에서 뜨거운 핏물이 배어나왔다. 하얗던 붕대가 조금씩 빨갛게 물들어갔다.

[츄이 님, 정신이 드십니까?]

[몸은 좀 어떠십니까?]

부관을 포함한 세골 가문의 전사들이 츄이의 곁으로 몰려들었다.

츄이가 주위를 둘러보았다.

[여긴 어디냐? 대체 내가 어떻게 되었던 거지?]

세골 가문의 전사들이 앞다투어 대답했다.

[츄이 님께선 독에 당하셨습니다. 극독 때문에 현기증과 구토 증세를 보이시고 숨도 멎으실 뻔했습니다.]

[부관님께서 재빨리 응급조치를 하지 않으셨다면 무척 위험했을 겁니다.]

츄이가 얼굴을 와락 찌푸렸다.

[독이라고?]

[그렇습니다. 빌어먹을 독 때문에 아군이 30명도 넘게

희생을 당했습니다. 크으윽.]

부관이 분한 듯 발을 굴렀다.

츄이는 고개를 숙이고 잠시 생각에 잠겼다.

'독 때문에 아군이 30명이나 죽었다고? 그리고 나도 죽을 뻔했고? 정말 내 짐작이 맞을까? 두쿰 님이 복수심에 손을 쓰신 걸까?'

츄이는 머릿속이 복잡했다.

Chapter 6

츄이가 막 깨어날 즈음, 이탄과 푸이는 산허리를 빙 돌아 흐나흐 방어진의 1번 축에 도착했다.

마침 이곳에서는 대규모의 접전이 벌어지는 중이었다.

산 아래 평야지대에서는 화염이 해일처럼 뻗어와 산을 집어삼키려 들었다. 흐나흐 일족은 그에 맞서서 마법 방어진을 빙 둘러 쳤다. 그러다 기회가 오면 방어진을 살짝 열고 공격 마법을 한 번씩 퍼부었다.

이와 별도로 전선 중앙 지역에서는 강자들의 전투가 한창이었다. 세골을 포함한 가문의 원로 8명이 비번의 귀족들 10명과 무섭게 맞부딪쳤다.

비번의 귀족들은 온몸에 용암을 뒤덮은 채 집요하게 달려들었다. 용암으로 이루어진 삼두 야생마가 콧김을 뿜으며 달려들 때마다 대지가 우르르 비명을 토했다.

가주인 세골이 그 적들을 막아내었다.

세골은 최대한 간결하게 검을 휘둘러 삼두 야생마들을 깊게 베었다. 세골의 검에서 뿜어진 기운은 무려 100 미터 가까이 뻗어나았다.

비번의 귀족들이 제아무리 물리 이뮨이라고 하지만, 몸속 깊은 곳까지 쩍쩍 베일 때마다 그들의 공격 템포가 한 박자 늦어지는 것은 어쩔 수 없었다.

그렇게 세골이 적의 호흡을 빼앗고 나면, 나머지 7명의 원로들이 마법과 영력을 동원하여 적 귀족들을 뒤로 밀어내었다.

콰앙! 쾅! 쾅! 쾅!

폭음이 귀청을 찢었다. 귀족과 귀족이 맞부딪칠 때마다 사방으로 용암 파편이 튀었다. 살을 에는 얼음 조각도 마구 날아다녔다. 때로는 시퍼런 검의 기운이 수평으로 뻗어 주변의 모든 것을 베어버리기도 하였다.

이 무시무시한 광경에 다들 심장이 오그라들었다. 당연히 세골이 싸우는 곳 근처에는 일반 전사들은 얼씬도 하지 못했다.

덕분에 귀족들은 귀족들끼리 중앙에서 맞붙었으며, 전사들은 멀리 떨어진 곳에서 자기들끼리 공방을 주고받았다.

현 상태만 놓고 보면, 세골 가문이 약간 더 우세했다. 세골의 검술이 어찌나 뛰어났던지 비번의 귀족들은 세골 한 명을 뚫지 못하고 조금씩 뒤로 밀렸다.

그런데도 표정은 세골이 더 어두웠다.

'아아아.'

세골은 초조한 눈빛으로 평야의 끝자락을 힐끔거렸다.

세골뿐만이 아니었다. 가문의 원로들도 지평선을 한 번씩 쳐다보았다.

세골이 입술을 꽉 깨물었다.

'지금 이 귀족들이 문제가 아니야. 그 위의 존재가 곧 강림할 게야.'

귀족보다 윗줄이라면 왕의 재목이었다. 세골은 비번 일족을 다스리는 왕의 재목이 오늘 등장할 것이라 예측했다.

'내 능력으로는 왕의 재목을 막을 수 없다. 마그리드 님이 친림해 주셔야 해. 아니면 최소한 이탄 님이라도 빨리 2번 축의 전투를 마무리 짓고 도와주셔야 하는데……'

세골은 이탄이 머무는 방향을 힐끗 돌아보았다.

바로 그때 파탄이 발생했다.

화르르르륵!

지평선 저 너머에서 시뻘건 태양이 떠올랐다.

하늘 한복판에 떠 있는 진짜 태양 말고, 지평선에서 새로 솟구친 유사—태양(Quasi—Sun)이 이글거리는 화염을 내뿜으며 평야를 화악 밝혔다.

[오오오! 드디어 강림하셨구나.]

비번의 귀족들이 만세를 불렀다.

[우오오오, 우리의 왕이시여.]

비번의 전사들은 전투를 하다 말고 감격에 겨워 눈물을 글썽였다.

반대로 흐나흐 전사들의 눈동자는 불안하게 흔들렸다.

그러는 동안에도 지평선의 유사—태양은 점점 더 크고 밝게 떠올랐다. 그리곤 한순간 번쩍! 하고 강렬한 빛을 사방팔방으로 쏘아내었다.

눈이 멀 것 같은 광채 속에서 세골은 똑똑히 보았다. 막 떠오른 태양 속에 뿔이 크게 달린 거인이 우뚝 서 있는 모습을 말이다.

거인은 5개의 머리를 가졌다. 이 5개의 머리는 말의 그것을 닮아 있었다. 말의 이마 한복판에는 뾰족한 뿔이 길게 솟구친 모습이었다. 뿔 달린 5개의 머리는 말과 같았으되 거인의 몸통은 사람과 비슷했다. 거인은 한 손에 뭉툭한 도끼를, 다른 손에는 둥그런 구슬을 움켜쥐고 있었다.

유사─태양 속의 거인이 손바닥을 위로 들었다.

투확!

구슬에서 뿜어진 파멸적 광채가 평야를 가득 채웠다.

[아아악.]

강한 광채에 흐나흐 전사들의 시력이 순간적으로 마비되었다.

[이때다. 흐나흐 놈들을 섬멸하라.]

비번 전사들이 그 틈을 놓치지 않고 우르르 달려들었다. 그들은 흐나흐 전사들의 몸뚱어리에 불을 붙였다.

삽시간에 흐나흐 전사들이 대거 쓰러졌다.

비단 전사들만 당한 것이 아니었다. 흐나흐 귀족들도 광채의 영향으로부터 자유롭지 못했다. 구슬에서 뿜어진 파멸적 광채는 전사들보다는 흐나흐 귀족들의 눈에 집중적으로 타격을 입혔다.

[으아악, 내 눈.]

[크악.]

세골 가문의 원로 7명 가운데 6명이 눈에서 피를 철철 흘렸다. 유사─태양 속의 거인은 단 한 번의 공격만으로 흐나흐 귀족 6명의 눈알을 태워버린 것이다.

이 가공할 공격 아래서 오로지 세골과 원로원주만이 피해를 입지 않았다. 세골은 검을 풍차처럼 회전시켜 파멸적 광채를 튕겨내었다. 원로원주는 블링크 마법으로 멀리 피했다가 다시 돌아왔다.

하지만 한 번 피했다고 해서 문제가 해결된 것은 아니었다. 지평선에서 떠오른 유사—태양은 이제 평야 중심부까지 날아왔다.

진짜 태양처럼 이글거리는 유사—태양은 직경이 수 킬로미터가 넘었다. 온도는 수천 도를 상회했다.

유사—태양이 스쳐 지나가자 평야에 불길이 화륵 치솟았다. 바위가 흐물흐물 녹아내렸다. 유사—태양은 세골을 향해 일직선으로 날아왔다. 그러면서 태양 속의 거인이 도끼를 번쩍 들어 전방으로 내던졌다.

화르륵!

도끼가 화염의 거조로 변했다. 화염으로 이루어진 거대한 새는 단숨에 세골을 향해 들이닥쳤다.

거조의 날개는 거의 1 킬로미터에 육박하였는데, 거조가 가까이 다가오기도 전에 뜨거운 열기가 확 끼쳤다.

[으읏.]

세골이 피가 나도록 입술을 깨물었다. 세골은 양손으로 검의 손잡이를 꽉 움켜잡았다. 검끝은 비스듬히 아래로 눕혔다.

Chapter 7

화염의 거조는 단 세 번의 날갯짓 만에 세골의 바로 앞 300미터 지점까지 도달했다.

[이야압.]

그때 세골이 죽을 각오로 도약했다. 세골의 검이 아래에서 위로 확 치켜 올라갔다.

촤—악!

검에서 뿜어진 예리한 기운이 300미터 전방의 거조를 그대로 훑고 지나갔다. 거조의 왼쪽 날개가 썽둥 잘렸다.

하지만 거조는 아랑곳 않고 달려들어 세골과 맞부딪쳤다.

[크윽.]

세골이 어금니를 꽉 물었다. 세골은 검으로 둥그런 검막을 만들어 몸을 보호했다. 그 막 위에 화염의 거조가 뿜어낸 초고온의 열기가 쏟아졌다.

검막은 금방이라도 터져서 증발할 듯이 출렁거렸다. 세골은 검막 속에서 답답한 신음을 흘려야 했다.

하지만 세골은 끝내 검막을 지켜내었다. 비록 몸 군데군데에 화상을 입고 음차원의 마나도 잔뜩 소모하기는 했으나, 세골은 끝내 적의 공세를 버텼다.

[제법이로구나.]

유사—태양 속에서 웅웅거리는 뇌파가 터졌다.

[크악.]

그 뇌파에 노출된 것만으로도 세골의 고막이 찢어졌다. 세골은 머리를 세차게 흔들면서 뒤로 물러섰다.

유사—태양은 그보다 더 빠르게 다가왔다. 이제 세골과 유사—태양 사이의 거리는 불과 20킬로미터도 남지 않았다.

유사—태양이 근접하자 모든 것이 다 재가 되었다.

[으어어어어—.]

흐나흐 전사들이 긴 울음과 함께 잿더미로 스러졌다. 전사들의 갑옷과 병장기도 함께 재로 흩날렸다.

평야에 나뒹구는 돌멩이들도 재로 변했다.

심지어 비번 일족들조차 유사—태양이 뿜어내는 가공할 열기를 견디지 못하고 멀리 물러났다.

덕분에 길이 쩍 열렸다. 직경 수 킬로미터에 달하는 유사—태양은 그 길을 따라 날아와 세골을 덮쳤다.

유사—태양 속의 거인이 다시 한번 구슬을 들었다.

투확!

구슬에서 뿜어진 파멸적 광채가 세골과 원로들을 휘감았다.

이번에는 원로원주도 미처 도망치지 못했다.

[끄아악.]

원로원주가 눈에서 피를 뿜으며 뒤로 쓰러졌다.

세골도 한쪽 눈을 잃은 채 엉덩방아를 찧었다.

상대는 일반적인 왕의 재목이 아니었다. 마그리드도 이 정도로 강하지는 않았다.

'비번 일족의 지배자가 이 정도의 초강자였다니! 아아아, 이 일을 어쩐단 말인가.'

세골은 절망을 느꼈다.

유사—태양 속의 거인이 도끼를 회수했다가 다시 던졌다. 도끼의 한 귀퉁이가 잘려 있었는데, 이것은 조금 전 세골의 검이 남겨 놓은 흔적이었다.

유사—태양 속의 거인은 마음속으로는 세골의 검술에 감탄하였으나 겉으로는 그런 내색을 내비치지 않았다.

거인의 손을 떠난 도끼가 화염의 거조로 변했다. 화염으로 이루어진 거대한 새는 단 두 번의 날갯짓 만에 세골 가문의 원로 3명을 동시에 덮쳤다.

[끄억.]

3개의 비명이 동시에 겹쳐서 울렸다.

원로 3명의 의복이 먼저 잿더미가 되었다. 이어서 그들의 피부가 화르륵 타버렸다. 잠시 후에는 원로들의 뼈만 남아 비틀거리다가 땅바닥에 엎어졌다. 결국엔 그 뼈마저 재가 되어 바람에 흩날렸다.

유사—태양 속 거인이 도끼를 한 번 던지자 흐나흐의 귀족 3명이 목숨을 잃은 것이다.

[으으으으. 우리가 맞설 상대가 아니다.]

[아으으으으. 우리 가문은 이제 끝났어.]

세골 가문의 원로들은 감히 태양 속 거인에게 저항할 엄두도 내지 못했다. 지독한 절망이 원로들을 휘감았다.

그나마 세골만이 투지를 잃지 않았다.

[크으읏. 이대로 쓰러질 순 없다.]

세골은 검을 지팡이처럼 짚고서 간신히 일어섰다. 그런 다음 이글거리는 태양을 향해 검 끝을 겨눴다.

[허어. 어리석은 것.]

유사—태양 속의 거인이 세골을 비웃었다.

거인은 도끼를 회수했다가 다시 뿌렸다. 화염의 거조가 단 한 번의 날갯짓 만에 날아들어 원로원주를 휘감았다.

원로원주가 블랭크 마법으로 피하려고 했으나, 그 전에 이미 원로원주의 몸에는 불꽃이 달라붙은 상태였다.

[으아아아악.]

원로원주가 초고온의 화염 속에서 온몸을 비틀었다. 원로원주의 처참한 비명이 날카로운 비수가 되어 세골의 심장을 찔렀다.

세골이 태양 속 거인을 향해 울부짖었다.

[이 노오옴, 같이 죽자.]

죽음을 각오한 순간, 세골의 온몸이 푸른빛으로 휩싸였다.

푸른빛은 검의 모양을 닮아 있었다. 세골은 한 줄기 날카로운 검의 빛에 녹아들더니, 그대로 유사―태양 속으로 파고들었다.

번쩍!

푸른빛이 유사―태양에 박혔다.

아니, 엄밀하게 말해서 박히는 것처럼만 보였을 뿐 실제로 유사―태양 속에 박히지는 못했다.

오히려 거칠게 튕겨져 나왔다. 5개의 머리를 가진 유사―태양 속의 거인은 어느새 도끼를 회수하여 도끼의 옆면으로 세골의 공격을 막은 것이다.

세골의 공격력이 어찌나 막강하였던지 거인의 도끼가 와장창 깨졌다.

대신 세골도 충격을 이기지 못하고 200미터 밖으로 튕겨나갔다.

[크왁.]

세골이 피를 울컥 토했다.

Chapter 8

유사―태양 속의 거인은 아쉬운 듯이 중얼거렸다.

[허어, 나의 애병까지 깨뜨릴 정도란 말인가? 그러니 고르돈이 네놈 손에 죽은 것도 이상한 일은 아니로구나.]

그때 이미 유사―태양은 세골의 바로 머리 위까지 날아와 두둥실 떠 있었다.

[허억, 허억, 허억.]

세골은 팔다리를 대(大)자로 벌리고 누워서 숨을 헐떡거렸다. 세골의 의복은 유사―태양의 열기 때문에 이미 재가 되었다. 세골의 털도 몽땅 타버렸다. 세골의 한쪽 눈도 휠휠 증발하여 사라지고 없었다.

유사―태양 속의 거인은 세골의 비참한 꼴을 무심하게 굽어보았다. 거인이 음울하게 중얼거렸다.

[너의 능력이 아깝구나. 하지만 어쩌겠는가. 고르돈은 장차 비번 일족을 물려받을 후계자이자 나 부르트의 손자였느니라. 네가 고르돈의 목숨을 거두었으니 나도 너의 목숨을 거둘 수밖에.]

마침내 유사―태양 속의 거인이 구슬을 들었다.

투확!

구슬에서 방출된 파멸적 광채가 일직선으로 뻗어 세골을

강타했다.

세골은 하나뿐인 눈을 질끈 감았다.

'이렇게 죽는구나.'

절망적인 생각이 세골의 뇌리를 스치고 지나갔다.

바로 그때였다.

한 줄기의 그림자가 태양과 세골 사이로 뛰어들었다. 그림자의 정체는 다름 아닌 이탄이었다.

이탄은 난입과 동시에 만금제어(萬金制御)의 권능을 발휘했다.

좀 더 정확히 말하자면, 이탄이 세골 앞에 등장하기 전부터 이미 만금제어의 권능은 위력을 드러내었다.

비록 세골은 천으로 만든 옷을 입었지만, 주변의 원로들은 모두 금속 갑옷을 걸치고 있었다. 그리고 세상의 모든 금속은 이탄의 명을 거역할 수 없는 법이었다.

이탄이 의지를 일으킨 순간, 원로들의 갑옷이 엿가락처럼 쭈욱 늘어나서 세골을 향해 날아들었다.

이탄은 그렇게 끌어 모은 금속들을 원반 모양으로 둥글게 폈다. 원반의 표면은 아주 매끄럽게 가다듬었다.

그러자 원반이 곧 거울이 되었다.

이탄은 그 거울을 어깨에 짊어진 채 세골을 보호했다.

투왕!

유사―태양 속의 거인이 방출한 파멸적 광채가 거울에 반사되어 이상한 각도로 튕겨나갔다. 파멸적 광채에 담긴 에너지가 어찌나 강렬했던지 이탄이 짊어진 거울이 촛농처럼 녹아 흘렀다.

대신 세골은 무사했다.

[웃차.]

세골을 구한 직후, 이탄은 그대로 땅을 박차 유사―태양 속으로 뛰어들었다.

수천 도가 너끈히 넘는 초고온의 유사―태양도 이탄을 불태울 수는 없었다. 이탄의 의복은 홀랑 타버렸으되 이탄의 몸뚱어리는 멀쩡했다. 이탄의 머리카락이나 사타구니의 터럭, 심지어 신발형 법보도 끄떡없었다.

[네놈은 또 뭐냐?]

유사―태양 속의 거인이 으르렁거렸다.

거인의 키는 무려 2킬로미터가 넘어 거대한 산봉우리를 연상시켰다. 실제로 거인이 해수면을 밟고 서면 그의 머리는 어지간한 산의 꼭대기에 도달할 정도였다.

말의 그것을 닮은 거인의 머리에서는 섬뜩한 안광들이 줄기줄기 뿜어져 나왔다. 거인의 5개 이마에서 솟구친 뿔들은 살벌한 기운을 풀풀 풍겼다. 거인을 둘러싼 유사―태양은 초고온의 열기를 마구 발산해 이탄을 압박했다.

이탄의 조그만 신체—거인에 비해서 상대적으로 조그만
—로 이렇게 거대한 적을 거꾸러뜨리려면 시간이 오래 걸
릴 수밖에 없었다.

그래서 이탄은 다른 대안을 떠올렸다.

이른바 거신강림대진!

이탄이 동차원의 음양종에서 전수받은 이 진법을 사용하
면 거신을 강림시키는 것이 가능했다.

촤라라락—.

순간적으로 이탄이 몸뚱어리가 1,000명의 분신으로 분
열되었다. 이탄으로부터 톡톡 튀어나온 분신들은 이내 몇
개의 그룹으로 뭉쳤다.

우선 100명의 분신이 모여서 거신의 오른팔과 왼팔을 구
성했다. 분신들은 각각 50명씩 2열종대로 그룹을 이루어서
거신의 팔뚝이 되었다.

마찬가지로 거신의 두 다리에도 100명의 분신이 투입되
었다.

관절에도 분신 100명.

이상 총 300명의 이탄 분신이 '거신의 육체'를 만들었
다.

몸이 만들어졌으니 그 다음은 거신을 움직일 에너지원을
채워 넣을 차례였다.

이탄의 분신 300명이 3개의 둥그런 구체, 즉 '거신의 삼중핵'을 구성했다. 이 핵들은 각각 거신의 가슴과 복부, 사타구니에 삽입되었다.

그와 동시에 또 다른 분신 350명이 똘똘 뭉쳐서 거신의 머리를 만들었다. 이 머리가 거신의 공격력을 담당하는 '거신의 무력'이었다.

남은 50명의 분신들이 거신의 몸통을 앞뒤에서 둘러싸면서 '거신의 갑주'가 되었다.

불끈!

이탄의 분신들이 거신강림대진 속에서 법력관을 움켜잡았다. 그리곤 자신들의 법력을 쥐어짜서 법력관 안으로 밀어 넣었다.

콸콸콸콸콸~.

무려 1,000명의 분신들이 뿜어낸 법력이었다. 그 가공할 힘이 거신의 신체 내부의 세 곳, 즉 거신의 가슴과 복부, 사타구니로 몰려들었다. 우렁찬 에너지가 거신의 삼중핵을 뻐근하게 채웠다.

후웅! 후웅! 후웅!

거신의 삼중핵 부위로부터 강렬한 빛이 폭발했다.

그와 동시에 거신이 그 거대한 몸체를 일으켜 세우기 시작했다.

어느새 평야의 하늘은 붉은 구름으로 뒤덮였다.

꽈릉! 꽈릉! 꽈르릉!

붉은 구름에서 떨어진 새빨간 낙뢰가 유사―태양이 떠 있는 곳 일대를 미친 듯이 때렸다. 아득한 고대에 세상을 지배했을 법한 상고의 신이 어마어마한 세월과 공간을 뛰어넘어 이곳 평야에 강림하였다.

[뭐, 뭐야?]

유사―태양 속의 거인, 즉 비번 일족의 왕의 재목인 부르트가 깜짝 놀랐다.

한데 놀랄 일은 여기서 끝나지 않았다. 이탄이 거신으로 변한 상태에서 금강수라종의 백팔수라까지 펼친 것이다.

Chapter 9

백팔수라 제1식 수라초현(修羅初現) 개방!

우두두둑. 우두둑. 우두두둑.

산맥보다 더 거대한 거신이 갑자기 머리가 18개로 늘어났다. 팔은 36개, 다리도 36개로 확장되었다.

고대의 거신은 강림과 동시에 거대한 괴물수라로 변신했다.

거대한 괴물수라는 유사―태양 속에 36개 다리를 힘차게 뻗고 일어나더니 단숨에 상대의 목줄기를 움켜잡았다.

꾸우욱.

괴물수라의 손 10개가 부르트의 모가지 5개를 꽉 잡아 졸랐다.

부르트의 이마에 혈관들이 거목의 뿌리처럼 툭툭 두드러졌다.

[이런 미친! 켁.]

부르트가 곧장 반격했다. 그는 도끼 자루로 괴물수라의 어깨를 찍었다.

그 즉시 괴물수라의 어깨 부위에서 100배의 반탄력이 발휘되었다.

빠캉!

부르트의 오른손은 피떡이 되어 날아갔다. 도끼 자루는 이미 어디로 사라졌는지 보이지도 않았다.

괴물수라는 수십 개 다리로 부르트의 하체를 꽉 얽어 붙잡았다. 그렇게 상대를 포박한 상태에서 괴물수라의 18개 머리가 부르트의 5개 머리를 각각 한 차례씩 들이받았다.

쾅! 쾅! 쾅! 쾅! 쾅!

괴물수라는 무식하게도 상대의 이마에 솟구친 뿔도 두려

워하지 않았다. 괴물수라가 박치기를 할 때마다 부르트의 뿔이 부러졌다. 파편이 마구 튀었다. 부르트의 두개골에도 금이 쩍쩍 갔다. 부르트의 얼굴은 이미 피가 낭자하게 흘렀다.

[크억. 끄억. 끄억. 끄억. 끄억. 그만. 그만. 제발 그마아아안!]

부르트는 머리가 으스러지는 충격에 정신이 쏙 빠졌다. 그 바람에 부르트를 둘러싼 유사―태양이 힘을 잃고 추락했다.

슈우우우, 쿠와앙!

유사―태양이 추락한 여파는 엄청났다. 유사―태양은 멀쩡하던 평야에 수 킬로미터에 달하는 균열을 만들어 놓았다.

그 충격으로 인하여 평야 전체가 수 센티미터 높이로 부웅 떠올랐다가 다시 주저앉는 듯했다.

[우와악.]

지축이 흔들릴 때 흐나흐 전사들이 마구 나뒹굴었다.

[크에에엑.]

비번 전사들도 땅바닥에 엎드려 엉금엉금 기었다.

양측 모두 혼이 쏙 빠졌다. 아무도 전투를 이어가지 못하였다.

그러는 사이 거대한 괴물수라가 부르트를 깔고 앉았다. 그 상태에서 이탄은 부르트의 5개 목을 꽈악 졸랐다.

원래 이탄의 성격이라면 상대의 두개골을 뽀개고 눈알을 파버려야 정상이었다.

하지만 그렇게 찢어버리기엔 시체가 너무 금값이었다. 이탄은 폭력성이 무척 강했지만, 그 폭력성보다 더 강한 것이 바로 돈에 대한 집착이었다.

[조금만 기다려라. 상처 하나 없이 목만 졸라서 예쁘게 죽여줄게. 그래야 네 시체가 온전히 남지.]

물론 시체가 아주 온전하기는 이미 틀렸다. 부르트의 뿔 5개가 이탄의 박치기 공격 때문에 부서진 탓이었다.

[크헉, 이런 미친 놈.]

부르트는 왼손으로 구슬을 꽉 움켜쥐었다.

번쩍!

구슬로부터 파멸적 광채가 폭발했다.

이탄은 그 즉시 손바닥으로 구슬을 뒤덮었다. 이탄의 손바닥 안쪽에서는 붉은 금속, 즉 적양갑주(赤陽甲冑)가 희미하게 드러났다.

이 붉은 금속 앞에서는 파멸적 광채도 소용없었다.

파창!

파멸적 광채는 괴물수라의 손바닥에 맞은 즉시 반사되었

다. 그리곤 되반사된 광채로 인하여 부르트의 하나 남은 왼손마저 박살 나 버렸다.

당연히 부르트가 손에 쥐고 있던 구슬에도 금이 쩍 갔다.

[크아악. 내 손.]

부르트가 크게 울부짖었다.

이탄은 36개의 손 가운데 몇 개를 더 동원했다.

[네가 이렇게 앙탈이 심하니 어쩔 수 없구나. 나중에 다시 잘 붙여줄 테니까 조금만 참아봐라.]

어이없게도 이탄은 상대를 걱정해주는 말을 내뱉었다. 그리곤 손 4개를 놀려서 부르트의 왼팔을 우둑 분질러버렸다.

[끄아아악.]

부르트의 5개 머리가 동시에 도리질을 했다.

그러는 와중에도 이탄의 나머지 손들은 부르트의 목을 졸랐다.

결국 부르트는 온몸을 용암으로 바꿔서 도망치려고 들었다. 부르트의 피부가 용암이 되어 부글부글 끓어올랐다.

이탄이 고개를 가로저었다.

[그러지 마. 용암으로 막 변신하고 그러면 안 돼.]

이탄이 숨을 훅 들이쉬었다.

그 즉시 북극의 별 마법이 발동했다.

쭈우와—왁.

부르트의 체내에 감돌던 음차원의 마나가 그대로 쭉 빨려나와 이탄의 몸속으로 흡입되었다. 부르트가 지니고 있던 상급 음혼석들도 단숨에 에너지를 갈취당한 채 쩍쩍 붕괴했다.

[으헉?]

어찌나 놀랐던지 부르트는 10개의 눈알이 모두 다 튀어나올 뻔했다.

이탄이 짜증을 내었다.

[이런 쌍. 내가 그러지 말라고 경고했지. 아까운 음혼석들이 모두 가루가 되었잖아. 이 손해를 어떻게 갚을 거냐고. 엉?]

이탄은 홧김에 부르트의 오른팔마저 부러뜨려 버렸다.

[끄아압.]

부르트가 고통에 겨워 신음했다.

그렇게 몇 초가 더 흘렀다. 이제 부르트의 뇌에 공급되던 산소가 모두 차단되었다.

[꾸르륵, 꾸르륵, 꾸르르륵.]

부르트의 5개 머리 가운데 3개의 머리가 먼저 혀를 길게 빼어 물고 숨이 멎었다. 불과 몇 초 뒤에는 또 하나의 머리가 추가로 쓰러졌다.

이탄은 부르트에게 최대한 상처가 남지 않도록 조심하면서 나머지 하나의 목을 졸랐다.

Chapter 10

'허약해. 어쩜 이렇게 갈대처럼 약한 것인지. 쯧쯧쯧. 조금만 더 힘을 주어 조르다가는 모가지가 톡 끊어질 것 같단 말이지. 하아아.'

이탄은 최대한 힘 조절을 하느라 진땀을 뺐다. 이탄이 부르트를 죽이는 데 시간이 이렇게 걸리는 이유도 바로 이 힘 조절 때문이었다.

[꼬륵.]

마침내 부르트의 중앙 머리도 옆으로 쓰러졌다.

그때까지도 부르트의 5개의 머리 가운데 몸에서 떨어져 나간 것은 없었다. 최대한 온전한 시체를 얻겠다는 이탄의 계획은 성공했다.

[우와아. 힘들다. 녀석을 때려죽이는 것보다 온전히 죽이는 게 몇십 배, 아니 몇백 배는 더 힘든 것 같아.]

이탄은 비로소 부르트의 시체 위에서 내려왔다. 그런 다음 손등으로 이마의 땀을 훔치는 시늉을 했다.

물론 이것은 시늉일 뿐, 거대 괴물수라가 땀을 흘릴 리는 절대 없었다.

세골이 가까스로 상체를 일으켰다.

[으으으. 이게 대체!]

세골은 눈앞에 쓰러져 있는 거대한 부르트의 시체를 목격하고는 입을 쩍 벌렸다. 그 옆에 앉아 있는 괴물수라를 보고는 더더욱 기함했다.

세골만 놀랄 것이 아니었다.

살아남은 원로 3명도 어찌나 기겁을 했던지 온몸이 딱딱하게 굳었다. 원로들은 손가락 하나 까딱할 수 없었다.

귀족들이 이렇게 놀란 판국인데 전사들은 오죽하겠는가. 흐나흐 전사들도, 그리고 비번 전사들도 모두 정적에 휩싸였다.

이탄은 적막에 빠진 평야를 쓱 훑어보았다.

괴물수라의 36개 눈이 훑고 지나갈 때마다 흐나흐 족과 비번 족은 바르르 전율했다.

이탄이 손을 쭉 뻗었다.

거대한 팔뚝 9개가 뻗자 커다란 산맥 9개가 하늘을 가로지르며 쭉쭉 날아오는 듯한 느낌이었다.

[으어어억?]

[아악.]

비번의 귀족들이 그 손에 붙잡혀 발버둥을 쳤다.

귀족들은 어느새 용암으로 이루어진 삼두 야생마의 모습에서 탈피하여 말의 머리에 사람의 몸뚱어리를 가진 본래 모습으로 돌아와 있었다.

북극의 별 마법 때문이었다.

이탄은 9개의 손을 뻗어 적 귀족 9명을 붙잡아 온 뒤, 광정을 펼쳤다.

파창!

괴물수라의 손바닥 사이에서 방출된 빛의 씨앗은 가볍게 원호를 그렸다.

퍼버버버벅!

그 궤적에 걸려서 9명의 비번 귀족들의 두개골에 구멍이 뽕뽕 뚫렸다.

[꾸웩.]

[꾸르륵.]

9명의 비번 귀족들은 피거품을 뿜으면서 고꾸라졌다.

[으어어.]

세골의 눈에 공포가 어렸다. 원로들과 흐나흐 전사들의 눈에도 숨길 수 없는 두려움이 자리했다.

그들이 놀랄 만도 했다. 이탄은 몇 차례 툭탁거린 끝에 비번 일족 왕의 재목을 목 졸라 죽였다. 이어서 빛을 한 번 내뿜어서 비번의 귀족 9명을 단칼에 해치웠다. 이 압도적인 무력 앞에서 태평할 수 있는 몬스터는 없었다.

비단 흐나흐 일족만 기겁한 것이 아니었다. 비번의 전사들은 흐나흐 일족보다 더 크게 놀랐다.

[흥흥흥흥~.]

이탄이 콧노래를 불렀다.

이탄은 일단 부르트의 시체를 뒤져서 전리품부터 확인했다.

부르트의 목에 걸린 목걸이가 아공간의 보물이었다. 이탄은 목걸이 속에 손을 쑥 집어넣어서 전리품들을 하나씩 꺼내보았다.

이탄이 처음 손을 휘저어 꺼낸 재료는 다름 아닌 리노 일족의 최상급 뿔 2개였다. 이탄은 상아 빛깔에 금색 문자가 새겨진 아름다운 뿔을 보고는 흡족하게 웃었다.

[오오오, 좋아.]

이탄에게 필요한 리노의 최상급 뿔은 딱 8개였다. 그런데 이탄이 지금 2개를 얻으면서 이 8개가 전부 채워졌다.

이탄이 두 번째로 확보한 재료는 리노 일족의 최상급 비늘 2개였다. 마침 이탄은 리노의 최상급 비늘 5개를 지녔다. 여기에 비늘 2개를 더하면 총 7개였다.

'그렇다면 차원이동 통로를 제작할 때 3개가 부족하잖아? 그런데 이 부족분은 리노 일족의 상급 비늘 300개로

대체할 수 있단 말이지. 하하하.'

이탄은 속으로 웃었다. 왜냐하면 그의 아공간 박스 2번 슬롯에는 리노 일족의 상급 비늘 315개가 가지런히 들어있기 때문이었다.

이어서 이탄이 세 번째로 확보한 재료는 구아로 일족의 최상급 이빨 2개였다.

[오오오, 이것도 마음에 들어.]

이탄에게 필요한 구아로의 최상급 이빨은 딱 10개였다. 이탄은 이 가운데 이미 8개를 확보했다. 그러니 필요 분량을 전부 채운 셈이었다.

이탄이 네 번째로 꺼낸 재료는 구아로 일족의 최상급 발톱 2개였다.

이번에는 이탄이 아무 소리도 하지 않았다. 이탄은 이미 구아로 일족의 최상급 발톱을 15개나 확보한 상태였다. 차원이동 통로를 만들 때 필요한 수량을 다 채웠기에 추가로 발톱을 더 가져봤자 큰 소용은 없었다.

다섯 번째로 이탄이 얻은 재료는 토트 일족의 최상급 등껍질 2개였다.

[이 녀석은 뭐든지 2개씩 가지고 있네. 2라는 숫자에 푹 빠진 2 매니아인가?]

이탄은 썰렁한 농담 한 마디를 내뱉었다.

어쨌거나 이것도 나쁘지 않았다. 마침 이탄은 토트의 등껍질이 딱 2개가 부족했었다. 그런데 이번에 그 부족분을 모두 채운 셈이었다.

여섯 번째로 이탄은 부르트의 아공간 목걸이 속에서 최상급 음혼석 한 개를 확보했다.

이 최상급 음혼석은 에너지를 거의 다 잃은 듯 희미하게 깜빡거렸다. 조금 전 이탄이 북극의 별 마법을 펼치면서 최상급 음혼석에 담긴 음차원의 마나가 쭉 빨려나간 탓이었다.

대신 최상급 음혼석은 상급 음혼석이나 중급 음혼석과 달리 스스로 음차원의 마나를 생성할 수 있기에 아주 망가지지는 않았다.

'비록 지금은 이 음혼석이 힘을 잃었지만, 시간이 지나면 천천히 마나를 회복할 거야.'

이것으로 이탄이 보유한 최상급 음혼석은 무려 5개가 되었다. 이탄은 기쁜 마음으로 최상급 음혼석을 챙겨넣었다.

Chapter 11

한편 부르트가 가지고 있던 상급 음혼석이나 중급 음혼석들은 모두 다 가루로 변한 상태였다.

[쳇.]

이탄은 안타까움에 혀를 찼다.

이탄이 확보한 일곱 번째 전리품은 츄루바 일족의 최상급 털 40 센티미터였다.

이것은 이탄에게 꼭 필요한 재료는 아니었다. 그래도 가격이 비싼 편이라 이탄의 마음에 들었다.

[이게 끝인가?]

이탄은 더 이상 아공간 목걸이에서 건질 게 없다고 판단했다. 나머지 자질구레한 물품들은 챙겨봤자 귀찮기만 할 뿐이었다.

이탄은 다른 곳에 눈을 돌렸다.

[가만. 희한한 광채를 뿜어내던 구슬이 하나 있었는데?]

이탄은 부르트의 손에 쥐어진 구슬을 빼내서 손바닥으로 슥슥 닦았다. 보면 볼수록 기묘한 기운을 품은 구슬이었다.

[쩝. 다 좋은데 구슬에 금이 가서 아쉽네.]

이탄은 쩝쩝 입맛을 다셨다. 그래도 임자만 잘 만나면 이 구슬을 높은 가격으로 팔 수 있을 것 같았다.

마지막으로 이탄은 부르트의 시체를 챙겼다.

[하하하. 이때를 위해서 상처 없이 죽여주었지. 이 정도면 높은 값을 받을 수 있을 거야. 하하하.]

이탄은 36개의 손으로 부르트의 시체를 꾹꾹 접은 다음, 자신의 아공간 박스 속 4번 슬롯에 잘 욱여넣었다.

탁탁탁.

이탄은 부르트의 시체까지 확보한 다음, 비로소 손바닥을 털고 일어났다.

[허억.]

산맥보다 더 거대한 괴물수라가 융기하자 세골이 움찔했다.

[우와왓.]

세골 가문의 원로들은 엉덩이를 땅바닥에 붙인 상태에서 뒤로 삐쭉삐쭉 물러섰다. 원로들의 등에 진땀이 흥건하게 배었다.

흐나흐 전사들이나 비번 전사들은 원로들보다 상황이 더 나빴다. 그들은 몸이 딱딱하게 굳어서 감히 물러설 생각도 하지 못했다.

이탄은 모두가 지켜보는 가운데 거신강림대진을 해제했다. 1,000개로 흩어졌던 분신들이 하나로 촤라락 합쳐지더니 다시 이탄이 되었다.

이탄은 본 모습으로 돌아온 상태에서 비번 귀족들의 시체를 뒤졌다.

귀족들 가운데 여섯은 꽝이었다.

"정말 내가 이런 경우는 처음 본다. 어떻게 귀족들이 이렇게 땅거지들일 수 있지? 이러면 정말 적자야. 적자."

이탄이 대놓고 투덜거렸다.

그나마 9명의 적들 가운데 3명은 아공간 배낭을 가지고 있어 다행이었다.

"여긴 뭐가 들었을까?"

이탄은 일말의 기대감을 품었다.

괜한 기대였다.

첫 번째 아공간 배낭 속에서는 부서진 음혼석의 파편들만 우르르 쏟아질 뿐, 제대로 된 전리품이 나오지 않았다.

"썅."

이탄은 홧김에 아공간 배낭 하나를 발로 걷어차 터뜨렸다.

두 번째 배낭도 마찬가지였다. 음혼석 가루만 푸수수 쏟아져 이탄을 열 받게 만들었다.

"아 놔, 이거 오늘 일진이 왜 이렇게 꼬이지?"

이탄은 자신의 목을 좌우로 우두둑 우두둑 꺾었다. 그런 다음 마지막 세 번째 배낭을 열었다.

이 배낭 속에서는 크리스털 원통 2개가 데구르르 굴러 떨어졌다. 원통 속에는 검붉은 씨앗이 각각 하나씩 들어 있었는데, 생김새가 눈에 익었다.

"어라? 이건 전에 내가 얻은 검푸른 씨앗과 비슷하게 생겼잖아?"

이탄의 아공간 박스 속에는 검푸른 씨앗이 하나 들어 있었다. 그런데 지금 획득한 씨앗들도 색깔만 다를 뿐 모양은 비슷했다.

"이건 도대체 무슨 씨앗일까? 이렇게 소중하게 보관한 것을 보면 전혀 쓸모가 없는 씨앗은 아닐 텐데……."

이탄은 시간을 두고 씨앗을 좀 더 조사해 보기로 마음먹었다.

검붉은 씨앗 외에는 이탄의 관심을 끄는 물건이 없었다. 이탄은 비번 귀족들의 시체들도 잘 말아서(?) 아공간 박스 속에 담았다. 총 아홉 구의 시체가 더해진 덕분에 이탄이 보유한 비번 귀족들의 시체는 총 20개에 달했다.

이탄은 손가락으로 자신의 턱을 긁었다.

"음. 아주 만족스럽지는 않아. 그렇다고 폭삭 망한 것은 아니지만, 그래도 애초의 기대에는 못 미쳤다고."

말은 이렇게 하였으나 이탄의 표정은 그리 나쁘지 않았다. 차원이동 통로 제작에 필요한 재료들을 이제 얼추 다 모았기 때문이었다.

물론 아직도 부족한 재료들이 조금 있었다.

"그것들은 조만간 채워질 테지."

이탄에게는 다 계획이 있었다.

기분이 좋아진 이탄이 모처럼 선심을 썼다.

[가라.]

이탄은 두려움에 떠는 비번 전사들을 향해서 손을 휘휘 저었다.

[네?]

비번 전사들이 휘둥그레진 눈으로 이탄을 바라보았다.

이탄은 오른쪽 눈썹을 찌푸렸다.

[가라고. 머리통을 확 뽑아버리기 전에 그냥 가.]

[우히!]

비번 전사들이 화들짝 놀랐다. 그들은 서로의 얼굴을 마주 보더니 갑자기 썰물 빠지듯이 우르르 물러났다.

[저놈들이 도주한다.]

[가주님, 비번 놈들이 이대로 도망치도록 두면 안 됩니다.]

[그렇습니다. 지금 다른 행성에서도 전투가 한창입니다. 놈들을 보내주면 다른 행성에서 분탕질을 칠 우려가 있습니다.]

흐나흐 전사들이 펄쩍 뛰었다.

가문의 원로들도 울상을 하고 이탄을 쳐다보았다.

제4화

이탄, 총독이 되다

Chapter 1

이탄이 고개를 가로저었다.

[이 정도 도왔으면 되었지. 나머지 뒷마무리는 세골 가문에서 처리해도 되잖아.]

틀린 말은 아니었다. 이탄은 비번 일족 왕의 재목을 해치웠을 뿐 아니라 귀족들도 몽땅 정리해주었다. 세골 가문이 양심이 있다면 이 이상 이탄에게 손을 벌릴 수는 없었다.

[이탄 님의 말씀이 맞습니다.]

세골이 검을 지팡이 삼아 비틀비틀 일어섰다. 그런 다음 이탄을 향해 공손히 허리를 숙였다.

[이탄 님, 뒷일은 저희가 처리하겠습니다. 도움에 진심으

로 감사드립니다.]

전쟁에서 살아남은 원로 3명도 세골 옆에 나란히 서더니 이탄을 향해 허리를 깊숙이 숙였다.

[이탄 님의 도움에 진심으로 감사드립니다.]

세 원로가 뇌파를 하나로 모아 외쳤다.

[이탄 님의 도움에 진심으로 감사드립니다.]

이번에는 흐나흐의 전사들 수만 명이 우렁차게 뇌파를 보냈다.

그 가운데는 푸이도 포함되어 있었다.

[이탄 님……]

푸이의 눈에는 눈물이 그렁했다. 조금 전까지만 해도 푸이는 부친이 전사하고 세골 가문이 산산이 박살 날 것이라고 생각했다.

한데 전세가 한순간에 뒤집혔다.

이탄 덕분이었다.

비번 일족의 지배자인 부르트가 죽었다. 부르트와 함께 전쟁에 뛰어들었던 비번의 귀족 20명도 떼죽음을 당했다.

비번 일족은 더 이상 침략전쟁을 이어갈 능력이 없었다. 그럴 의지도 사라졌다.

비번의 남은 귀족들이 회의를 거친 끝에 철수를 결정했

다. 세골 가문의 행성들을 급습했던 비번의 병력들이 한꺼번에 썰물 빠지듯이 물러났다.

적의 후퇴를 그냥 내버려 둘 흐나흐 일족이 아니었다. 흐나흐는 원래 강자에게는 약하고 약자에게는 강한 종족이었다. 비번이 약세를 보이자 악착같이 따라붙어 퇴각하는 비번 전사들을 도륙했다.

그 과정에서 비번 일족은 큰 타격을 받았다.

다른 한편으로 마그리드는 비번 일족에게 사신을 보냈다.

마그리드의 명을 받은 사신은 비번 일족을 협박했다. 이번 전쟁을 일으킨 책임을 물어 막대한 배상금을 내놓으라고 윽박지른 것이다.

[만약 비번 일족이 합당한 손해배상을 하지 않으면 우리 흐나흐의 초강자와 대군이 몰려와 비번 일족의 씨를 말릴 것이오.]

이것이 사신의 경고였다. 정확하게 표현은 하지 않았으나, 여기서 사신이 언급한 '초강자'란 다름 아닌 이탄이었다.

비번의 귀족들은 흐나흐의 대군을 두려워하지 않았다. 그들이 주둔하는 행성은 하나같이 펄펄 끓는 환경을 가진 터라 다른 종족이 쉽게 쳐들어 올 수 없었다.

좀 더 정확하게 말하자면, 비번 일족의 거주지는 행성이 아니라 항성, 즉 핵융합 현상 등을 통해서 즉 스스로 빛을 내는 고온의 천체에 가까웠다.

　이런 항성에 다른 종족이 쳐들어온다는 것은 거의 불가능에 가까웠다.

　[하지만 그 초강자라면 이야기가 다르지. 그 괴물은 부르트 님이 구현한 유사—태양 속에도 거침없이 뛰어들었다고 들었네.]

　[그 괴물이 쳐들어오면 우리 일족은 멸망의 길을 걷게 될 게야.]

　살아남은 비번의 귀족들은 흐나흐 대군보다도 이탄을 더 두려워했다.

　결국 비번 일족은 침략전쟁을 일으킨 것에 대해서 흐나흐 일족에게 정식으로 사과했다. 또한 마그리드가 요구한 배상금도 모두 물어주게 되었다. 배상금 중에는 적린석이 가득 매장된 행성의 소유권도 포함되어 있었다.

　마그리드는 원래 이번 전쟁이 60일 이상 길어질 것이라 예상했다.

　한데 이탄이 개입한 이후로 전쟁은 불과 하루 만에 끝나 버렸다. 이탄이 힘을 쓴 지 얼마 지나지 않아 비번 일족이 전격적으로 항복을 선언한 것이다.

덕분에 마그리드의 명성은 하늘을 찌를 듯이 올라갔다.

흐나흐 백성들은 마그리드가 전쟁의 총사령관이라는 사실은 알고 있지만, 이탄의 활약에 대해서는 자세히 알지 못하였다. 따라서 백성들의 찬사는 모두 마그리드와 세골에게 집중될 수밖에 없었다.

마그리드와 세골은 비단 명성만 높아진 것이 아니었다. 비번 일족이 물어낼 배상금 가운데 상당 부분이 그녀와 세골 가문에 돌아오게 생겼다. 그 덕에 마그리드의 재화는 한층 더 늘어났다.

이탄이 세운 공로가 고스란히 마그리드에게 돌아간 셈이었다.

이탄은 이 사실을 알면서도 화를 내지 않았다. 심통을 부리거나 질투를 하지도 않았다. 이탄은 명성이나 명예를 탐하는 성격이 아니었다.

대신 이탄은 약속과 신뢰를 중요하게 생각했다. 재화에 대한 집착도 유달리 강했다.

이탄은 전쟁터에 나가기 전 마그리드와 약속을 했다. 이탄이 참전하는 대가로 다음 재료들을 받기로 한 것이다.

리노 일족의 최상급 비늘 2개.

구아로 일족의 최상급 발톱 2개.

토트 일족의 최상급 등껍질 2개.

백금 1,100 킬로그램.

이탄의 생각에 이만하면 정당한 대가였다. 다만 전쟁이 일주일 이내로 끝난 터라 보상금이 두 배로 늘었을 뿐이었다.

마그리드는 흔쾌히 재료들을 내주었다. 그녀는 이미 세 골로부터 보고를 받은 터였다. 이탄의 무지막지한 무력에 대해서 말이다.

'이탄 님과의 관계를 어떻게든 우호적으로 가져가야 해. 이탄 님과 적이 되면 안 된다고.'

마그리드는 굳게 결심했다. 그러니 그녀가 이탄에게 주는 보상금을 아까워할 리 없었다.

한편 이탄은 현재까지 확보한 재료들을 재확인했다.

최상급 재료를 기준으로, 리노 일족의 뿔을 8개나 모았다. 필요 수량을 딱 채운 셈이었다.

구아로 일족의 최상급 발톱도 15개가 필요한데, 이탄은 무려 21개나 모았다.

차원이동 통로를 제작하려면 토크 일족의 최상급 등껍질은 20개가 소요되었다. 이탄은 이것도 24개나 수집했다.

최상급 수프리 나무의 뿌리는 5개가 요구되었는데, 이탄은 이 분량도 채웠다.

거기에 더해서 이탄은 각종 금속도 구비해 놓았다.

흑금 12,100 킬로그램.

청금 15,650 킬로그램.

적금 12,000 킬로그램.

백금 12,500 킬로그램.

이상이 이탄이 확보한 분량이었다. 차원이동 통로를 만들 때 각 금속마다 12,000 킬로그램이 소요되니까 이탄은 필요수량을 넘치게 채운 셈이었다.

Chapter 2

적린석도 3,000개가 필요했다.

한데 이탄이 가진 적린석은 3,100개였다.

리노 일족의 최상급 비늘은 15개가 필요했으나, 현재 이탄이 가진 것은 14개뿐이었다. 비늘이 딱 한 개가 부족했다.

"부족분은 상급 리노의 비늘 100개로 대체가 가능하니까 아무런 문제가 없지."

이탄이 이렇게 독백했다.

뻘브 일족의 최상급 눈물은 1,000 밀리리터가 필요했다.

이탄은 얼마 전 라시움 대신관과 거래를 통해서 최상급

눈물 960 밀리리터와 상급 눈물 4,000 리터를 확보했다.
상급 눈물 4,000 리터로 최상급 눈물 40 밀리리터를 대체
할 수 있으므로 쁠브의 눈물도 필요 수량을 모두 채운 셈이
었다.

이제 부족한 재료는 딱 한 종류뿐이었다.

구아로 일족의 최상급 이빨 2개.

이탄은 이 재료를 어떻게 구할 것인지 미리 생각해 두었
다.

이탄이 세골 가문의 행성을 떠나기 전, 가주인 세골이 이
탄을 찾아와 거듭 감사의 인사를 올렸다. 그때 이탄은 세골
에게 넌지시 일러두었다. 구아로 일족의 이빨이 필요하다
고 말이다.

"알고 보니 세골은 마그리드 일파의 핵심이더라고. 그가
권세를 가지고 있으니 내가 귀띔한 재료를 구할 수 있을 거
야. 뭐, 구하는 데 시간은 좀 걸릴지 모르겠지만 어떻게든
구해올 거라고."

이탄은 세골의 능력을 믿었다.

다른 한편으로 이탄은 마그리드에게도 구아로 일족의 최
상급 이빨에 대해서 운을 떼어 놓았다.

마그리드는 약간의 고민 끝에 이탄에게 선물을 보내왔
다.

은애하는 이탄 님,

저의 마음이 담긴 선물이랍니다. 나름 최선을 다
해서 구한 것들이니 부디 부족하다 나무라지 말아
주세요.

— 당신의 마그리드 —

마그리드가 보낸 선물 박스에는 이런 편지가 곱게 끼워
져 있었다. 그녀 딴에는 밤새 고민을 하다가 크게 마음을
먹고는 과감한 표현을 써본 것이었다.

이탄에게는 통하지 않았다.

"은애? 당신의 마그리드? 이 여자가 쳐돌았나."

이탄은 눈을 한 번 찌푸렸다가 선물 박스를 열었다.

박스 속에서는 흉포한 기운이 물씬 풍기는 짐승의 이빨이
튀어나왔다. 다름 아닌 구아로 일족의 최상급 이빨이었다.

"쳇. 보내주려면 이빨 2개를 채워주든가."

이탄이 가볍게 투덜거렸다.

말은 이렇게 하였으나 사실 이탄은 마그리드의 선물에
고마워했다.

얼마 뒤, 이번에는 세골의 아들 푸이가 별궁으로 이탄을
찾아왔다.

[이탄 님, 아버님께서 직접 오셔서 예의를 갖춰야 하는데, 전쟁의 뒷마무리를 하시느라 오시지 못하셨습니다. 다만 아버님께서는 저에게 이 궤짝을 내주시면서 이탄 님께 올리라 명하셨습니다.]

푸이는 반들거리는 나무궤짝을 공손히 바쳤다. 궤짝은 꽤 고풍스럽게 생겼다. 크기는 두 손바닥 위에 딱 올라올 정도였다.

[이게 뭐지?]

이탄이 영문을 모르겠다는 듯이 능청을 떨었다. 사실 나무궤짝 안에 무엇이 들어있을지는 이탄도 능히 짐작했다.

푸이가 고개를 가로저었다.

[죄송합니다. 저는 아버님께 이 궤짝을 받기만 했을 뿐, 안에 무엇이 들어 있는지는 모릅니다.]

[그런가? 어쨌거나 세골 가주께 고맙다고 전해주게.]

이탄은 무표정한 얼굴로, 그러나 마음은 흐뭇하게 나무궤짝을 끌어당겼다.

[이탄 님, 그럼 저는 이만 돌아가 보겠습니다.]

별 의미 없는 덕담을 몇 마디 나눈 뒤, 푸이가 이탄에게 작별을 고했다.

사실 세골만 바쁜 것이 아니었다. 푸이도 부친을 도와 전쟁의 뒤처리를 하느라 눈코 뜰 새가 없었다.

[알았다.]

이탄은 무심하게 푸이를 돌려보냈다. 그런 다음 홀로 남
게 되자마자 곧바로 나무궤짝부터 열어젖혔다.

고풍스러운 궤짝 안에서 가장 먼저 발견된 것은 세골의
감사 편지였다.

내용은 다음과 같았다.

　존경하는 이탄 님,

　이것으로 이탄 님의 크신 은혜를 다 갚을 수는
없사오나, 필요하신 재료들을 모아보았습니다. 앞
으로도 저희 가문의 힘이 닿는 데까지 재료를 수집
하여 보내드리겠습니다.

　─ 세골 올림 ─

"어디 보자."

이탄은 세골의 편지를 옆으로 밀쳐놓고 그 아래 놓인 물
건들부터 살폈다.

알고 보니 나무궤짝은 아공간 아이템이었다. 크기가 작
은데도 불구하고 그 안에서는 꽤 많은 수의 재료들이 튀어
나왔다.

이탄이 가장 먼저 찾아낸 것은 구아로 일족의 상급 이빨

126개였다.

"보아하니 세골은 가문에서 보유 중이던 구아로의 이빨을 모두 긁어모아서 보낸 듯하구나."

이탄은 세골의 성실한 마음씀씀이에 살짝 감동했다.

이 상급 이빨 100개로 최상급 이빨 하나를 대체할 수 있으니 이탄이 차원이동 통로를 제작하는 데 필요한 수량을 모두 채운 셈이 되었다.

이어서 궤짝 안에서는 크리스털 병도 줄줄이 나왔다. 각 병마다 뽈브 일족의 상급 눈물이 30 밀리리터씩 담겨 있는데, 병의 숫자가 총 12개였다.

"뽈브의 눈물은 내가 요구도 안 했는데 보냈네."

이탄이 고개를 갸웃했다.

그게 끝이 아니었다. 아공간 나무궤짝 속에서는 리노 일족의 상급 비늘도 55개가 쏟아졌다. 이것 또한 이탄이 요구하지 않은 선물이었다.

마지막으로 나무궤짝은 백금 500 킬로그램도 토해놓았다.

"햐아. 세골 가주가 인성이 되었네. 그는 좋은 몬스터야."

이탄은 세골 가문이 위치한 방향을 향해서 엄지를 척 치켜세웠다.

Chapter 3

어쨌거나 이제 이탄은 차원이동 통로를 제작하는 데 필요한 재료들을 모두 모았다. 그러니 이제는 신왕 프사이가 남긴 지식에 따라 부정차원으로 통하는 통로를 만들기만 하면 그만이었다.

"그렇다면 방해를 받지 않고 통로를 제작할 장소가 필요하겠지? 신왕 프사이의 기억에 따르면 차원이동 통로의 크기가 얼추 44층 건물 높이잖아? 게다가 너비도 상당하고 말이야."

이탄은 흐나흐 주행성에 차원이동 통로를 건축할 생각은 없었다.

이 통로는 부정 차원과 직통으로 통하는 게이트였다. 이탄이 차원이동 통로를 이용해서 부정 차원으로 넘어갈 수도 있지만, 거꾸로 부정 차원의 악마종들이 이 통로를 거쳐서 이곳 그릇된 차원으로 진입할 수도 있는 문제였다.

이탄은 고개를 가로저었다.

"그러면 안 되지. 까딱하다가는 본의 아니게 흐나흐 주행성에 막대한 재앙을 안겨줄 수도 있다고."

이탄이 생각을 고쳐먹었다.

"아무래도 안 되겠다. 재료가 모였다고 해서 차원이동

통로를 아무 생각 없이 만들었다가는 흐나흐 일족에게 큰 피해를 주게 될 거야. 흐나흐 일족이 살지 않는 황폐한 행성을 찾아서 그곳에다 차원이동 통로를 만들어야겠어."

그러자면 몬스터들이 살지 않는 황폐한 행성이 하나 필요했다.

"가장 좋은 방법은 흐나흐 여왕, 샤론, 그리고 마그리드에게 행성을 요청하는 것이겠지? 이들을 한 자리에 모아봐야겠어."

이탄은 이렇게 독백한 뒤, 흐나흐 여왕에게 면담을 요청했다. 그것도 샤론 앞에서 이 이야기를 꺼냈다.

이것은 이탄이 일부러 벌인 행동이었다.

[저도요. 이탄 님, 저도 함께 갈래요.]

샤론이 곧장 이탄에게 졸랐다. 샤론은 이탄이 단독으로 여왕과 만나는 것을 꺼려 했다.

이탄이 예상했던 바였다.

'훗, 내 이럴 줄 알았지.'

이탄은 속으로 웃음을 삼켰다.

그 후 이탄은 크리스털 화면을 통해 흐나흐 여왕에게 대화를 신청했다. 여왕은 당장 그 대화 요청을 받아들였다.

이탄이 수도를 방문한다는 소식에 여왕은 뛸 듯이 기뻐했다.

[이탄 님께서 원하시면 언제든지 찾아오세요. 황금탑의 문은 항상 이탄 님께 열려 있답니다.]

여왕은 크리스털 통신기를 통해서 이탄에게 이렇게 속삭였다. 어느새 여왕의 뺨은 발그레 물들어 있었다. 흐나흐 여왕은 이탄의 옆에 샤론이 도끼눈을 뜨고 지켜보고 있는 줄은 몰랐다.

이탄이 여왕에게 대답을 하기도 전에 옆에서 샤론이 얼굴을 비집어 들이밀었다.

[여왕 폐하, 하오면 제가 내일 오전에 이탄 님을 모시고 탑으로 찾아뵈면 어떨까요?]

[에엣? 같이 오게요?]

여왕이 떨떠름하게 되물었다.

[당연히 제가 이탄 님을 모시고 가야죠. 호호호.]

샤론은 손으로 입을 가리고 여우처럼 웃었다.

여왕은 이탄의 표정을 힐끗 살핀 다음, 눈웃음으로 대답했다.

[오호호호. 그래요. 샤론도 같이 오세요. 우리 함께 다과 시간을 가져요.]

여왕도 샤론 못지않은 여우였다.

다음 날 아침.

이탄과 샤론은 순백색 털을 자랑하는 긴 허리 여우를 타고 흐나흐 여왕이 거주하는 수도로 향했다.

긴 허리 여우는 한 줄기 하얀 바람이 되어 수도로 진입하더니, 단 한 걸음도 멈추지 않고 황금탑의 맨 꼭대기 층까지 올라갔다.

여왕의 친위대장인 고이칸도 감히 긴 허리 여우를 막지는 못했다. 샤론만 왔다면 모를까, 긴 허리 여우의 등에는 이탄도 타고 있었다. 고이칸은 감히 이탄의 앞을 막아설 용기가 없었다.

대전 문이 활짝 열렸다.

[이탄 님, 어서 오세요. 샤론도 어서 와요.]

흐나흐 여왕이 문 앞까지 마중을 나왔다. 보기 드문 일이었다.

[어머, 이탄 님. 오셨어요?]

여왕의 옆에는 마그리드가 나란히 서서 부채를 살랑살랑 부쳤다.

샤론이 대뜸 두 눈에 쌍심지를 켰다.

[마그리드. 네가 왜 여기 있어?]

샤론은 잔뜩 흥분했다.

흐나흐 여왕이 미소로 답했다.

[제가 마그리드도 불렀어요. 우리가 다 같이 모여서 오손

도손 다과를 즐기면 좋잖아요. 호호호.]

여왕이 이렇게 나오자 샤론도 더는 뭐라고 하지 못했다. 그저 속에서 끓어오르는 분통을 억눌러 삼킬 뿐이었다.

[호호. 오호홋. 그렇군요.]

샤론은 위아래 이빨을 꽉 붙인 상태에서 억지로 웃었다.

잠시 후, 여인들의 눈싸움이 다소 진정된 뒤, 이탄은 비로소 본인이 원하는 바를 모두에게 밝혔다.

[네에? 총독이요?]

흐나흐 여왕이 눈을 동그랗게 떴다.

[이탄 님께서 다른 행성에 총독으로 가고 싶으시다고요?]

마그리드도 화들짝 놀랐다.

하지만 이들 2명보다 샤론이 더욱 크게 놀랐다.

[이탄 님!]

샤론의 동공은 폭풍이라도 만난 듯 흔들렸다. 샤론이 아예 울상을 지으며 이탄의 옷깃을 붙잡았다.

[흐흐흑. 이탄 님, 혹시 별궁이 불편하세요? 너무 좁아서 그러신 거예요? 그렇다면 제가 머무는 주궁을 이탄 님께 내드릴 수도 있어요.]

이탄이 샤론의 손목을 잡아 가만히 떼어내었다.

[샤론. 별궁이 불편해서 그러는 것이 아니다.]

[그럼 왜 그러시는데요? 네에? 흐흐흑.]

샤론은 불안한 듯 반문했다.

이탄이 대략적인 사정을 밝혔다.

[사실은 내가 마법진에 대해서 실험을 할 게 좀 있거든. 사실 그것 때문에 여러 가지 희귀한 재료들도 모았던 거야. 그런데 이제 재료들이 전부 모여서 마법진 구현을 한번 해 보려고 해.]

[그냥 저희 도시에서 하시면 되잖아요. 네에? 이탄 님.]

샤론은 물러서지 않았다.

Chapter 4

이탄이 고개를 가로저었다.

[내가 실험해 볼 것이 불완전한 마법진이라 폭발 위험이 크거든. 자칫하다가는 도시 하나가 통째로 날아갈 수도 있고, 조금 더 크게 폭발하면 이곳 수도까지도 파괴될 우려가 있지. 그래서 생명체가 살지 않는 황폐한 행성을 하나 가졌으면 해.]

[아! 그것 때문에 그동안 이탄 님께서 다양한 재료들을 모으셨던 것이군요.]

마그리드가 무릎을 쳤다.

마그리드의 입장에서는 이탄이 샤론의 별궁을 떠나는 것만으로도 충분히 만족스러웠다.

흐나흐 여왕도 마그리드와 같은 입장이었다.

[이탄 님은 저희 흐나흐 일족의 큰 은인이셔요. 얼마 전 비번 놈들이 무도하게 침략했을 때도 이탄 님의 도움이 아니었으면 저희가 큰 피해를 입을 뻔했죠. 일족의 여왕된 도리로 마땅히 이탄 님을 도와드려야겠네요.]

흐나흐 여왕이 긍정적인 대답을 내놓았다.

그러자 샤론은 똥줄이 탔다.

'이런 쌍. 이 여우들이 이제 이탄 님께 대놓고 꼬리를 치는구나. 이걸 어쩌지?'

샤론은 바보가 아니었다. 이탄이 마법진 실험을 위해서 행성의 총독 자리를 원하고, 여왕과 마그리드가 이탄에게 황폐한 행성을 하나 내줄 기미가 보이자 그녀가 먼저 선수를 쳤다.

[아유우~ 이탄 님, 그런 일이 있으시다면 진즉에 제게 말씀을 해주시지 그러셨어요. 호호호호. 마침 저와 오빠가 다스리는 행성들 가운데 대규모 마법 실험을 하시기에 딱 좋은 곳이 있거든요. 그 행성에 거주민이 아예 없는 것은 아니지만, 그 거주민들은 다른 행성으로 이주시키면 그만

이죠. 제가 그 행성을 이탄 님께 선물해드릴게요.]

샤론은 이탄에게 행성을 하나 넘겨준 다음, 이탄이 마법
진 실험을 할 때 종종 방문할 요량이었다.

'샤론, 요 여우 좀 봐라?'

여왕이 샤론의 속내를 알아차렸다.

마그리드도 눈동자 속에서 질투라는 불꽃을 피워 올렸
다.

마그리드가 즉시 나섰다.

[이탄 님, 거주민들을 이주시키려면 시간이 오래 걸리잖
아요? 이탄 님께서 그렇게 오래 기다리실 필요가 뭐 있나
요? 마침 제가 다스리는 행성 중에는 생명체가 전혀 없는
곳이 있는데요. 오래 전에 광물을 캐던 행성인데, 광물이
소진되면서 자연스럽게 폐쇄된 행성이거든요. 그 행성에는
예전에 세워둔 플래닛 게이트도 있어서 이탄 님께서 사용
하시기 정말 편하실 거랍니다.]

[뭐얏?]

샤론이 발끈했다.

마그리드는 '네가 발끈해봤자 뭘 어쩔 건데?'라는 표정
으로 샤론을 응시했다.

흐나흐 여왕도 경쟁에서 뒤지지 않았다.

[여왕의 직할 행성 중에도 생명체가 살지 않는 곳이 있답

니다. 당연히 플래닛 게이트도 설치되어 있고요. 이탄 님께
서 원하시면 그 행성의 총독으로 임명해드릴게요.]

샤론이 황급히 이탄을 붙잡았다.

[이탄 님, 제가 말씀드린 행성은 거주민이 정말 소수만
살거든요. 그것들은 지금 당장에라도 다른 행성으로 이주
시킬 수 있어요. 이탄 님께서는 오늘 오후부터 사용 가능하
세요.]

마그리드가 손을 휘휘 저었다.

[오호홋, 샤론. 오늘 오후면 너무 늦다. 내가 제공할 행
성은 지금 당장에라도 이탄 님께서 사용 가능하신데 말이
야.]

[뭐얏? 이 미친년이.]

샤론은 마그리드의 머리채라도 잡아 뽑을 기세였다.

마그리드가 파닥파닥 부채질을 했다.

[어머, 어머. 폐하가 계시고 이탄 님이 계신 앞에서 교양
도 없지. 미친년이 뭐니, 미친년이. 쯧쯧쯧.]

[미친년을 보고 미친년이라고 그러지, 그럼 뭐라고 부르
는데?]

샤론이 손을 확 뻗었다.

마그리드도 음차원의 마나를 잔뜩 끌어올려 맞받아칠 태
세를 갖추었다.

흐나흐 여왕이 버럭 역정을 내었다.

[어허! 둘 다 자중하지 못해요? 귀빈께서 계신 자리에서 이 무슨 추태란 말이에욧.]

[송구하옵니다. 폐하.]

[죄송합니다. 여왕폐하.]

샤론과 마그리드가 찔끔했다.

흐나흐 여왕이 우아한 표정으로 이탄을 돌아보았다.

[이탄 님, 부디 이해해주세요. 마그리드와 샤론이 기운이 넘쳐서 무례를 범했답니다.]

이탄은 말없이 고개만 끄덕였다.

여왕은 거기서 한 발 더 나갔다.

[그나저나 이탄 님께서 결정을 하시는 게 좋겠네요. 제직할 행성이 좋으신지, 아니면 마그리드의 행성을 고르실 것인지, 그것도 아니면 샤론의 행성을 선택하실지. 이 자리에서 이탄 님께서 말씀을 해주셔야 마그리드와 샤론도 툭탁거리지 않겠지요. 호호호.]

이탄은 별 고민 없이 대답했다.

[폐하. 제 조건은 간단합니다. 다음 세 가지 조건에 가장 부합하는 행성으로 선택하겠습니다.]

이탄이 내건 조건은 다음과 같았다.

첫째, 실험의 파괴력이 예측 불가이니 흐나흐 일족의 다른 행성들로부터 최대한 멀리 떨어져 있을 것.

둘째, 행성에 오고 가기 편하게 플래닛 게이트가 설치되어 있을 것.

셋째, 거주민이 없을 것. 혹은 거주민이 있더라도 일주일 안에 다른 행성으로 이주가 가능할 것.

넷째, 마법 실험 중에 외부인이 방문하면 방해가 되니 플래닛 게이트의 컨트롤을 이탄만 할 수 있도록 권한을 위임할 것.

다섯째, 나중에 행성이 폭발하더라도 아무런 책임을 묻지 말 것.

[이런 조건이라면 당연히 들어드려야죠.]

흐나흐 여왕이 냉큼 승낙했다.

두 번째부터 다섯 번째 조건은 여왕과 마그리드, 샤론이 모두 동의하는 바였다. 따라서 첫 번째 조건이 열쇠를 쥐고 있었다.

흐나흐 여왕은 손뼉을 쳐서 친위대장을 불렀다.

[폐하, 부르셨나이까?]

번쩍거리는 백금 갑옷을 입은 고이칸이 대전 안으로 척척 걸어 들어와 여왕 앞에 한쪽 무릎을 꿇었다.

Chapter 5

여왕은 오만하게 턱을 들었다.

[친위대장. 우리 흐나흐 일족이 다스리는 전체 행성 지도를 띄우라. 행성 간의 거리가 정밀하게 표시된 지도로 띄워야 할 것이야.]

[폐하의 명을 받들겠나이다.]

고이칸이 허리를 숙인 채 뒷걸음질로 물러났다.

잠시 후, 친위대원들이 커다란 크리스털 판을 들고 대전에 들어왔다.

친위대원 가운데 한 명이 판 옆의 홈에 하급 음혼석을 꽂아 넣었다.

지이잉!

크리스털 판 위로 불빛이 솟구쳤다. 그 불빛은 이내 3차원 홀로그램이 되어 반짝거리는 별들을 대전 허공에 뿌려주었다.

별들 옆에는 자세한 설명들이 적혀 있었는데, 별에 사는 거주민 수, 별의 주생산품, 총독의 이름 등이 주 내용이었다.

한편 별과 별 사이에는 거리가 정확하게 표시되었다.

여왕이 턱을 들고 샤론을 보았다.

[샤론. 그대가 이탄 님께 선물하겠다는 행성은 어디인가요?]

샤론이 속으로 한숨을 내쉬었다.

샤룬과 샤론 남매는 최근 20년 사이에 세력이 크게 위축된 터라 여왕이나 마그리드에 비해서 다스리는 행성의 숫자가 많지 않았다. 그 안에서 행성을 고르다 보니 상대적으로 불리했다.

그래도 상황이 여기까지 왔으니 어쩔 수 없었다. 샤론은 홀로그램 한쪽을 손가락으로 짚어서 쭉 확대했다.

[여기 이 HS—10 행성입니다.]

흐나흐 일족은 행성에 번호를 붙일 때 몇 가지 간단한 규칙을 적용했다.

우선 맨 앞의 H는 흐나흐 일족을 의미했다. 이어서 S는 샤룬 샤론 남매의 영토라는 의미였다. 마지막으로 10이라는 숫자는 샤룬 샤론 남매의 영토 가운데 순서를 의미했다.

쉽게 풀어서 말하자면, HS—10은 흐나흐 일족 샤룬 샤론 남매가 다스리는 10번째 행성이라는 뜻이었다.

샤론이 추천한 HS—10 행성은 거주민이 약 2,110,000명이었다.

이 정도면 다른 행성에 비해서는 거주민이 거의 없는 셈이었으나, 사실 이백만 명이 넘는 인구를 하루아침에 다른 행성으로 이주시킨다는 것도 쉬운 일은 아니었다.

게다가 HS—10은 인근에 다른 행성이 2개나 붙어 있었다. 이탄이 내건 첫 번째 조건에 걸리는 셈이었다.

샤론의 얼굴이 와락 구겨졌다.

반면 여왕과 마그리드는 승리의 미소를 흘렸다.

여왕이 마그리드를 돌아보았다.

[마그리드는 이탄 님께 어떤 행성을 제공할 수 있나요?]

[여왕폐하, 저는 이곳 HMP—2 행성을 드리고자 합니다.]

HMP—2번 행성은 흐나흐 일족 마그리드 휘하 피우림에게 주어진 두 번째 행성이었다.

피우림의 북명에서 그릇된 차원으로 넘어온 수인족 대선인이었다. 이탄은 피우림의 행성이라는 말에 눈을 살짝 빛냈다.

HMP—2 행성 주변에는 이웃한 행성이 보이지 않았다.

'호홋.'

마그리드는 승자의 표정을 지었다.

반면 샤론은 눈을 잔뜩 찌푸렸다.

여왕이 마그리드에게 물었다.

[HM이 아니라 HMP라고요? 그렇다면 마그리드 휘하 가문에 하사한 행성이네요. 그 가문에서 반발하지 않겠어요?]

마그리드는 기다렸다는 듯이 대답했다.

[폐하, 이 행성을 하사받은 피우림에게 제가 더 좋은 행성을 줄 것입니다. 그녀 입장에서도 황폐한 행성보다 다른 행성을 받으면 더 기뻐할 것이고요.]

나름 일리가 있는 대답이었다. 여왕은 고개를 주억거렸다.

[그렇군요.]

이어서 여왕이 홀로그램 지도에 손을 뻗었다.

이번엔 행성 군락 저 멀리 외진 지역이 확대되었다. 흐나흐 여왕은 그중 하나를 손가락으로 지목했다.

[HR―1,514. 제 직할 영지예요. 워낙 외지고 삭막한 곳이라 신하들에게 하사하지도 않았지요. 이탄 님이 말씀하신 조건에 딱 맞는 행성 같아요.]

여왕은 HR―1,514 행성을 자신 있게 소개했다.

여기서 HR―1,514이란 흐나흐 일족 왕실(Royal)이 직접 소유한 1,541번째 행성이라는 의미였다.

여왕의 말처럼 HR―1,514 행성의 주변에는 진짜로 아무것도 없었다. 그 흔한 소행성이나 유성도 보이지 않았다. HR―1,514은 마그리드가 자신 있게 내놓은 HMP―2보다도 더 외졌다.

샤론이 재빨리 머리를 굴렸다.

'이탄 님이 HS—10을 선택하시진 않을 거야. 그렇다면 마그리드 년의 HMP—2를 선택하는 것보다는 차라리 여왕폐하의 HR—1,514를 고르시는 편이 더 낫겠어.'

샤론은 이탄이 마그리드와 가까워지는 꼴은 도저히 볼 수가 없었다. 그렇다면 차라리 이탄이 여왕의 행성을 받는 편이 더 나았다.

샤론이 이탄을 돌아보았다.

[왕실의 행성이 이탄님의 조건에 가장 부합하네요.]

샤론이 편을 들어주자 흐나흐 여왕은 입꼬리를 팽팽히 잡아당겼다.

한편 마그리드는 이글거리는 눈으로 샤론을 노려보았다.

'역시 저 쌍년이 초를 치는구나.'

마그리드는 샤론이 참 재수가 없다고 생각했다.

이탄은 3개의 행성을 차례로 훑어본 다음, 마음의 결정을 내렸다.

[여왕폐하의 행성이 마법진 테스트를 하기에 가장 적합해 좋아 보이는군요. 이것으로 하죠.]

이탄은 홀로그램 지도에 손가락을 뻗어 HR—1,514 행성을 짚었다.

[어머, 잘 선택하셨어요. 제가 당장 이탄 님을 이곳 HR—1,514 행성의 총독으로 임명하고 행성의 모든 권한을

넘겨드릴게요.]

여왕이 기쁜 기색을 드러내었다.

[이탄 님께서 HS—10을 선택하지 않으신 것은 아쉽지만, 그래도 HR—1,514가 워낙 조건에 맞네요. 저는 이탄 님만 만족하시면 다 좋아요.]

샤론도 이탄에게 미소를 보냈다.

마그리드라고 뒤질 리 없었다.

[이탄 님, 잘 선택하셨어요. 저야 이탄 님께 신세 진 것이 많아서 HMP—2를 내드리고 싶었지만, 그래도 폐하께서 내주신 행성이 더 좋아 보이네요. 호호호.]

Chapter 6

짝짝짝.

여왕이 손뼉을 쳤다.

친위대장 고이칸이 다시 대전에 들어왔다.

[폐하, 부르셨나이까?]

[친위대장은 가서 시종장을 들라 하라.]

[예이.]

고이칸이 공손히 대답했다.

여왕은 고이칸이 물러나기 전에 한 마디를 덧붙였다.

[시종장에게 총독 임명 서류도 준비하라 이르라.]

[명을 전하겠나이다.]

고이칸은 절도 넘치게 고개를 숙인 다음, 뒷걸음질로 대전에서 물러났다.

잠시 후, 허리가 꾸부정한 노인이 서류 뭉치를 잔뜩 들고 나타났다. 여우머리의 이 노인이 바로 행정을 담당하는 시종장이었다.

시종장은 흐나흐 여왕의 명에 따라 왕실 직할령인 HR—1,514 행성을 이탄의 영토로 이전하였다. 이어서 이탄을 HR—1,514 행성의 총독으로 임명한다는 임명장도 작성했다.

행성의 이름도 자연히 바뀌었다.

행성의 새로운 이름은 HRE—1.

이는 흐나흐(H) 일족 왕실(Royal) 휘하 이탄(E)에게 내려진 첫 번째 행성이라는 의미로 붙여진 이름이었다.

'거 참. 별거 아닌데 의외로 마음이 뿌듯하네. 그릇된 차원에 내 소유의 행성이 다 생기고 말이야.'

이탄은 어깨를 으쓱했다.

샤론이 곰곰이 생각에 잠겼다가 시종장의 옆구리를 찔렀다.

[시종장.]

[예. 샤론 님.]

[이왕 서류작업을 하는 김에 하나만 더 해줘요.]

[무엇을 말씀이신지요?]

시종장이 노쇠한 눈을 들어 샤론을 올려다보았다.

샤론이 손가락을 까딱거렸다.

[HS—10. 내 소유로 되어 있는 이 행성을 여기 계신 이탄 님께 양도하고 싶어요. 그러니까 지금 바로 등록해줘요.]

샤론은 HRE—1 행성의 이름 중에서 'RE' 부분, 즉 '왕실 휘하 이탄'이라는 단어가 마음에 들지 않았다.

'이탄 님이 왜 여왕폐하 휘하야? 어쩔 수 없이 이 문구가 들어가야 한다면 이탄 님을 내 산하에도 넣고 싶다고.'

이렇게 생각한 샤론이 이탄을 향해 배시시 웃었다.

[이탄 님, 제 행성도 받아주실 거죠? 호호호.]

이탄은 영문을 몰라 눈만 멀뚱거렸다.

[나에게 행성을 하나 선물하겠다고? 아니, 왜?]

[아이, 왜긴요. 이탄 님께 입은 은혜가 크니까 감사의 표시로 선물하는 거죠. 호호호.]

샤론은 손으로 입을 가리며 웃었다. 그녀는 기다란 속눈썹을 빠르게 깜빡거리는 비장의 애교 수법도 동원했다.

이탄의 입장에서는 샤론의 선물을 거절할 이유는 없었다. 도시도 아니고, 행성을 통째로 준다는데 싫을 리가 있겠는가.

[이탄 님. 제 선물을 받아주실 거죠? 네? 네?]

샤론이 칭얼거렸다.

[으응? 그래. 받지.]

이탄은 무턱대고 고개를 끄덕였다.

시종장은 이 행성도 이탄 앞으로 추가 등록했다.

이번 행성의 이름은 HSE—2가 되었다. 흐나흐(H) 일족 샤론(S) 휘하 이탄(E)이 소유한 두 번째 행성이라는 의미에서 이런 이름이 붙었다.

마그리드의 눈에서 불똥이 튀었다.

'아하! 이 여우년의 속셈이 바로 이거였구나.'

마그리드는 대뜸 시종장을 다그쳤다.

[시종장. HMP—2 행성의 소유권을 지금 당장 이탄 님께 이양하세요.]

[하오나 마그리드 님, 그 행성의 소유자는 마그리드 님이 아니라 피우림 님으로 되어 있습니다. 그러니 소유권 이전을 위해서는 피우림 님의 동의가 필요합니다.]

[그건 내가 받을 테니까 내 말대로 지금 당장 이전해요.]

마그리드는 시종장을 강하게 압박했다.

결국 시종장은 HMP—2 행성도 이탄의 소유로 바꿔놓았다.

이 행성의 새 이름은 HME—3로 정해졌다. 흐나흐(H) 일족 마그르드(M) 휘하 이탄(E)이 소유한 세 번째 행성이라는 뜻이었다.

이탄은 졸지에 행성을 3개나 가진 대귀족의 반열에 올라섰다.

여왕은 솔직히 어이가 없었다. 하지만 그녀도 이탄에게 행성을 하나 선물했으니 샤론과 마그리드에게 뭐라고 따질 형편은 아니었다.

'햐! 이런 여우깽깽이들을 봤나.'

여왕이 기가 막혀 팔짱을 끼었다.

한편 마그리드도 여왕과 샤론을 향해 경계심을 높였다.

'샤론, 이년은 역시 방심할 수 없는 개잡년이야. 게다가 여왕폐하도 이탄 님께 발 한 쪽을 자꾸 걸치려는 것 같아.'

경계심을 곤두세우기는 샤론도 마찬가지였다.

'하여간 세상에 믿을 이가 없다니까. 내가 이러니까 이탄 님 혼자 어디에 보낼 수가 없지. 쯧쯧쯧.'

샤론은 고개를 절레절레 내저었다.

흐나흐 여왕과 마그리드, 샤론이 이탄을 사이에 두고 눈에서 불꽃을 튀기는 동안 이탄은 엉뚱한 상상의 나래를 펼쳤다.

'흐으음. 차원이동 통로는 HRE—1 행성에서 제작하면 될 테고. 나머지 두 행성은 어디에 써먹지? 마침 HSE—2 행성에는 수백만 명의 거주민도 산다니까 그곳에다 모레튬 지부나 개설해 볼까?'

이것이 이탄의 뇌리에 문득 떠오른 생각이었다.

그 시각 머나먼 HSE—2 행성.

하루아침에 행성의 명칭마저 바뀌게 된 이 낙후된 지역의 거주민들은 갑자기 부르르 몸을 떨었다.

수백만 명이 넘는 거주민들 전체가 한 날 한 시에 영문 모를 오한이 든 것이다.

Chapter 7

전쟁이 끝난 지 일주일 째 되던 날이었다. 이탄은 두쿰의 방문을 받았다.

두쿰은 마그리드를 섬기는 일곱 흉성 가운데 한 명으로, 성격이 음침하고 독해서 상대하기 까다로운 자였다.

하지만 그런 두쿰도 이탄을 대할 때는 고양이 앞의 쥐 꼴이었다. 두쿰은 비번 일족과의 전쟁을 겪으면서 이탄의 무서움을 뼛속까지 깨달았다. 그래서 이탄이 묻기도 전에 일곱 흉성에 대한 정보들을 자세히 정리하여 이탄에게 바쳤다. 덕분에 이탄은 일곱 흉성 개개인에 대해서 많은 것들을 파악했다.

다시 석 달이 쏜살같이 흘렀다. 새해를 맞은 지도 벌써 두 달이 지나서 2월 초 닷새가 되었다.

이탄은 지난 석 달 동안 흐나흐 일족의 주행성을 떠나서 자신이 총독으로 있는 HRE─1에 머물렀다. 이곳에서 이탄은 부정 차원으로 통하는 통로를 제작하느라 여념이 없었다.

"이렇게 하면 되는 건가?"

리노 일족의 거대한 뿔 8개가 맞닿은 꼭대기.

그 까마득한 높이에 이탄은 홀로 앉아서 고개를 갸웃거렸다.

이탄의 발밑에는 무려 3킬로미터나 되는 거대한 뿔 8개가 맞물려 있었다. 그 뿔들로부터 은은한 상아빛과 화려한 금빛이 동시에 발산되었다. 뿔과 뿔 사이에는 수프리 나무가 빽빽하게 자라서 벽을 이루었다.

리노 일족의 최상급 뿔이 기둥이라면 수프리 나무는 벽역할을 하면서 팔각형의 건물을 구성했다. 건물 바깥쪽에는 토트 일족의 최상급 등껍질 20개가 만개한 꽃잎처럼 활짝 펼쳐져 있었다.

한편 건물 상단부에는 구아로 일족의 최상급 발톱 15개
가 엇갈려 자리하면서 날카로운 기세를 드러내었다.

이 발톱들은 건물 내부의 구아로 이빨과 연결되었는데,
최상급 이빨이 9개, 상급 이빨이 100개나 되었다.

팔각형 건물 내부는 리노 일족의 최상급 비늘로 치장되
었다. 최상급 비늘 14개와 상급 비늘 100개가 빼곡하게 들
어차서 번쩍번쩍 빛났다.

이탄은 지난 3개월 동안 값비싼 재료로 도배하다시피 하
면서 이 괴상한 건축물을 만들었다. 그런 다음 건축물 전체
에 마나가 흐르는 관로도 새겨놓았다.

건축물이 완성되었다 싶을 즈음, 이탄은 관로 안쪽에 뽈
브 일족의 최상급 눈물 960 밀리리터와 상급 눈물 4,000
밀리리터를 차례로 흘려 넣었다.

뽈브의 눈물이 마나관 안쪽을 코팅하면서 건물 전체가
기이한 공간의 힘을 지니게 되었다. 건축물을 구성한 각 재
료들이 공명하면서 우르르 우르르 진동했다.

"으으음. 이제 거의 다 되었구나."

이탄은 거대한 건축물 꼭대기에 서서 두 눈을 지그시 감
고 진동을 느꼈다. 그런 다음 갑자기 눈을 번쩍 떴다.

차원을 강제로 개방하는 행위는 실로 위험한 일인지라
이탄도 살짝 긴장했다. 이탄은 신중하게 아래를 내려다보

더니, 8개의 뿔이 맞닿은 지점에 손바닥을 밀착시켰다.

후웅!

이탄의 손바닥에서 방출된 음차원의 마나가 건축물 안에 새겨진 마나관 속으로 거침없이 흘러들어 갔다.

이탄이 마나를 공급하자 건축물 주변의 공간이 뒤틀렸다. 강한 중력파가 마구 발생했다.

콰득, 콰득, 우드득.

건축물 주변의 지형이 제멋대로 뒤틀리고 또 우그러졌다. 붉은 구름으로 뒤덮인 하늘은 쿠콰콰콰콰 회전하면서 우주로 향하는 나선형의 문을 활짝 열었다.

행성 지하로부터 퍼 올린 가공할 에너지는 8개의 기둥, 즉 리노 일족의 최상급 뿔을 타고 거침없이 위로 솟구쳤다.

츳츳츳츳츳—.

그 에너지가 뿔의 끝에 맺혔다. 그 에너지가 이탄이 불어넣은 음차원의 마나와 공명하면서 행성 전체에 작용하는 시간축을 쿠르르르 휘감았다.

이에 호응이라도 하듯이 건축물 바깥쪽에 꽃잎처럼 펼쳐져 있던 토트의 등껍질이 건축물을 중심으로 빙글빙글 회전했다.

쿠르르, 쿠콰콰콰!

공간축과 시간축이 톱니바퀴처럼 맞물려 돌아갔다.

잠시 후.

건축물 상공 1 킬로미터 지점에 차원의 균열이 아주 조그맣게 생겨났다.

바늘구멍 크기의 이 미세한 균열만으로도 팔각형의 건축물 전체가 붕괴할 듯 뒤흔들렸다. 내벽에 박힌 리노의 비늘과 최상급의 수프리 나무가 끈끈하게 버텨주지 않았더라면 이 건축물은 진즉에 와해되었을 것이다.

단지 건축물만 진동하는 데서 그치지 않았다. HRE—1 행성 전체가 바스러질 듯이 덜덜덜 떨렸다. 행성 표면 곳곳에서 대지진이 일어났다. 맨틀 아래쪽에 머물던 용암이 지표면 위로 뛰쳐나와 수 킬로미터 높이의 화염을 화르륵 토해놓았다.

이탄은 별이 소멸하는 듯한 어마어마한 광경을 앞에 두고도 눈썹 하나 까딱하지 않았다. 신왕 프사이가 남긴 기억에 따르면, 이런 자연재해는 차원이동 통로를 뚫기 위한 전조 증상에 불과했다.

"이제 다 되었구나. 이 균열을 1년간 숙성만 시키면 되는 것인가?"

팔각형 건축물의 상단부에 차원의 균열이 만들어졌으니 이제 그 균열이 뻗어나가 부정 차원과 연결되기만을 기다리면 그만이었다. 이탄은 이렇게 균열이 전파하는 과정을

'숙성'이라는 단어로 표현했다.

"그런데 지루하게 이 HRE—1 행성에서 1년 동안 죽치고 있을 수는 없잖아?"

이탄이 손가락으로 관자놀이를 긁적였다.

이탄은 남은 1년 동안 몇몇 곳을 다녀올 생각이었다.

그 가운데 우선순위 1번은 알블—롭 일족의 발원지를 방문하는 것이었다. 이탄은 그 발원지에 '언령이 벽'이 존재할 것이라 확신했다.

HRE—1 행성을 떠나기 전, 이탄은 차원이동 통로 주변에 방대한 크기의 술법진을 세워두었다.

술법진이 발동하자 환각이 일어나 팔각형의 거대 건축물, 즉 차원이동 통로를 감쪽같이 감춰주었다. 또한 이 술법진은 외부인이 차원이동 통로에 접근하는 것도 막아주는 역할을 했다.

이탄은 그러고도 안심이 되지 않아 술법진 바깥쪽에 또다른 술법진을 한 겹 더 둘렀다. 이탄은 이렇게 2중으로 안전장치를 걸어놓고서아 비로소 마음을 놓았다.

물리적인 준비를 모두 마친 다음, 이탄은 흐나흐 여왕과 마그리드, 샤론 샤룬 남매에게도 당부를 해두었다.

나는 앞으로 1년 동안 HRE—1 행성에서 중요한 마법 실험에 몰두할 것이니 절대 방해하지 마시오.

　이상이 이탄이 흐나흐 여왕 등에게 남긴 전언이었다.

　이탄의 뇌파는 단호한 정도를 넘어서 위협적인 분위기까지 내포했다. 따라서 흐나흐 여왕과 마그리드, 샤룬 샤론 남매는 HRE—1 행성을 방문해야겠다는 생각을 싹 접어야 했다.

제5화

알블─롭 일족의 발원지

Chapter 1

지난 석 달 동안 이탄은 HRE—1 행성에 머물면서 단지 차원이동 통로만 제작한 것이 아니었다. 이탄은 짬이 나는 대로 그릇된 차원의 개략적인 행성도를 통째로 머릿속에 담아두었다. 일부 지역에 대해서는 상세 지도까지 외워 두었다. 이탄은 거기서 한 발 더 나가서 휴대용 플래닛 게이트의 사용법도 철두철미하게 익혔다.

마침내 이러한 노력들이 결실을 맺을 때가 되었다.

"하하하. 드디어 정확한 위치를 찾은 것 같구나. 행성도에 따르면 여기가 알블—롭 일족이 발원한 행성임에 분명해."

이탄은 미적거리는 성격이 아니었다. 결심이 서면 곧바로 행동에 옮기는 실천가가 바로 이탄이었다.

이탄은 육각형의 석판, 즉 휴대용 플래닛 게이트를 꺼내어 오른손에 움켜잡은 다음, 석판의 홈 속으로 음차원의 마나를 불어넣었다.

육각형 석판 위에 새겨진 문양들이 차라라락 회전했다. 그러면서 휘황찬란한 광채를 뿜어내기 시작했다.

후웅! 후웅! 후웅! 후오웅!

휴대용 플래닛 게이트에서 뿜어진 강렬한 광채는 난초의 잎사귀처럼 사방팔방으로 둥글게 휘면서 뻗어 나왔다.

이윽고 그 빛이 이탄을 집어삼켰다.

파악!

빛이 꺼지면서 이탄도 별안간에 그 자리에서 사라졌다. 텅 빈 공간에는 은색의 뇌전만이 번쩍 번쩍 뛰놀았다.

싱그러운 초목이 무성하게 자란 행성 한구석.

슈루루루룩.

허공에 물빛이 동심원을 그리며 번져나갔다. 흔들리는 수면 속에서 물 밖을 바라보는 것처럼 공간이 어지럽게 이지러졌다.

물빛으로 뒤채는 공간의 파동 속에서 한 사내가 툭 튀어나왔다.

바로 이탄이었다.

"여긴가?"

이탄은 주변부터 스윽 둘러보았다.

"알블―롭의 발원지에 제대로 찾아왔겠지?"

짙게 우거진 숲이 이탄의 눈에 들어와 박혔다. 습기가 많아서 그런지 공기 중에는 숲 냄새와 물 냄새가 진하게 뒤섞여 있었다.

"숲이 우거진 것으로 보아 알블―롭 일족과 밀접해 보이기는 하는데……."

이탄은 말꼬리를 흐린 다음, 육각형의 휴대용 플래닛 게이트를 다시 아공간 박스 속에 넣었다.

"우선 여기가 어디쯤인지부터 알아보자."

이탄은 신발형 법보를 구동하여 허공으로 높이 떠올랐다.

고도를 높이자 주변 풍경이 한눈에 들어왔다. 푸르게 우거진 숲이 끝도 없이 펼쳐진 가운데, 이탄의 오른편으로는 강인지 호수인지 모를 습지가 위치했다. 그 습지로부터 물안개가 뿌옇게 형성되었다.

한편 이탄의 왼편 저 너머에는 희미하게 탑 같은 것이 보였다.

"일단 저쪽으로 가봐야겠구나."

마음의 결정을 내린 뒤, 이탄은 탑 방향으로 몸을 날렸다.

한 달 뒤.

일단의 무리가 숲속을 행군 중이었다.

숲속 군데군데에는 오래된 문명의 흔적으로 보이는 커다란 조각상들이 황폐하게 내팽개쳐져 있었다.

그 조각상 사이로 행군이 이루어졌다.

무리의 선두에는 날렵한 체형에 하얀 천으로 얼굴을 감싼 호위무사들이 자리했다. 호위무사들은 옆구리에 호리병을 차고, 등에는 둥글게 휜 칼을 비끄러매고 있었다.

행렬의 중간에는 커다란 덩치에 순하게 생긴 몬스터가 6개의 발로 쿵 쿵 쿵 걸음을 옮겼다. 육족보행 몬스터가 발을 땅에 내디딜 때마다 숲이 둔중하게 진동했다. 육족보행 몬스터의 등에는 노란 차양막이 드리운 바구니가 매달려 있었는데, 그 바구니 안에는 2명의 여자가 나란히 앉아서 부채를 살랑살랑 부쳤다.

육족보행 몬스터의 뒤에는 시녀로 보이는 여자들 10명이 뒤따랐다. 그리고 시녀들 뒤쪽에는 짐꾼들이 묵묵히 따랐다. 짐꾼들은 하나같이 무거운 짐을 짊어진 모습이었다.

짐꾼들의 후방에는 또 다른 호위무사들이 배치되었다. 행렬의 앞과 뒤를 지키는 호위무사들의 숫자는 얼추 50명은 넘음 직했다.

선두에서 걷던 호위대장이 오른 주먹을 번쩍 들었다.

[스톱. 이곳에서 잠시 쉬었다 간다.]

[넵.]

명이 떨어진 즉시 호위무사들이 행군을 멈췄다.

뿌우우우―.

육족보행 몬스터도 길게 콧소리를 한 번 토하더니 6개의 굵직한 발을 구부려 그 자리에 털썩 주저앉았다. 그 즉시 10명의 시녀들이 육족보행 몬스터의 곁으로 다가와 공손히 허리를 숙였다.

[둘째 아가씨, 셋째 아가씨, 잠시 내려서 쉬시지요.]

시녀장은 노란 차양막이 드리운 바구니를 향해 아뢰었다.

[오냐.]

바구니 안에 앉아 있던 두 여자가 풀쩍 뛰어내려 바닥에 내려섰다.

10명의 시녀들은 두 여인을 향해 일제히 무릎을 꿇었다. 짐꾼들과 호위무사들도 무릎을 땅에 대에 대고 두 여인을 향해 고개를 숙였다.

두 여인은 오만하면서도 기품 넘치는 태도로 주변을 둘러보았다.

여인 중 한 명은 찰랑거리는 브루넷 머리카락을 엉덩이까지 길게 늘어뜨린 미인이었다. 그녀는 언노운 월드의 기준으로 20대 초반 정도로 보였다.

또 다른 여인은 주근깨가 살짝 박힌 소녀였다. 말괄량이처럼 보이는데, 머리카락은 11월의 단풍잎처럼 붉었다.

[호위대장, 여기가 어디쯤인가요?]

브루넷 머리카락을 가진 미녀 에스테르가 낭랑한 뇌파로 물었다.

호위대장이 성큼 다가와 아뢰었다.

[키펀 숲 중앙지역의 고대 유적지 인근입니다. 키펀 성까지 가려면 여기서 동쪽으로 열흘은 더 행군하셔야 합니다.]

[열흘이라? 너무 길군요. 하아아.]

에스테르가 이마를 찌푸렸다.

Chapter 2

붉은 머리 소녀 레니가 언니인 에스테르를 올려다보았다.

[둘째 언니, 그냥 휙 날아서 가면 안 되나요? 처음에는 육족보행 몬스터를 타고 숲을 횡단하는 것이 재미있었는데, 이제 슬슬 지루해지려 하네요.]

[레니, 너…….]

에스테르가 동생의 철없음을 나무라려고 할 때였다. 옆에서 호위대장이 끼어들었다. 호위대장은 대뜸 고개부터 가로저었다.

[안 됩니다. 둘째 아가씨와 셋째 아가씨께서 마나를 사용하여 비행마법을 펼치는 즉시 행적이 발각될 것입니다. 잊으셨습니까? 첫째 아가씨의 광역탐지 마법은 키펀 숲 전체를 아우르고 있습니다.]

호위대장의 말이 맞았다. 두 여인의 큰언니는 광역탐지 마법으로 키펀 숲 전체를 감시 중이었다. 따라서 두 여인이 큰언니의 탐지망에 걸리지 않으려면 당분간 음차원의 마나 사용을 금하는 수밖에 없었다.

[쳇. 재미없어.]

레니가 호위대장을 향해 입술을 삐죽거렸다. 그런 다음 무슨 생각을 했는지 레니의 눈동자가 반짝 빛났다.

[나는 좀 숲에서 놀다 올게요.]

레니는 붉은 머리카락을 찰랑거리며 그대로 숲속에 뛰어들었다.

[앗! 레니야.]

에스테르가 천방지축인 동생의 행동에 깜짝 놀랐다.

[셋째 아가씨. 숲은 위험합니다.]

호위대장이 곧바로 부하들에게 손짓을 보냈다.

[넵.]

호위무사 4명이 벌떡 일어나 레니를 뒤따랐다. 혹시 모를 위험으로부터 레니를 보호하기 위함이었다.

슈와왁—.

레니가 미끄러지듯 숲을 누볐다.

호위무사들이 아무리 맹훈련으로 단련된 전사들이라고 하나, 귀족인 레니를 뒤쫓기에는 무리가 있었다.

[셋째 아가씨, 어서 돌아오십시오.]

[우거진 숲으로 깊게 들어가시면 안 됩니다.]

호위무사들이 뇌파의 출력을 높였다.

[핏. 안 되긴 뭐가 안 된다는 거야?]

레니는 아름드리나무 뒤에서 손으로 입을 가리고 짓궂게 웃더니 주변과 스르륵 동화되어 수백 미터를 더 이동했다.

덕분에 호위무사들은 레니의 종적을 아예 놓쳐버렸다.

[레니는 찾았나?]

에스테르가 숲에 뒤쫓아 들어와 호위무사들을 다그쳤다.

호위무사들이 무너지듯 그 자리에 무릎을 꿇었다.

[송구하옵니다. 둘째 아가씨. 저희가 그만 셋째 아가씨의 종적을 놓쳐버리고 말았습니다.]

[저희의 무능함을 꾸짖어 주소서.]

호위무사들의 뇌파는 자괴감으로 가득했다.

쾅!

에스테르가 손날로 나무를 때렸다. 마나도 방출하지 않았건만 에스테르의 단단한 손과 부딪쳐 아름드리 거목이 우지끈 부러졌다.

[이런 바보 같은 것. 앞뒤 가리지 못하고 이런 엄중한 시기에 장난질이나 치다니.]

에스테르는 호위무사들이 아니라 레니를 향해서 역정을 내었다. 레니가 작정을 하고 자연에 녹아들면 에스테르조차도 레니의 종적을 찾기 힘들었다. 그러니 호위무사들이 레니를 뒤쫓는다는 것은 사실상 불가능했다.

[안 되겠다. 내가 레니를 찾아와야겠어.]

에스테르가 숲으로 뛰어들려 할 때였다.

[둘째 아가씨, 잠시만 기다려주십시오.]

호위대장이 에스테르의 뒤쪽에 내려섰다. 호위대장은 몸을 숙여 숲에 찍힌 발자국을 확인하더니, 왼쪽으로 고개를 돌렸다.

호위대장과 그의 부하들은 하나같이 새하얀 천으로 얼굴

을 가렸다. 그들은 옆구리에 호리병을 매었고 등 뒤에는 둥글게 굽은 칼을 차고 있었다.

반면 호위대장의 눈길이 닿은 곳에 서 있는 3명은 호위무사들과 복장이 사뭇 달랐다.

3명 중 한 명은 꽁지머리에 덩치가 큰 거구였다. 그는 상의와 하의 모두 낡은 가죽옷을 입었고 묵직한 봉을 어깨에 걸친 모습이었다.

이어서 두 번째 사내는 귀밑머리를 길게 기르고 나머지 머리카락은 위로 틀어 올렸다가 둥글게 다시 늘어뜨린 모양새였다. 복장은 보라색과 흰색이 교차하는 독특한 형태였으며, 목에는 여우목도리를 둘렀다.

이 두 번째 사내가 3명 중 가장 단정했다.

세 번째는 허리가 굽은 노인으로 턱에 염소수염을 길렀다. 노인은 매부리코에 눈매가 유독 날카로웠다.

세 이방인들의 이름은 각각 코후엠, 이탄, 그리고 투론이라고 했다.

에스테르 일행은 이들 세 이방인들과 키펀 숲 입구에서 마주쳤다.

당시 이방인들은 에스테르에게 [키펀 숲을 가로지를 것이라면 우리도 동행하면 안 되겠소?]라고 정중히 요청했다. 대신 이방인들은 에스테르 일행을 위해서 총 다섯 번의 도움을 주기로 약속했다.

호위대장은 3명의 이방인들에게 그때의 맺은 맹약을 지키라고 요구했다.

[레니 님을 찾아서 보호해주시오. 이것이 다섯 번의 맹약 중 첫 번째 요구요.]

호위대장과 에스테르는 이방인들이 상당한 강자들이며 귀족 이상의 실력을 지녔다고 판단했다. 하여 다짜고짜 이방인들에게 도움을 청했다.

[약속은 약속이니까 지켜야겠지.]

꽁지머리 사내 코후엠이 호위대장의 요구를 받아들였다.

코후엠이 크게 한 발을 내디뎠다. 단지 발을 한 걸음 옮겼을 뿐인데 코후엠의 모습은 어느새 수십 미터 앞에 도달해 있었다. 코후엠의 떡 벌어진 등판으로부터 범접하기 힘든 기세가 스멀스멀 뿜어져 나왔다.

호위대장이 멀리서 황급히 손을 가로저었다.

[잠깐만. 이 숲에서 마나는 사용하면 안 되오. 숲에 들어오기 전에 내가 미리 주의를 주지 않았소.]

[알아.]

코후엠은 뒤도 돌아보지 않고 뇌까렸다.

[나도 안다고.]

코후엠이 새끼손가락으로 귀를 후비며 무뚝뚝하게 내뱉
었다.

Chapter 3

호위대장을 대하는 코후엠의 태도는 실로 오만했다.

그럼에도 불구하고 호위대장은 코후엠에게 뭐라고 반박
하지 못했다. 그만큼 코후엠의 기세가 위압적이기 때문이
었다.

코후엠보다 한발 앞서서 투론이 움직였다. 투론은 팔짱
을 끼듯 양손을 교차하여 소매에 넣고는 꾸부정한 자세로
숲에 뛰어들었다.

투론의 음침한 눈에서는 하얀 안광이 달빛처럼 쏟아졌
다. 그 몽환적인 안광이 숲을 넓게 비췄다.

이탄은 3명 가운데 가장 늦게 출발했다. 호위대장이 보
기에 3명의 이방인들 가운데 이탄이 가장 평범해 보였다.

'저렇게 평범한 자가 어떻게 코후엠이나 투론과 같은 강
자들과 일행이 되었을꼬?'

호위대장은 도무지 이해가 되지 않았다.

사실 호위대장은 오해를 한 것이었다. 3명의 이방인들

가운데 이탄은 나머지 2명과 안면이 없었다. 그들은 우연히 키펀 숲 입구에서 마주쳤을 뿐, 서로 동료 사이가 아니었다. 다만 3명 모두 과묵하여 호위대장은 오해를 풀 기회가 없었던 것뿐이었다.

호위대장이 지켜보는 가운데 세 이방인의 모습은 어느새 시야에서 사라져버렸다.

슈우우우―.

투론이 꾸부정한 몸으로 선두에서 달렸다. 투론의 속도가 어찌나 빨랐던지 그의 몸이 길게 늘어지는 것처럼 보였다. 주변의 나뭇가지들이 투론의 코앞으로 휙 다가왔다가 눈 깜짝할 사이에 뒤로 멀어졌다.

코후엠은 묵직한 봉을 어깨에 걸치고 어슬렁어슬렁 걸었다. 그런데도 코후엠의 속도는 투론에 못지않았다. 참으로 희한한 일이었다.

코후엠은 그렇게 여유 있게 걸어가면서 가끔씩 후방으로 감각을 곤두세웠다. 이것은 코후엠이 이탄을 은근히 신경 쓴다는 반증이었다.

반면 이탄은 코후엠에게 별로 관심을 두지 않았다.

그렇게 30분 정도 추격을 했을까?

투론이 갑자기 위쪽으로 방향을 틀었다.

[웃차.]

투론은 마나를 끌어올리지 않고도 메뚜기처럼 가볍게 뛰어서 40미터 위의 높은 나뭇가지에 올라섰다. 그런 다음 달빛과도 같은 안광을 쫙 퍼트려서 눈 깜짝할 사이에 수백 미터 영역을 뒤덮었다.

그 은은한 안광에 무언가가 걸려들었다. 저 멀리 앞쪽에서 푸른 불똥이 번쩍 튄 것이다.

[찾았다.]

투론은 목표지점을 향해 벼락처럼 쏘아졌다.

그때 코후엠이 나섰다. 코후엠은 발을 한 번 크게 내디뎌서 투론을 젖혔다. 놀랍게도 코후엠은 투론보다도 더 빨리 목적지에 도착했다.

숲 한구석에서 푸른 불똥이 튀어 오른 것과, 코후엠이 그곳에 도착한 것은 거의 동시였다. 그리고 바로 뒤이어서 투론이 코후엠의 후방에 벼락처럼 내리꽂혔다.

[그 애는 놓고 가라.]

코후엠이 우렁찬 뇌파를 터뜨렸다. 그와 함께 코후엠의 봉이 무시무시한 힘으로 공기를 찢어발겼다.

코후엠은 단지 엄지와 검지 사이에 봉의 끝을 끼우고 가볍게 휘둘렀을 뿐이었다.

하지만 그 여파는 엄청났다.

부왕─. 쿠콰콰콰콱!

봉이 수평으로 스쳐 지나가면서 그 궤적에 걸리는 굵은 나무들을 무려 네 그루나 박살 냈다. 봉과 부딪친 순간, 나무들은 폭발하듯이 터져나갔다. 사방으로 휘날리는 나무 파편 사이에서 회색 존재가 휙 뛰어올랐다.

[이 노옴.]

투론이 기다렸다는 듯이 회색 존재를 향해 달려들었다. 소매 속에 감춰져 있던 투론의 손이 전방으로 휙 뻗었다. 그러자 투론의 손이 동굴 속에서 튀어나온 구렁이처럼 길게 늘어나는 듯이 보였다.

투론이 신체변형을 펼친 것은 아니었다. 길게 늘어난 것처럼 보인 물체는 투론의 팔이 아니라 투론의 소매 속에서 방출된 채찍이었다.

12미터나 되는 기다란 채찍이 S자를 그리며 날아가 회색 존재를 휘감았다.

휙, 휙, 휙, 휙, 휙.

회색 존재가 허공에서 다섯 번이나 방향을 전환했다.

투론의 채찍도 눈 끔찍힐 사이에 다섯 번 방향을 틀어서 악착같이 회색 존재를 뒤쫓았다.

[킥킥.]

회색 존재가 입술을 씰룩거렸다. 그와 동시에 허공에서

딱 소리가 울렸다. 투론의 채찍이 뒤로 튕겨 나오면서 울린 소리였다.

회색 존재의 손에는 손도끼가 들려 있었는데, 이 손도끼가 채찍을 튕겨낸 무기였다.

어쨌거나 투론의 채찍 공격 덕분에 회색 존재가 멈춰 섰다. 이제 보니 회색 존재는 늑대족이었다.

늑대의 머리에 사람의 몸.

허무할 정도로 짙은 회색의 털.

회색 존재의 생김새는 알블―롭 일족과 상당히 닮아 있었다. 다만 눈동자나 털의 색깔이 알블―롭 일족과 다르고, 풍기는 존재감이 상이할 뿐이었다.

하지만 다른 종족들은 이 미세한 차이를 알아보기 힘들었다.

[뭐야? 알블―롭이었어?]

숲 저편에서 코후엠의 뇌파가 울렸다.

처음 코후엠이 [뭐야?]라는 단어를 내뱉었을 때 코후엠의 위치는 수백 미터 밖이었다. 그런데 코후엠이 [―이었어?]라고 뇌파를 마무리 지을 때는 어느새 그의 모습이 회색 늑대인간의 코앞에 나타났다.

등장과 동시에 코후엠은 오른손으로 허공을 꽉 쥐어짜는 시늉을 했다.

쮸와아악!

코후엠의 오른손에서 뿜어지는 가공할 흡입력이 주변 공기를 왕창 빨아들였다. 주변의 나무들도 펑펑펑! 터져나가면서 가루로 흩어졌다. 그리곤 코후엠의 손바닥을 향해서 단숨에 빨려들어 왔다.

나무만이 아니었다. 주변의 돌들이 허공으로 떠올라 코후엠의 손바닥으로 흡입되었다. 주변의 풀들도 우두둑 뜯겨서 코후엠의 오른손으로 날아들었다.

회색 늑대인간도 이 가공할 흡입력 아래서 벗어나지는 못했다. 순간적으로 늑대인간의 몸뚱어리가 코후엠의 손을 향해 무너지듯 딸려왔다.

[크흡.]

회색 늑대인간이 이빨을 꽉 깨물었다. 늑대인간은 오른발을 땅에 꽉 박아서 버티는 한편, 코후엠을 향해 손도끼를 날렸다.

Chapter 4

손도끼가 팽그르르 회전하면서 공기를 갈랐다. 도끼날로부터 진한 회색의 빛이 번쩍 터졌다.

코후엠은 왼손을 뻗어 늑대인간의 도끼를 받아내었다.

까앙!

코후엠의 왼손바닥 안에서 불똥이 튀었다. 금속끼리 강하게 충돌하는 소리가 울렸다. 놀랍게도 코후엠은 맨손으로 상대의 손도끼를 받아내었다.

[이럴 수가. 북명의 법보를 맨손으로 받아 내다니.]

회색 늑대인간이 깜짝 놀랐다. 그가 던진 손도끼는 수십 미터 두께의 철벽도 종잇장처럼 뚫어버리는 위력을 지녔다. 제아무리 강력한 몬스터라고 해도 음차원의 마나도 끌어올리지 않은 상태에서 저렇게 쉽게 막아낼 수 있는 무기가 아니었다.

[후후훗. 놀랐나?]

코후엠이 늑대인간을 향해서 송곳니를 으스스하게 드러내었다.

그때 투론이 코후엠의 곁을 스치듯이 지나갔다.

후웅—.

투론은 한 줄기 질풍이 되어 내달리더니, 눈 깜짝할 사이에 허공으로 부웅 떠올랐다. 그런 다음 상공에서 회색 늑대인간을 표적으로 삼은 다음 벼락처럼 떨어져 내렸다.

콰앙!

투론이 무릎으로 내리찍은 자리엔 너비 1 미터, 깊이는

2 미터가 넘는 구덩이가 팼다. 흙이 사방으로 비산했다.

[이크.]

회색 늑대인간은 벼락처럼 빠른 몸놀림으로 투론의 공격을 피했다.

그렇게 회색 늑대인간이 도망치려 할 때였다.

[그냥 가려고?]

코후엠이 회색 늑대인간을 향해 오른손을 쭉 뻗었다.

쭈와아악—.

코후엠의 손아귀에서는 다시금 가공할 흡입력이 뿜어져 나왔다. 회색 늑대인간은 허공으로 도약하다 말고 코후엠에게 빨려들었다.

[크으으으윽.]

회색 늑대인간이 으스러져라 이빨을 깨물었다. 늑대인간의 기다란 주둥이 사이로 회색의 이빨들이 으스스하게 드러났다.

쿠와아앙!

순간적으로 늑대인간의 몸이 폭발했다. 회색 늑대인간의 체내에서 솟구친 법력의 힘이 주변 수십 미터 일대의 공기를 찢어발겼다.

거기서 끝나지 않았다. 회색 늑대인간은 법력뿐 아니라 음차원의 마나도 함께 폭발시켰다.

서로 상이한 두 종료의 에너지가 폭발하면서 회색 늑대인간은 코후엠의 흡입력으로부터 간신히 벗어났다.

[제기랄.]

코후엠이 얼굴을 와락 구겼다.

코후엠은 늑대인간을 놓쳐서 얼굴을 구긴 것이 아니었다. 조금 전 늑대인간이 음차원의 마나를 터뜨린 순간, 하늘 저 꼭대기에서 보라색이 번쩍였다. 키펀 숲 전체에 걸려 있는 광역탐지 마법이 발동했다는 뜻이었다.

코후엠이 사납게 으르렁거렸다.

[어차피 탐지마법이 발동한 터, 이제는 나도 자제하지 않는다.]

후오옹!

코후엠은 봉인을 풀고 음차원의 마나를 본격적으로 끌어올렸다. 코후엠의 몸 주변으로 상급 음혼석 10개가 둥실 떠올라 코후엠에게 강력한 마나를 공급했다.

그 즉시 상황이 돌변했다. 코후엠의 손아귀에서 발휘되는 흡입력이 기하급수적으로 올라가버렸다.

콰르르르르—.

세상이 코후엠의 손바닥을 중심으로 빙글빙글 도는 듯했다. 이제는 주변에 가까이 있는 나무뿐 아니라 수십 미터 밖의 나무들도 우지끈 부러져서 코후엠의 오른손으로 빨려

들었다. 심지어 하늘도 나선형으로 회전하면서 코후엠의 손바닥으로 빨려들었다. 땅거죽도 투둑투둑 들고 일어나 코후엠의 손바닥으로 몰려왔다.

그 영향력이 회색 늑대인간에게까지 미쳤다.

[크으으윽, 크아아아아악.]

회색 늑대인간은 수백 미터 밖 상공에서 두 주먹을 불끈 쥐었다. 이빨도 으스러져라 악물었다.

그래도 소용없었다. 코후엠은 늑대인간이 떠 있는 곳을 향해 오른손을 뻗었다.

[까불지 말고 이리 왓.]

그 한 마디가 결정타가 되었다. 회색 늑대인간이 버티는 것도 이제 한계에 달했다.

콰득, 콰드득, 콰드드득.

멀쩡하던 회색 늑대인간의 뼈가 코후엠의 흡입력을 버티지 못했다. 덜그럭 덜그럭 떨리다가 급기야 신체 내부에서 으스러지기 시작했다.

[끄악.]

결국 회색 늑대인간은 주춤주춤하다가 한순간에 뒤로 확 딸려왔다.

그러면서 회색 늑대인간의 왼손에 대롱대롱 붙잡혀 있던 붉은 머리 소녀 레니도 함께 코후엠에게 날아들었다.

회색 늑대인간은 자신의 죽음을 예상했다. 이 가공할 흡입력을 일으킨 몬스터는 감히 그가 감당할 수 없는 초강자였다.

'그렇다면?'

회색 늑대인간은 허무하도록 진한 회색의 안광을 토했다. 뒤로 딸려오는 도중, 회색 늑대인간이 5개의 손가락을 쫙 펼쳤다.

촤앙! 촤앙!

늑대인간의 손가락으로부터 50 센티미터가 넘는 손톱이 서슬 퍼렇게 일어났다. 회색 늑대인간은 이 손톱을 휘저어 레니의 목과 심장에 찔러 넣었다.

안타깝게도 코후엠은 회색 늑대인간의 행동을 보지 못했다. 코후엠이 서 있는 위치에서는 늑대인간의 등판만 보일 뿐이었다.

투론도 마찬가지였다. 투론의 위치도 코후엠의 바로 옆자리였다. 그 탓에 투론은 지금 회색 늑대인간이 레니를 죽이려 든다는 사실을 인지할 수 없었다.

레니도 별반 할 수 있는 일이 없었다. 레니는 이미 기절한 상태라 무방비로 축 늘어져 있을 뿐이었다.

그렇게 레니가 죽임을 당할 위기에 이탄이 등장했다.

이탄은 원래 나설 생각이 없었다. 그는 그저 코후엠과 투론이 레니를 찾아내기만 바랄 뿐이었다.

솔직히 이탄은 귀찮은 일에 말려들기 싫었다.

한데 회색 늑대인간을 목격한 순간 이탄의 눈빛이 돌변했다.

'북명의 수인족이다. 수인족 술법사야.'

이탄이 쾌재를 불렀다.

회색 늑대인간은 그릇된 차원의 몬스터가 아니었다. 피우림과 마찬가지로 북명에서 넘어온 수인족 수도자였다.

Chapter 5

회색 늑대인간의 몸에서는 법력의 향기가 농밀하게 넘쳐흘렀다. 이탄은 먼 거리에서도 그 향기를 감지했다.

회색 늑대인간은 코후엠의 흡인력에 딸려가는 와중에 손톱을 곤두세웠다. 회색 늑대인간이 그 손톱으로 레니의 목줄을 막 따려는 순간, 이탄이 몸을 날렸다.

이탄은 단순히 신발형 법보로 날아간 것이 아니었다. 수라군림의 술법을 운용하여 벼락이 치듯이 회색 늑대인간을 덮쳤다.

콰앙!

순간적으로 그 일대가 폭음에 휩싸였다.

회색 늑대인간은 이탄이 바로 옆에 나타날 때까지도 인지하지 못했다. 그러다 갑자기 낯선 자가 들이닥치자 깜짝 놀라 손톱으로 이탄을 그었다.

이탄은 손바닥으로 상대의 공격을 막았다.

까가가강!

회색 늑대인간의 손톱 5개가 그대로 박살 났다. 강철도 찢어발기는 손톱이건만, 이탄의 반탄력 앞에서는 아무런 힘도 쓰지 못했다.

오히려 회색 늑대인간의 손이 터져나갔다.

[크왁.]

회색 늑대인간이 피투성이가 된 손을 뒤로 움츠렸다.

[이리 와.]

이탄은 기다렸다는 듯이 오른손을 뻗어 늑대인간의 주둥이를 움켜잡았다. 이탄의 왼손은 회색 늑대인간의 팔뚝을 강제로 비틀어 뜯어내고는, 그 안에서 레니를 구출했다.

일련의 일들이 벌어지는 동안에도 코후엠은 계속해서 흡입력을 발휘하였다. 하지만 이탄은 그 흡입력의 영향을 전혀 받지 않았다.

처척.

이탄이 오른손에는 늑대인간을, 왼손에는 레니를 붙잡은

채 지상에 내려섰다.

코후엠은 주변을 빨아들이던 행동을 멈추고는 속을 알 수 없는 묘한 눈빛으로 이탄을 응시했다.

투론도 어느새 코후엠의 곁에 다가왔다. 투론은 코후엠 보다도 더 날카로운 눈빛으로 이탄을 노려보았다.

투론이 카랑카랑한 뇌파로 이탄에게 따졌다.

[다 잡은 공을 가로채겠다는 게냐?]

이탄은 어깨를 으쓱했다.

[가로채기는 무슨. 이 아이는 너희들이 데려가라.]

이탄이 손을 뻗자 레니가 허공으로 둥실 떠올랐다. 그런 다음 투론을 향해 천천히 날아왔다.

투론이 레니를 사뿐히 안아들었다.

이어서 투론은 회색 늑대인간을 향해 턱짓을 보냈다.

[그 알블—롭 녀석은 어쩌려고?]

[이자는 알블—롭 일족이 아니야. 설령 알블—롭 일족 이라고 해도 너희들에게 내줄 수는 없어. 녀석에게 따로 알 아볼 것이 있거든.]

이단은 빙그레 웃는 낯으로 부론의 요구를 거절했다.

[뭐야? 못 내주겠다고?]

투론의 동공이 세로로 살짝 수축했다. 순간적으로 투론 은 먹이를 앞에 둔 포식자와 같은 기세를 폭발시켰다.

[그만.]

그 전에 코후엠이 투론의 앞을 막아섰다.

[죄송합니다.]

투론은 즉시 기세를 누그러뜨렸다. 보아하니 코후엠과 투론은 상관과 부하 관계, 혹은 주인과 노예의 관계인 듯했다.

코후엠이 이탄에게 물었다.

[이봐. 그 늑대인간과 아는 사이인가?]

[아니. 오늘 처음 보는 사이다. 하지만 이 녀석에게 물어보고 싶은 게 좀 있어서 너희들에게 넘겨줄 수는 없어.]

이탄이 솔직하게 사정을 밝혔다.

코후엠이 고개를 가로저었다.

[그건 곤란한데. 나는 요 말괄량이 소녀뿐 아니라 늑대인간도 에스테르에게 넘겨줄 생각이거든.]

[에스테르와 호위대장이 우리에게 요구한 것은 레니를 안전하게 데려와 달라는 것뿐이었다. 늑대인간은 요구조건에 없었다고.]

이탄이 반박했다.

딴에는 이탄의 주장이 옳았으나 코후엠은 쉽게 물러서지 않았다.

[안 돼. 레니라는 소녀가 안전하려면 그 늑대인간이 왜

레니를 납치하려 했는지 추궁해야 해. 늑대인간의 배후에
누가 있는지도 알아내야 하고. 그러니까 좋게 말로 할 때
녀석을 이리 내놔.]

코후엠이 이탄을 향해서 오른손을 뻗었다. 코후엠의 손
가락이 독수리의 발톱처럼 섬뜩하게 구부러졌다.

그 안쪽에 어두운 기운이 뭉치면서 휘류류류 주변 공기
가 소용돌이쳤다. 가공할 흡입력이 다시 발생하려는 듯 주
변의 나무들이 덜덜 떨었다. 땅바닥의 돌들이 들썩거렸다.

그 살 떨리는 장면을 보고도 이탄은 눈썹 하나 까딱하지
않았다.

[훗.]

코후엠이 들었던 손을 다시 내렸다. 그리곤 이탄에게 물
었다.

[회색 늑대인간 녀석을 어쩌게?]

[그건 너희가 신경 쓸 바가 아니야. 내가 알아서 해.]

이탄이 딱 잘라 끊었다.

[마음대로 해라. 나는 모르겠다.]

코후엠은 어깨를 한 번 으쓱히고는, 회색 늑대인간의 뒤
처리를 이탄에게 맡겼다.

'으응? 코후엠 님이 물러선다고?'

투론이 두 눈에 이채를 띄었다.

투론의 기억에 따르면, 지금까지 코후엠이 남에게 양보하는 경우는 거의 없었다. 상대가 '왕'인 경우를 제외하면 말이다. 심지어 상대가 '왕'일지라도 코후엠은 쉽게 물러서지 않았다.

한데 지금 코후엠의 태도는 의외였다.

'설마 저 이탄이라는 녀석이 왕이란 말인가?'

투론의 동공이 바짝 굳었다.

Chapter 6

이탄이 손가락을 활짝 펴서 회색 늑대인간의 얼굴을 뒤덮었다. 뒤로 살짝 당겨졌던 이탄의 중지가 단숨에 늑대인간의 이마를 꿰뚫고 두개골 안쪽에   꽂혔다.

[꾸르륵.]

회색 늑대인간이 바르르 경련했다.

이탄은 늑대인간의 뇌에 가운데 손가락을 박은 상태에서 아주 무서운 수법 한 가지를 펼쳐내었다.

분혼기생(分魂寄生).

이 끔찍한 권능이 이탄의 손끝에서 펼쳐졌다.

이탄의 영혼이 부글부글 거품을 내며 끓어오른다 싶더

니, 그 기포 가운데 한 방울이 본체에서 똑 떨어져 나와 늑대인간의 영혼 속으로 흘러들어 갔다.

[으어어엇?]

회색 늑대인간이 기겁했다.

회색 늑대인간은 자신에게 무언가 아주 무서운 일이 벌어지고 있다고 직감했다. 그러나 지금 그가 저항할 수 있는 방법은 전무했다.

회색 늑대인간이 두 눈을 똑바로 뜨고 지켜보는 가운데 이탄의 분혼이 늑대인간의 영혼에 찰싹 엉겨 붙어 한 덩어리로 합쳐졌다. 이윽고 분혼이 숙주를 잡아먹고 늑대인간의 영혼과 신체를 통째로 차지해 버렸다.

[끄어어어어.]

회색빛으로 번들거리던 늑대인간의 동공이 몽롱하게 풀렸다. 늑대인간이 가지고 있던 기억과 지식들이 이탄에게 물밀듯이 밀려들었다.

'코이오스?'

가장 먼저 이탄의 뇌리에 파고든 단어는 바로 이것이었다.

이어서 북명이라는 단어가 그 뒤를 따랐다.

'북명이란 말이지? 역시 내 짐작이 맞았구나.'

이탄이 고개를 주억거렸다. 북명이라는 명칭을 듣자마자

3개의 세력이 이탄의 뇌리에 떠올랐다.

사납고 흉포한 하버마.

가장 은밀하고 어두운 슭.

그리고 이탄과도 안면이 있는 헤르만.

이상의 세 세력이야말로 동차원의 북명 지역을 지배하는 삼대 거목들이었다. 얼마 전 이탄과 거래를 했던 피우림 대선인은 이 가운데 슭에 속했다.

한데 지금 이탄이 분혼을 강제로 집어넣은 회색 늑대인간은 하버마를 구성하는 주요 기둥들 가운데 하나인 코이오스 가문 출신이었다.

회색 늑대인간의 수준은 선5급.

'그러니까 이 회색 늑대인간은 피우림보다는 한 단계 아래의 수도자란 말이지.'

이탄이 곰곰이 생각에 잠겼다.

회색 늑대인간이 그릇된 차원의 몬스터가 아니라 북명의 수인족 수도자라는 점도 놀라웠지만, 그보다 더 충격적인 사실은 이 회색 늑대인간이 혼자가 아니라는 점이었다. 놀랍게도 코이오스 가문은 상당수의 수도자들을 그릇된 차원에 보내놓았다. 회색 늑대인간은 그 많은 병력들 가운데 한 명일 뿐이었다.

이탄이 의문을 품었다.

'코이오스가 그릇된 차원에 대거 진입했다고? 대체 왜? 무엇을 노리고?'

그 의문을 해결해줄 대답들이 이탄의 뇌리 속으로 차곡 차곡 유입되었다. 이탄이 회색 늑대인간으로부터 빼앗은 정보에 따르면, 코이오스 가문은 무려 수천 년도 더 이전부 터 엄청난 음모를 추진해왔다.

이 음모는 단순히 북명 지역만 대상으로 한 것이 아니었 다. 무려 3개의 차원, 즉 언노운 월드와 동차원, 그리고 그 릇된 차원을 모두 포괄하여 진행되는 어마어마한 대계획이 었다.

또한 이 대계획의 주체는 코이오스 가문 혼자가 아니었 다. 북명의 여러 가문들과 언노운 월드의 일부 세력들, 심 지어 그릇된 차원의 몇몇 종족들까지도 코이오스 가문과 뜻을 함께했다.

그들은 스스로를 일컬어 '어둠의 숭배자'들이라 칭했다.

어둠의 숭배자.

이 과격한 이단아들은 혼명의 제1인자인 마르쿠제 대선인 을 타겟으로 삼았다. 그런 다음 마르쿠제를 도모하기 위한 첫 단추로 마르쿠제의 후계자인 비앙카를 납치하려 들었다.

이탄은 회색 늑대인간의 기억을 통해서 이러한 사실들을 읽어내었다.

'아뿔싸.'

이탄이 손바닥으로 자신의 이마를 쳤다.

이곳 그릇된 차원으로 넘어오기 전, 이탄은 언노운 월드의 남부 지역에 위치한 그레브 시를 방문 중이었다.

방문 목적은 단순했다. '노예 시장에서 곤란한 상황에 빠진 부인 프레야를 돕겠다.'는 것이 이탄의 의도였다.

이탄의 장인인 피요르드 후작도 이탄과 동행했다.

이탄 일행은 어찌어찌 프레야를 구출한 뒤, 마르쿠제 술탑의 비앙카와 만났다. 그리곤 비앙카의 안내를 받아서 그레브 시의 지하에 건설된 비밀 도시로 자리를 옮겼다. 피요르드와 프레야도 당연히 이탄과 함께 움직였다.

바로 이 타이밍에 사건이 하나 벌어졌다. 비밀 도시의 상공에 갑자기 차원의 문이 열린 것이다.

당시 이탄은 충동적으로 그 문을 통과하여 그릇된 차원에 진입했다.

한데 코이오스 가문의 2인자인 루암 코이오스가 그 비밀 도시에 와 있었단다. 비앙카를 노리고서.

'젠장. 그렇다면 비앙카뿐 아니라 프레야도 위험에 빠졌을지 모르겠구나.'

이탄이 발을 쾅 굴렀다.

언노운 월드의 상황이 걱정되기는 하지만, 지금 당장 이탄이 손을 쓸 수 있는 방도는 없었다. 이탄이 그릇된 차원에 진입한 것이 벌써 2년 9개월 전의 일이었다. 그가 지금 당장 언노운 월드로 되돌아간다고 하더라도 이미 모든 상황은 종료되었을 것이다.

'아우. 더럽게 일이 꼬이네.'

이탄은 신경질적으로 머리를 긁었다.

'일단은 비앙카와 사천왕을 믿어볼 수밖에. 장인어른도 검술 실력이 제법 있으시니까 일방적으로 당하지는 않았겠지.'

이탄은 일단 이렇게 마음의 위안을 삼았다.

그러는 와중에도 회색 늑대인간의 기억은 이탄에게 계속 전달되었다. 덕분에 이탄은 코이오스 가문과 어둠의 숭배자들에 대한 단서를 제법 확보했다.

한편 코후엠과 투론은 질린 듯한 눈빛으로 이탄의 행동을 지켜보았다. 회색 늑대인간의 뇌에 손가락을 박아 넣고 눈을 지그시 감은 이탄의 모습은 누가 보더라도 상대의 기억을 강제로 뒤져서 갈취하는 행동 같았다.

[브레인 스캔이라도 하는 겐가? 저런 능력을 가진 자는 정말 상대하기 까다로운데.]

코후엠이 가만히 중얼거렸다.

투론도 맞장구를 쳤다.

[코후엠 님의 말씀이 맞습니다. 저 이탄이라는 자는 결코 만만히 볼 수 없겠습니다. 어디서 저런 자가 나타난 것일까요?]

코후엠과 투론은 모종의 목적을 가지고 키펀 숲에 들어온 상태였다. 그들이 에스테르 일행과 동행하는 것도 다 이유가 있었다.

Chapter 7

이탄을 바라보는 코후엠의 눈동자가 붉게 달아올랐다.

[그렇다면 혹시 저 이탄이라는 자도 우리와 같은 목적을 가지고 에스테르에게 접근했을까?]

[그럴 가능성이 농후합니다. 코후엠 님, 최악의 경우에는 저자와 한바탕 겨뤄야 할지도 모르겠습니다.]

투론도 코후엠의 의견에 동의했다.

코후엠과 투론이 이런저런 대화를 주고받는 사이, 이탄이 분혼기생을 모두 마치고는 자리에서 일어났다.

[꾸르륵.]

이탄이 손가락을 뽑자 회색 늑대인간은 이마에서 하얀 뇌수를 흘리며 죽었다.

이탄은 늑대인간의 목덜미를 잡아서 투론에게 휘익 던져 주었다.

투론이 안색을 굳혔다.

[이게 무슨 뜻이냐?]

[무슨 뜻이긴. 나더러 공을 가로채지 말라며. 늑대인간의 시체를 에스테르에게 가져다줘. 나는 공을 세우는 데는 관심이 없으니까.]

이탄은 제 할 말은 마친 뒤 등을 홱 돌렸다. 그리곤 왔던 길을 되돌아갔다.

투론은 자존심이 상해서 입술을 꾹 깨물었다.

잠시 후, 이탄과 코후엠, 투론이 에스테르 일행과 다시 합류했다. 에스테르가 후다닥 달려와 레니를 안아들었다.

[레니야. 정신 차려. 레니야.]

에스테르는 걱정스레 레니의 몸을 흔들었다.

투론이 특유의 카랑카랑한 뇌파로 상황을 설명했다.

[에스테르 아가씨. 특별히 다친 곳은 없으니 안심해서도 될 게요. 그리고 여기 이 늑대족은 레니 아가씨를 납치하려던 자요.]

[으으음. 이자가 바로!]

호위대장이 회색 늑대인간의 시체를 세심히 살폈다.

치열한 전투를 벌였던 듯 늑대인간의 시체에는 군데군데

상처가 보였다. 신체 내부에 뼈가 으스러진 흔적도 감지되었다. 무엇보다 시체의 이마 정 가운데에 뚫려 있는 구멍이 죽은 원인인 듯했다.

[놈을 생포했으면 좋았을 것을. 쯧쯧쯧.]

호위대장이 아쉽다는 듯이 혀를 찼다.

코후엠과 투론은 이탄을 돌아보았다.

이탄이 어깨를 으쓱했다.

'뭐 어쩌라고?'

이탄은 입 모양으로 이렇게 중얼거렸다.

'저 자식이 감히.'

투론이 버럭 역정을 내었다. 투론은 이탄이 정말 마음에 들지 않았다.

그렇게 이탄을 비롯한 세 이방인들이 입 모양으로 툭탁거리는 동안, 에스테르는 무릎으로 레니의 목을 받치고 입술을 벌려 약물을 흘려 넣었다.

[레니야. 제발 정신 좀 차려봐라. 레니야.]

에스테르의 표정은 정말 간절해 보였다. 마나를 사용할 수 없는 상황이다 보니 어떻게든 레니를 약으로 치료하는 수밖에 없었다.

때 투론이 뜬금없이 에스테르에게 사과를 했다.

[에스테르 아가씨. 미안하게 되었수다.]

[네? 갑자기 그게 무슨 뜻인가요?]

에스테르가 고개를 들었다.

투론은 난처한 듯 뒤통수를 긁었다.

[어험험험. 저 늑대인간 녀석과 싸우다가 말이오, 그만 저 녀석이 음차원의 마나를 사용했지 뭐요. 어험험.]

[뭣이라? 마나 사용은 절대 안 된다고 경고하지 않았소.]

호위대장이 펄쩍 뛰었다.

투론도 지지 않고 콧방귀를 뀌었다.

[흥. 우리더러 뭘 어쩌라고. 우리가 마나를 사용한 게 아니라니까. 저 늑대족 녀석이 레니 아가씨를 납치하려고 발악을 하다가 갑자기 마나를 터뜨렸다니까.]

솔직히 투론은 호위대장의 태도가 불쾌했다. 그 감정이 투론의 얼굴에 역력히 드러났다.

하지만 호위대장은 이방인들의 감정 변화에는 신경도 쓰지 않았다.

[하아아. 이걸 어쩌지? 이제 곧 첫째 아가씨께서 눈치를 채고 병력을 보내실 게야. 이 사태를 어쩐다? 하아아아.]

호위대장은 무척 불안해 보였다.

에스테르가 벌떡 일어났다.

[큰언니의 탐지마법에 걸렸다면 이러고 있을 때가 아니에요. 우리 서둘러 출발해요.]

에스테르는 레니를 안고 육족보행 몬스터의 등에 올라탔다.

뿌우우우—.

긴 울음소리와 함께 육족보행 몬스터가 육중한 체구를 다시 일으켜 세웠다.

호위대장은 행렬의 선두로 달려가 부하들을 다그쳤다.

[서둘러 행군하라. 최대한 빠른 속도로 나아갈 것이다. 알겠느냐?]

[예. 대장님.]

호위무사들이 즉각 칼을 뽑아들고 나뭇가지를 쳐내어 길을 열었다. 둥글게 휜 칼은 나무를 베는 데 적합해 보이지 않았으나, 호위무사들의 칼 쓰는 솜씨가 워낙 뛰어나 별 문제가 되지 않았다.

호위무사들이 길을 열면 육족보행 몬스터가 그 뒤를 쿵쿵 뒤따랐다. 시녀들은 종종 걸음으로 보조를 맞추었다. 짐꾼들도 진땀을 흘리며 뒤따랐다. 한 발 뒤쪽에서는 이탄과 코후엠, 투론이 휘적휘적 걸었다.

에스테르 일행은 그렇게 울창한 숲을 헤치고 동쪽으로 나아갔다.

에스테르 일행이 반나절 쯤 숲을 횡단했을 때였다.

스사사사삭.

어둑해진 숲 뒤쪽에서 바람 소리가 스산하게 울렸다.

'놈들이 왔구나.'

선두의 호위대장이 재빨리 나무 위로 올라섰다. 호위대장이 손으로 신호를 보내자 호위무사들 12명이 나무 위에 함께 올라와 몸을 은신했다.

나머지 호위무사들은 가던 길을 계속 걸었다.

육족보행 몬스터도 에스트르와 레니를 태운 채 행군을 계속했다.

그렇게 아군을 발밑으로 떠나보낸 뒤, 호위대장과 12명의 호위무사들은 나무 위에 숨어서 적을 기다렸다.

제6화

순혈의 공간에 진입하다

Chapter 1

잠시 후, 스스사사사삭— 소리가 더욱 선명하게 울렸다. 누군가가 나뭇가지를 헤치며 접근하는 소리였다.

'오는구나.'

호위대장은 칼 손잡이를 꾸욱 움켜쥐었다.

이윽고 얼굴에 검은 천을 두른 괴한들이 후두둑 수풀을 헤치고 나타났다.

괴한들은 한결같이 검은색 복장을 입었다. 등에는 둥글게 휜 칼을 찼다. 허리에는 검은색 호리병을 매단 모습이었다.

그런 괴한들이 높은 나뭇가지 위를 원숭이처럼 빠르게

건너뛰면서 에스테르 일행을 추격했다.

호위대장은 나무와 동화되어 은밀하게 매복해 있다가 한 순간에 뛰쳐나갔다.

[이야—압!]

호위대장은 더 이상 마나의 사용을 자제하지 않았다. 전력을 다해 칼날에 마나를 불어넣었다. 호위대장의 칼 끝에서 자줏빛 뇌전이 쩌저적 일어나 검은 천으로 얼굴을 가린 괴한들을 휩쓸었다.

하늘은 보랏빛으로 번쩍 물들었다가 다시 정상으로 돌아왔다. 광역탐지마법이 발동했다는 뜻이었다.

호위대장의 기습공격에 괴한들이 흠칫 놀랐다.

[앗! 둘째 아가씨의 심복들이다.]

[놈들이 여기에 숨어 있었구나.]

괴한들은 기습을 당하고도 당황하지 않았다. 선두의 괴한 2명이 팔을 크게 벌리고 몸을 빙글 돌려 등판으로 호위대장의 자줏빛 뇌전을 받아내었다.

빠지직! 빠카카캉!

자줏빛 낙뢰가 괴한들의 등짝을 지지고 살 속으로 파고들어 심장을 정지시켰다. 새카맣게 타버린 시체 두 구가 20 미터 아래의 지상으로 힘없이 추락했다.

그렇게 선두의 2명이 희생을 하는 동안, 나머지 괴한들은 칼을 뽑아들 시간을 벌었다. 검은색 칼날이 어둑해진 숲 속에서 요악한 빛을 뿌렸다.

슈왁, 스사사삭, 사삭.

괴한들은 칼춤을 추듯이 현란하게 칼을 휘둘렀다. 칼날이 품은 빛이 쏜살같이 튀어나와 호위대장을 휩쓸었다.

[흥. 어림없다.]

호위대장은 자신의 칼을 십자로 크게 휘둘러 적들의 공격을 막았다. 호위대장의 칼날에서 자줏빛 뇌전이 번쩍번쩍 일어나 괴한들의 공격을 차단했다.

그게 다가 아니었다. 호위대장이 일으킨 자주빛 뇌전은 적의 칼을 타고 거슬러 올라가 괴한들의 손을 매섭게 지져 버렸다.

뻐버벙!

가죽 터지는 소리와 함께 괴한들이 주변으로 튕겨나갔다. 매캐하게 살 타는 냄새가 진동했다.

괴한들은 높은 나무에 달라붙어 한 손으로는 나무줄기를 붙잡고 다른 손으로는 칼을 들어 호위대장에게 겨눴다.

그때 나무 중간쯤에서 매복 중이던 호위무사들이 벼락처럼 괴한들을 덮쳤다. 하얀 천으로 얼굴을 가린 호위무사들은 호리병 마개를 열어 빙글 돌렸다.

슈와악!

호리병에서 솟구친 연기가 눈 깜짝할 사이에 괴한들을 덮쳤다.

[크악. 아래쪽에도 매복이 있다.]

[젠장. 당했어.]

괴한들이 황급히 나무를 박찼다.

그때는 이미 늦었다. 호리병의 연기를 들이마신 괴한들의 눈이 이내 몽롱하게 풀렸다.

딱!

호위대장이 손가락을 튕겼다.

그 즉시 20명이 넘는 괴한들이 땅바닥에 내려서서 무릎을 꿇었다. 검은 옷을 입은 괴한들은 마치 실이 끊어진 꼭두각시 인형처럼 꼼짝도 못 했다.

호위대장과 그의 부하들도 차례로 땅에 내려섰다. 괴한들을 훑어보는 호위대장의 눈이 서늘한 광채를 뿌렸다.

이윽고 호위대장이 다시 부하들에게 고개를 돌렸다.

[이 자들은 척후대일 뿐이다. 얼마 지나지 않아서 첫째 아가씨의 본대가 들이닥칠 게야.]

[네. 대장님.]

[그 전에 너희들이 해줘야 할 일이 있다.]

[명령만 내리십시오.]

12명의 호위무사들이 고개를 푹 숙여 호위대장의 명령

이 떨어지기만을 기다렸다.

일순간 호위대장의 눈에 미안하다는 감정이 스쳐 지나갔다. 하지만 호위대장은 이내 고개를 좌우로 흔들어 나약한 감정을 떨쳐내었다.

[첫째 아가씨의 척후대원 20명이 커럽션 가스(Corruption Gas: 오염 연기)에 당해서 꼭두각시가 되었다. 너희들은 지금부터 이 꼭두각시들을 이끌고 북쪽 방향으로 달려야 한다. 내 말뜻을 알겠느냐?]

[무슨 뜻인지 이해했습니다.]

12명의 호위무사들이 한 목소리로 대답했다.

호위대장이 명을 이었다.

[북쪽으로 이동하는 중간에 가끔씩 음차원의 마나를 사용하는 것도 잊지 마라. 너희가 첫째 아가씨의 이목을 끌어 줘야 둘째 아가씨께서 무사하실 수 있다.]

[물론입니다. 저희가 목숨을 걸고 첫째 아가씨의 본대를 최대한 북쪽으로 멀리 유인하겠습니다. 그 사이에 대장님께서는 둘째 아가씨와 셋째 아가씨를 안전한 곳으로 모셔 가십시오.]

12명의 호위무사들 가운데 한 명이 대표로 대답했다.

[오냐. 고맙다.]

호위대장의 뇌에서 모처럼 고맙다는 말이 나왔다. 호위

대장은 먹먹한 눈으로 부하들을 훑어본 다음, 한 명 한 명의 어깨를 정성껏 두드려주었다. 그리곤 등을 홱 돌려 숲의 동쪽 방향으로 몸을 날렸다.

호위대장이 떠난 후, 12명의 호위무사들은 서로의 눈을 마주 보았다.

[우리도 출발하자.]

[최대한 빨리 움직여야 해. 우리가 멀리 도망칠수록, 그리고 첫째 아가씨의 주목을 많이 받을수록 둘째 아가씨와 셋째 아가씨께서 안전해지실 수 있어.]

12명의 호위무사들은 약속이라도 한 듯이 높다란 나뭇가지 위로 뛰어올랐다. 눈이 몽롱하게 풀린 괴한 20명도 부지런히 그 뒤를 쫓았다.

놀랍게도 괴한들의 동작은 전혀 부자연스럽지 않았다.

이것이 바로 커럽션 가스의 무서운 점이었다. 이 가스는 상대방의 뇌를 오염시켜 꼭두각시로 만들어버릴 뿐, 본래의 무력에는 전혀 지장을 주지 않았다. 따라서 커럽션 가스를 잘만 활용하면 그 효과가 무궁무진했다.

당장 호위무사들은 커럽션 가스 덕분에 12명이었던 병력이 32명으로 두 배 이상 늘어난 셈이었다.

Chapter 2

슈슈슉―.

12명의 호위무사들이 높은 나뭇가지 위에서 휙휙 이동했다. 20명의 괴한들도 그 뒤를 바짝 따라붙었다.

그들이 사라진 방향은 북쪽.

그리고 에스테르 일행이 이동한 방향은 동쪽이었다.

몇 시간 뒤.

파랗던 하늘이 보라색으로 짧게 물들었다. 보라색이 퍼진 근원지는 키펀 숲 중심부에서 북쪽으로 12 킬로미터쯤 떨어진 지점이었다.

보랏빛이 터지자마자 하늘을 나는 부양함이 항해를 잠깐 멈췄다.

부양함의 용골에서 시작하여 이물(배의 앞쪽에 툭 튀어나온 부분)로 이어지는 부분에는 뱀의 머리가 정교하게 새겨져 있었다. 부양함의 갑판 위에는 검은 복장에 검은 천으로 얼굴을 가린 자들이 득실거렸다.

그 가운데 한 사내가 유독 눈에 두드러졌다. 사내는 다른 이들과 달리 은색 복장을 입고 있었다.

은색 복장의 사내 셴이 손가락으로 북쪽 하늘을 가리켰다.

[저쪽에서 마나의 파동이 감지되었다. 방향을 틀어라.]

[넵.]

검은 천으로 얼굴을 가린 자들이 즉시 부양함의 키를 돌려 방향을 틀었다.

끼이이익, 쿠르르—.

커다란 부양함은 하늘에 새하얀 흔적을 남기면서 방향을 틀어 키펀 숲의 북쪽을 향해 나아갔다.

곧이어 또 다른 부양함들이 우수수 나타나 구름 아래로 하강했다. 새로 등장한 부양함 한 척 한 척에는 각각 10,000명에 해당하는 병력이 탑승 중이었다. 그런 부양함들의 수가 무려 수백 척이 넘었다.

이것은 차라리 함대.

그것도 어중간한 수준이 아니라 대규모 군단급의 함대였다. 그 함대가 선두의 부양함을 따라서 키펀 숲 북쪽으로 항해했다.

이것은 호위대장의 작전이 제대로 먹혀들었다는 뜻이었다.

검은 복장을 입은 자들이 미끼에 속아서 북쪽으로 우르르 몰려갈 동안, 호위대장은 에스테르와 합류한 뒤 동쪽을 향해 전속력으로 이동했다.

5일 뒤.

비가 오려는지 하늘이 어둑했다. 먹장구름이 바람에 떠

밀려 빠르게 흘러갔다. 대지에는 높이 1 미터 안팎의 키 작
은 나무들이 빼곡하게 자라나 있었다.

사사삭.

피투성이 사내 한 명이 그 숲을 전력으로 가로질렀다. 사
내는 하얀 옷을 입고 하얀 천으로 얼굴을 싸맨 차림이었다.

그의 정체는 에스테르의 호위무사.

적의 이목을 끌면서 북쪽으로 도망쳤던 12명의 호위무
사 가운데 한 명이었다.

[헉, 헉, 헉헉, 허어억.]

호위무사의 입에서는 단내가 절로 풍겼다. 호위무사의
숨소리는 금방이라도 끊어질 듯이 헐떡거렸다.

바로 그때였다.

번쩍!

호위무사의 옆쪽에서 섬뜩한 광채가 벼락처럼 뻗어왔다.
둥근 궤적을 그린 광채는 별안간 뚝 떨어지더니 호위무사
의 목덜미를 훑고 지나갔다.

슈각!

[켁.]

무려 수백 미터나 뻗어온 광채의 궤적에 걸려서 피투성
이 호위무사가 고꾸라졌다.

지금 쓰러진 호위무사를 마지막으로 12명의 호위무사들

전원이 죽임을 당했다. 커럽션 가스 때문에 꼭두각시로 변한 20명도 전멸했다.

잠시 후, 은색 복장의 셴이 저벅저벅 다가왔다.

셴은 발끝으로 죽은 호위무사의 옆구리를 툭 밀어 180도 뒤집었다.

호위무사의 몸뚱어리가 빙글 뒤집혀서 배가 하늘로 향했다. 반면 호위무사의 머리통은 여전히 땅바닥에 코를 처박은 채였다.

이것은 호위무사의 머리와 목이 분리된 탓에 벌어진 현상이었다.

[쯧쯧쯧. 한때는 다 같은 동료였건만.]

셴이 혀를 찼다.

조금 전 수백 미터 밖에서 광채를 내뿜어서 도망치는 호위무사를 요격한 장본인이 바로 셴이었다.

이윽고 검은 복장의 전사들이 하늘에서 우수수 뛰어내렸다. 그들은 은색 옷을 펄럭거리는 셴의 뒤에 접근하여 조용히 무릎을 꿇었다.

셴은 뒤도 돌아보지 않고 물었다.

[둘째 아가씨의 흔적은?]

무릎을 꿇은 전사들 가운데 한 명이 즉각 대답했다.

[이 일대 수 킬로미터를 샅샅이 수색하였으나 둘째 아가

씨의 흔적은 없었습니다. 아무래도 이자들이 기만 작전을 펼친 것 같습니다.]

[이런! 우리가 당했구나.]

부하의 분석 결과를 듣자마자 셴의 두 눈이 시퍼런 안광을 뿜었다. 셴이 손을 꽉 말아 쥐자 그의 손가락 사이에서 뿌드득 소리가 섬뜩하게 울렸다.

[다시 추격을 재개한다.]

셴의 말이 채 떨어지기도 전에 숲에 내려섰던 부양함이 묵직하게 떠올랐다.

고오옹! 고오옹! 고오옹! 고오옹!

부양함의 하단부에서는 시퍼런 불꽃이 마구 쏟아졌다. 부양함 선두에 조각된 뱀 조각상은 두 눈에서 시뻘건 빛을 토했다. 하늘에는 어느새 수백 척의 부양함들이 나타나 무시무시한 위압감을 뿜어내었다.

파앙!

셴은 무릎 한 번 굽히지 않고 그대로 수십 미터를 상승하여 부양함의 갑판 위로 뛰어올랐다.

검은 복장의 전사들도 메뚜기처럼 가볍게 점프하여 부양함에 안착했다. 부양함들이 다시금 키펀 숲을 훑기 시작했다.

Chapter 3

같은 시각.

에스테르 일행은 키펀 숲 동쪽에 위치한 키펀 성에 상당히 근접해 있었다. 원래 열흘 이상 걸릴 거리였는데, 호위대장이 일행을 어찌나 다그쳤던지 그 절반의 시간 만에 목적지에 거의 다 도착했다.

성 근처로 다가갈수록 점점 더 큰 나무들이 나타났다. 장대하게 뻗은 나무의 높이는 평균 50 미터, 큰 것들은 100 미터에 육박했다. 나뭇잎은 희한하게도 도넛 모양이었다. 이렇게 크고 특이한 나무들 사이를 걷다 보니 상대적으로 에스테르 일행이 난쟁이 요정들처럼 보였다.

'오호라.'

이탄은 마음속으로 쾌재를 불렀다.

예전에 이탄이 알블―롭 일족의 곁에 머물렀을 때, 이탄은 기억의 바다 속 물방울을 통해서 알블―롭 일족의 발원지에 대한 정보를 얻었다. 놀랍게도 그 발원지의 어느 한 장소에는 '언령의 벽'처럼 보이는 비석이 존재했다.

이탄이 바쁜 시간을 쪼개어 이 먼 행성을 방문한 목적이 무엇이던가?

바로 언령의 벽을 찾기 위함이었다.

그런데 이 일대의 풍경이 이탄의 눈에 익었다.

'내가 기억의 바다에서 본 풍경과 비슷해. 물방울 속에 수록된 기억에 따르면, 언령의 벽 인근에는 이렇게 도넛 잎사귀를 가진 거목들이 자라고 있었더라고.'

이탄은 두근거리는 마음으로 주변을 탐색했다.

한 달쯤 전, 이곳 행성에 도착한 이후로 이탄은 각고의 노력을 기울인 끝에 세 가지의 중요한 정보를 입수하였다.

첫 번째 정보는 언령의 벽이 키펀 숲 안에 존재할 가능성이 다분하다는 점이었다.

두 번째 정보는 키펀 숲이 이곳 행성의 거주민들에게는 신성한 숲으로 숭배받는다는 것이었다. 더불어서 이 키펀 숲 안에는 오로지 특정 혈통을 타고난 자들만이 진입할 수 있는 특별한 공간이 존재한다는 사실이었다.

세 번째 정보는 이 특정 혈통을 타고난 이들 가운데 2명이 바로 에스테르와 레니라는 사실이었다.

이탄이 번거로움을 무릅쓰고 에스테르 일행과 합류한 이유가 바로 여기에 있었다. 그런 노력 끝에 이탄은 결국 도넛 모양의 잎사귀를 가진 나무를 발견하는 데 성공했다.

'지난 한 달간의 노력이 드디어 결실을 맺으려 하는구나.'

쏴아아아아—.

이탄은 방대한 감각을 뻗어서 인근 지역을 꼼꼼하게 훑었다.

도넛 모양의 잎사귀를 찾았으니 그 다음에는 아치형의 건축물을 찾을 차례였다. 이탄은 가만히 기억을 되살려 보았다.

'언령의 벽 근처에 분명히 아치형의 건축물이 있었는데 말이야.'

이탄이 속으로 중얼거렸다.

이탄이 기억의 바다에서 건져 올린 기억은 아주 오래된 것이라, 지금은 주변의 지형이 그때와는 딴판으로 달라졌을 가능성도 다분했다. 기억 속의 아치형 건축물도 지금은 사라져서 없을지도 몰랐다.

그래도 일단은 아치형 건축물에 매달릴 수밖에 없었다.

'일단 아치형 건물까지만 찾자. 그럼 언령의 벽을 찾아갈 수 있을 거야.'

이탄은 이렇게 기대했다.

이탄은 이미 11개의 언령을 가진 언령의 주인이었다. 덕분에 이탄과 언령의 벽 사이에는 묘한 감응이 생겨버렸다. 이탄이 일단 언령의 벽과 일정 거리 이내로 진입하기만 하면, 곧바로 감응을 느낄 수 있을 것이다.

'가까이만 가면 분명히 느낌이 올 거야.'

이탄이 언령의 벽에 모든 관심을 집중할 때였다. 에스테르가 갑자기 정지 신호를 보냈다.

[잠깐 멈춰라.]

끼이이익. 털썩.

숨을 헐떡이면서 전력으로 내달리던 육족보행 몬스터가 둔탁한 소리를 내면서 땅바닥에 주저앉았다.

에스테르는 육족보행 몬스터의 등에서 풀쩍 점프하여 땅바닥에 내려섰다.

레니도 그림자처럼 언니를 뒤따랐다.

레니는 아직까지도 낯빛이 창백했다. 평소의 그녀답지 않게 풀도 잔뜩 죽어 있었다. 5일 전 회색 늑대인간에게 납치당할 뻔했던 사건 때문이었다.

선두에서 일행을 이끌던 호위대장이 행렬의 중간까지 내려왔다.

[둘째 아가씨, 무슨 일이십니까?]

호위대장은 에스테르에게 행군을 멈춘 이유를 물었다.

에스테르는 대답 대신 손을 사뿐히 들었다. 그리곤 신중한 눈빛으로 주변을 훑었다.

[죄송합니다.]

호위대장은 에스테르를 방해하지 않으려는 듯 뇌파의 출력을 잔뜩 낮추고 뒤로 한 발 물러섰다.

'지금 뭐하는 짓이지?'

이탄이 에스테르를 돌아보고는 고개를 갸웃했다.

코후엠과 투론도 일말의 의문을 품고서 에스테르의 행동을 지켜보았다.

그러는 사이 에스테르는 손으로 더듬더듬 허공을 더듬었다. 에스테르는 마치 투명한 막이 앞을 가로막기라도 한 것처럼 양손을 옆으로 미끄러뜨렸다.

실제로 에스테르의 감각엔 투명한 막이 한 겹 느껴졌다.

이 막은 특별한 혈통을 가진 자들이 아니면 만질 수도 없고 느낄 수도 없는, 신비한 마력의 산물이었다.

만약 일행 중에 에스테르가 없었다면 아무도 이 막의 존재를 감지하지 못하고 그냥 지나쳤을 것이다.

에스테르는 그렇게 한참을 더듬다가 결국 뭔가를 찾아냈다.

에스테르가 한 걸음 뒤로 물러나더니 주변에 음혼석을 띄웠다. 6개의 상급 음혼석이 에스테르의 주변에 위성처럼 떠올라 빙글빙글 공전했다. 에스테르는 그 음혼석들로부터 음차원의 마나를 공급받았다.

마나를 끌어올림과 동시에 에스테르가 중얼중얼 주문을 외웠다. 에스테르의 머리카락은 바람도 불지 않는데 허공으로 솟구쳐서 불꽃처럼 일렁거렸다. 에스테르의 의복은 거센 폭풍을 만난 듯 펄럭였다.

그러던 한순간이었다. 에스테르의 손이 전방으로 쭉 뻗었다.

[이야압.]

에스테르의 손목에서 방출된 하얀 뇌전이 빙글빙글 나선을 그리며 뻗어나갔다. 뇌전 주변의 공기가 쩌저저적 소리를 내면서 타들어 갔다. 그렇게 뻗은 하얀 뇌전이 허공에 직사각형을 만들었다.

이것은 문이었다.

숨겨진 공간으로 통하는 문.

특별한 혈통을 가진 자가 아니면 감지할 수도 없고, 개방할 수도 없는 그런 문.

헤아릴 수 없이 오랜 고대에 만들어진 신비의 문이 에스테르에 의하여 드디어 그 모습을 드러내었다.

Chapter 4

호위대장이 에스테르를 향해 성큼 다가섰다.

[둘째 아가씨, 설마 순혈의 공간을 발견하셨습니까?]

호위대장의 뇌파에는 희망이 깃들었다.

에스테르가 힘차게 고개를 주억거렸다.

[맞아요. 이런 곳에 순혈의 공간이 있을 줄은 미처 몰랐는데 하나 찾았네요. 어쨌거나 잘 되었어요. 순혈의 공간을 통해서 이동하면 키펀 성까지 안전하게 갈 수 있잖아요. 아무래도 선조께서 우리를 돕나 봐요.]

에스테르의 얼굴이 확 밝아졌다.

에스테르의 말마따나 모든 순혈의 공간은 서로 통해 있기에 그중 하나의 문을 열고 들어가면 다른 문으로 나올 수가 있었다. 그리고 그 문들 가운데 하나는 키펀 성 내부에 위치했다.

호위대장이 에스테르의 말에 동의했다.

[옳습니다. 이런 인적 없는 숲에서 숨겨진 순혈의 공간을 발견하시다니요. 운명의 여신께서 보우하지 않으셨다면 어찌 이곳에서 순혈의 공간을 찾을 수 있었겠습니까? 역대 선조들께서 둘째 아가씨와 셋째 아가씨를 돕는 것임에 틀림없습니다.]

호위대장의 표현처럼, 이 넓은 키펀 숲 속에서 순혈의 공간을 발견하기란 바닷가의 백사장에서 모래 알갱이 한 톨을 찾아내는 것보다 더 어려운 일이었다. 운명의 도움이 아니라면 도저히 불가능한 일이기도 했다.

물론 그 운명의 여신이 에스테르를 어여삐 여겨서 순혈

의 공간을 드러내 준 것인지, 아니면 다른 이유 때문인지는
알 수가 없었다.

에스테르가 호위대장에게 물었다.

[이대로 순혈의 공간을 통과하여 키펀 성에 도착하면 안
전하겠죠?]

[그렇습니다. 일단 키펀 성에 도착하면 마음을 놓으셔도
됩니다. 그곳에는 둘째 아가씨와 셋째 아가씨를 지지해줄
세력들이 있으니까요.]

호위대장은 비로소 긴장이 풀고 입가에 환한 미소를 머
금었다.

에스테르가 호위대장을 재촉했다.

[서둘러요. 큰언니가 우리의 흔적을 추격하다가 이 순혈
의 공간을 발견하면 오히려 더 위험할 수 있어요. 큰언니는
순혈의 공간 속 문의 위치를 순간적으로 뒤섞어버릴 수 있
는 능력자니까요.]

[알겠습니다. 둘째 아가씨.]

호위대장이 행동을 서둘렀다.

호위대원들 가운데 일부가 선발대가 되어 문 안으로 뛰
어들었다.

문은 투명하여 보이지 않았다. 다만 문의 테두리에 하얀
뇌전이 번쩍번쩍 뛰놀고 있어서 위치를 짐작할 뿐이었다.

이탄 일행에게는 문 안쪽의 풍경도 보이지 않았다. 밖에서 보기에는 문 안쪽도 투명하게만 느껴질 뿐이었다.

선발대가 진입하고 잠시 후, 에스테르가 레니의 손목을 잡았다. 그리곤 순혈의 공간 안으로 뛰어들었다.

이어서 에스테르의 시녀들과 짐꾼들이 빠르게 그 뒤를 쫓았다.

안타깝게도 육족보행 몬스터는 바깥에 버려둘 수밖에 없었다. 문 안으로 들어가기에는 육족보행 몬스터의 덩치가 너무 큰 탓이었다.

호위대장이 3명의 이방인을 돌아보았다.

[그대들은 어쩔 거요?]

질문을 받기 무섭게 코후엠이 대꾸했다.

[당연히 함께 가야지. 우리 목적지는 키펀 성이니까.]

그러자 호위대장이 한 발 옆으로 비켜섰다.

코후엠과 투론은 호위대장을 지나쳐 미지의 문 속으로 거침없이 뛰어들었다.

이탄도 망설임이 없기는 마찬가지였다.

사실 이탄은 가슴이 두근두근 뛰었다. 이탄이 가진 언령의 힘이 이탄을 투명한 문 안으로 잡아끄는 듯한 느낌이 들어서였다.

'설마 저 문 안에 언령의 벽이 있나?'

이탄은 기대감에 가득 차서 발걸음을 재촉했다.

세 이방인이 문 안으로 진입하고 나자 비로소 호위대장도 움직였다.

[가자.]

[네. 대장님.]

남은 호위무사들이 호위대장을 쫓아서 부지런히 문 안으로 들어섰다. 그들이 단순히 문 안쪽으로 발을 한 걸음 옮겼을 뿐인데 주변 풍경이 갑자기 확 바뀌었다. 조금 전까지만 해도 에스테르 일행은 커다란 나무들이 빼곡하게 자란 숲속에 머물렀다. 그런데 어느새 황량한 계곡이 그들의 눈앞에 등장했다.

이 신기한 변화에 호위대장마저 흠칫 놀랐다.

[우리가 나가야 할 문은 저쪽에 있어요.]

에스테르가 재빨리 방향을 잡았다.

그러는 동안 하얀 뇌전이 천천히 사그라지면서 문의 윤곽이 점차 지워졌다. 이탄은 그 모습을 힐끗 돌아본 다음, 다시 정면으로 시선을 주었다.

에스테르가 일행 전체에게 경고했다.

[다들 내 뒤를 바짝 쫓아와야 해요. 이곳은 특수한 공간이라 출구를 찾지 못하면 영원히 이 안에 갇혀 지내야 하거든요.]

[아!]

누군가가 탄식을 흘렸다.

[설령 출구를 찾는다고 해도, 잘못된 문으로 나가면 키핀 성이 아니라 전혀 엉뚱한 곳에 떨어지죠.]

에스테르의 경고를 들은 자들은 다들 경각심을 가지고 속도를 높였다.

돌멩이만 가득한 황량한 계곡을 가로질러 모래가 풀풀 날리는 사막에 이를 때까지 에스테르 일행 가운데는 아무도 입을 여는 자가 없었다.

이탄을 비롯한 세 이방인들도 모두 침묵했다.

사막의 하늘에는 초승달이 떠서 창백한 빛을 뿌렸다. 에스테르 일행은 발이 푹푹 빠지는 모래 위를 미끄러지듯 내달렸다.

그렇게 세 시간 동안 사막을 가로질렀건만 여전히 사막의 끝이 보이지 않았다. 시녀들과 짐꾼들이 가장 먼저 탈진했다. 에스테르는 휘청거리는 시녀들의 모습을 발견하고는 그 자리에 멈춰 섰다.

[여기서 잠시만 쉬었다 가죠.]

[둘째 아가씨.]

호위대장은 마음이 조급했다.

에스테르가 완강하게 고개를 가로저었다.

[딱 10분만 휴식을 취할게요.]

[알겠습니다.]

호위대장도 마지못해 고개를 끄덕였다.

Chapter 5

다른 곳이라면 모를까, 이 신비한 공간 안에서는 에스테르의 능력이 없으면 방향조차 찾을 수 없었다. 에스테르가 쉬어가겠다고 하면 쉬어갈 수밖에 없는 것이다.

[하아아.]

시녀들과 짐꾼들은 그제야 모래 위에 철퍼덕 주저앉았다. 다들 입술이 터지고 몰골이 말이 아니었다.

호위무사들도 지친 터라 잠시 동안만이라도 바닥에 엉덩이를 붙이고 물을 마셨다.

반면 호위대장과 세 이방인들은 자리에 앉지 않았다. 그들은 선 채로 주변을 경계했다. 그들의 눈길이 미치는 모든 곳이 온통 모래 천지였다. 굽이굽이 이어진 모래언덕의 풍경이 이국적이면서도 섬뜩했다.

섬뜩한 느낌이 드는 이유는 간단했다. 도대체 이 사막이 얼마나 광활하게 펼쳐져 있는지 알 길이 없어서였다. 다시 말해서 막막함에서 오는 섬뜩함이었다.

쏴아아아아—.

이탄은 언령의 권능을 일으켜서 사막을 탐색했다. 넓게 퍼진 이탄의 권능이 사막의 모래알갱이들을 단숨에 훑고 지나갔다.

그렇게 광역스캔을 하던 중에 이탄이 두 눈을 번쩍 떴다.

'드디어 찾았구나.'

이탄의 감각에 고대 건물의 유적이 걸렸다. 풍화작용을 겪으면서 허물어진 건물은 분명 아치 형태였다.

'신기하기도 하여라. 에스테르가 아니면 순혈의 공간에 들어올 수 없었을 것이고, 그럼 저 아치형의 건축물을 발견하기란 불가능했을 것 아냐? 그런데 어떻게 이렇게 모든 일들이 딱딱 맞아떨어져서 내 앞에 언령의 벽들이 나타날까? 거 참, 알 수가 없네.'

이탄은 운명이라는 놈이 참 묘하다고 생각했다.

그런 생각이 들 만도 하였다.

동차원에서 이탄은 금강수라종에 공을 세운 대가로 언령의 벽을 처음 접했다.

언노운 월드의 차원에서는 이탄이 선봉 선자와 함께 피사노교에서 탈출하다가 우연히 대륙 북서쪽 끝자락의 수아룸 대산맥으로 몸을 피신하게 되었는데, 그곳에서 그는 두 번째 언령의 벽을 마주했다.

그리고 세 번째가 바로 지금이었다.

이탄은 그릇된 차원에서 에스테르와 동행한 덕분에 세 번째 언령의 벽과 연결된 단서를 손에 쥐게 되었다.

이건 마치 운명의 여신이 이탄의 코앞에 자꾸만 언령의 벽을 가져다 놓아주는 것 같았다.

'이렇게까지 떠먹여 주는데 어쩌겠어? 냉큼 받아먹을 수밖에. 하하하.'

이탄은 싱긋 웃음을 짓고는 곧바로 무한의 언령을 발휘했다. 동시에 시간과 관련된 만자비문의 권능도 동원했다.

째깍, 째깍, 째애깍, 째애애애깍.

시간이 점차 느려지다가 결국 0에 가깝게 수렴했다. 한없이 느려진 시간 속에서 이탄만이 홀로 자유로웠다.

이탄은 목표지점을 향해서 빠르게 날아갔다. 그렇게 사막을 일직선으로 가로지른 다음, 이탄이 허공에 우뚝 멈췄다.

"이 밑에 유적이 있단 말이지."

이탄은 허공에 둥실 떠서 모래언덕을 굽어본 다음, 몸을 팽이처럼 회전했다.

휘리릭, 드드드드드!

마치 드릴이 땅을 뚫는 것처럼 이탄의 몸뚱어리가 모래 속으로 파고들었다. 그리곤 눈 깜짝할 사이에 지하 160 미터 지점까지 도달했다.

이탄이 찾는 아치형 건물의 흔적은 바로 이 사막 지하에 파묻혀 있었다.

사실 지하 160 미터면 꽤나 깊은 위치였다. 사방에서 밀려드는 모래의 압력이 대단할 수밖에 없었다.

다만 이탄에게는 그 압력이 솜털보다도 더 가벼울 뿐이었다.

토오옹!

이탄이 지하에서 발을 한 번 들었다 굴렀다.

간씨 세가의 중력마법이 곧장 발휘되었다. 사막의 모래들이 허공으로 두둥실 떠올랐다. 이탄을 중심으로 반경 5 킬로미터, 직경 10 킬로미터 이내의 모든 모래들이 모두 수백 미터 높이로 상승한 것이다.

덕분에 지하 160 미터 지점에 파묻혀 있던 고대의 유적이 기나긴 세월을 뛰어넘어 다시금 세상에 그 모습을 드러내었다.

"드디어 단서를 찾았구나."

이탄은 허물어진 건물의 잔해를 그윽하게 바라보았다. 이탄의 뇌가 활발하게 활동했다. 이탄이 알블—롭 일족으로부터 얻어낸 기억에 따르면, 이 건축물 잔해로부터 얼마 떨어지지 않은 곳에 암석으로 이루어진 계곡이 존재했다. 그리고 그 방향은 건축물 상단의 궁수가 활을 겨눈 쪽이었다.

이탄은 아치형 건물이 쓰러지기 전의 형태를 머릿속으로 유추했다. 그런 다음 궁수 조각이 활촉을 겨냥한 방향을 찾아내었다.

"이쪽이네."

이탄은 한쪽 방향으로 감각을 길게 내뻗는 것과 동시에 차분하게 발걸음을 옮겼다.

이탄이 한 걸음 한 걸음 내디딜 때마다 이탄 앞쪽의 모래들이 우수수 부유했다. 모래더미는 무려 수백 미터 높이의 상공으로 솟구쳤다.

이탄은 그렇게 모래를 들어 길을 열면서 암석 계곡을 찾았다.

잠시 후, 우르르 들린 모래더미 속에서 커다란 암석의 일부분이 발견되었다.

"혹시 여긴가?"

어쩐지 예감이 좋았다. 이탄은 뱃속에 꽉 들어찬 음차원 덩어리로부터 조금 더 많은 양의 음차원 마나를 끌어올렸다.

후오오옹!

무지막지한 에너지가 중력마법을 대규모로 구현했다. 마치 고대의 신이 거대한 손을 뻗어 모래로 이루어진 나무뿌리를 잡아 뽑는 것처럼, 이탄은 암석 계곡을 뒤덮은 모래들을 송두리째 뽑아서 허공 수백 미터 높이로 띄워버렸다.

쿠콰콰콰콰—.

수십만 톤, 아니 수백만 톤이 넘는 모래가 하늘로 떠오르는 장면은 실로 장관이었다. 이탄의 마법에 의하여 마치 온 세상의 중력이 거꾸로 뒤집힌 듯한 장면이 연출되었다.

이윽고 모래 속에서 암석 계곡이 그 고고한 속살을 드러내었다.

"아아아아!"

이탄은 엷은 탄성을 내뱉었다.

이탄이 탄성을 뱉은 이유는 기시감 때문이었다.

이탄의 뇌리에는 그가 수아룸 대산맥에서 두 번째 언령의 벽을 발견하였을 때 목격했던 계곡의 풍경이 아직까지도 생생했다.

그런데 지금 이탄의 눈앞에 펼쳐진 암석 계곡의 풍경 또한 수아룸 대산맥 속 계곡의 모습과 매우 유사했다.

"거 참, 기가 막힐 정도로 비슷하네. 서로 다른 차원에 존재하는 계곡이 어쩜 이렇게 비슷할 수 있을까?"

이탄은 홀린 듯이 계곡 안으로 들어섰다.

Chapter 6

암석 계곡은 무려 수 킬로미터에 걸쳐서 넓게 펼쳐져 있었다. 이 넓은 지역에서 언령의 벽을 찾으려면 시간을 좀 쏟아야 할 법했다.

실은 아니었다. 이탄은 계곡 안 이곳저곳을 찾아 헤맬 필요 없이 언령의 벽을 단숨에 찾아내었다. 수아룸 대산맥에서의 기억이 이를 가능케 만들었다.

이탄이 언령의 벽에 가까이 다가갈수록 이탄의 육감은 더욱 거세게 요동쳤다. 이탄이 좁은 틈을 강제로 뚫고 내려가자 그 육감은 아예 발광을 하듯이 아우성쳤다. 심지어 이탄은 몸이 덜덜 떨리는 듯한 느낌마저 받았다.

그러다 마침내 언령의 벽이 이탄 눈앞에 등장했다.

너비는 40 미터.

높이는 딱 20 미터.

이 직사각형의 벽은 수수해 보였다.

그러나 실제로는 절대 수수할 리 없었다. 언령의 벽의 표면에는 일반인의 시력으로는 시변도 잘 되지 않을 만큼 가느다란 실금들이 가득했다.

"드디어! 드디어!"

이탄은 벽을 마주한 채 한 번 더 탄성을 흘렸다. 이탄의 동공은 폭풍이라도 만난 듯 마구 흔들렸다.

이탄은 진실로 놀랐다.

진짜로 가슴이 두근거렸다.

그릇된 차원에 언령의 벽이 존재할 것 같다는 점은 이미 이탄도 알고 있던 바였다.

하지만 그 실체를 실제로 눈앞에서 목격하는 것은 또 다른 차원의 이야기였다. 이탄은 자신의 눈으로 보고도 이 현실이 믿어지지 않았다.

"허어어. 정말 있었어. 동차원에 존재하는 언령의 벽이, 언노운 월드에도 있었고, 이곳 그릇된 차원에도 있었다고."

이탄이 홀린 듯이 뇌까렸다.

그렇다면 간씨 세가의 세상에는 과연 언령의 벽이 존재할까?

부정 차원에는?

혹은 이탄의 뱃속에 틀어박힌 음차원에는?

과연 그런 곳에도 네 번째, 다섯 번째, 여섯 번째의 언령의 벽이 있을까?

이탄은 머릿속이 복잡하게 헝클어졌다.

이내 이탄이 잡념을 털어내었다.

"아니지. 지금은 딴 생각을 할 때가 아니야."

이탄은 언령의 벽 앞에 바른 자세로 앉았다. 눈에는 힘을 쭉 빼고 가늘게 떴다. 호흡은 최대한 느리게 가져갔다.

이렇게 하자 이탄의 머리가 차츰차츰 하얗게 비워져 갔다. 이탄은 아무런 잡념도 남지 않은 백지 상태에서 언령의 벽을 눈에 담았다. 벽에 그어진 다양한 각도의 실금들이 이탄의 동공 속으로 탁본을 뜨듯이 틀어박혔다.

멈춰진 시간 속에서 이탄은 꽤 오랫동안 언령의 벽 앞을 지켰다. 그러면서 이탄의 머릿속에서는 합체 현상이 일어났다. 세 번째 언령의 벽에 새겨진 실금들이 두 번째 언령의 벽에 새겨진 실금들과 겹쳐진 것이다. 이어서 첫 번째 언령의 벽에 새겨진 실금들과도 하나가 되었다.

3개의 벽.

그 위에 새겨진 무수히 많은 실금들.

이 모든 것들이 한 치의 오차도 없이 이탄의 머릿속에 겹쳐서 투영되었다.

과거에 이탄은 첫 번째 언령의 벽을 만나보기도 전에 스스로 언령을 깨달았다. '동시구현'이라는 언령을 깨우침으로 인하여 이탄은 18개이 서로 다른 동작을 동시에 펼쳐내게 되었고, 이것이 괴물수라의 밑바탕이 되었다.

조금 더 시간이 흘렀을 때, 이탄은 첫 번째 언령의 벽을 처음 접하면서 또 다른 언령들을 깨우쳤다.

공간을 제약하는 '가둠'의 언령.

시간을 길게 늘려 쓰는 '무한'의 언령.

감각을 통제하는 '고통'의 언령.

사물을 구성하는 '연결'의 언령.

이 밖에도 '차단'의 언령과 '풀림'의 언령이 이탄에게로 들어와 이탄의 것이 되었다.

또다시 시간이 흘렀다. 이탄은 언노운 월드의 수아룸 대산맥에서 두 번째 언령의 벽을 접했다.

이때 이탄은 가느다란 실금 속에서 인체해부도를 보았다. 그 결과 이탄은 자신의 영혼을 잘게 쪼갠 다음, 그 영혼의 한 조각을 숙주의 뇌에 들여보내 숙주를 마음대로 조정하는 법칙, 즉 '숙주'의 언령과 '기생'의 언령을 동시에 깨달았다.

이어서 이탄은 첫 번째와 두 번째 벽을 머릿속에서 하나로 합치면서 '흡입'이라는 최상급 언령도 손에 넣었다.

당시에 이탄이 깨달은 바에 따르면, 언령에도 등급이 나뉘어 있었다. 그런데 이 '흡입'은 '무한'과 함께 가장 강력한 언령 가운데 하나였다.

안타깝게도 두 번째 언령의 벽은 이때 망가졌다. 이탄이 흡입의 권능을 깨우침과 동시에 두 번째 언령의 벽에 새겨진 실금들이 원자 단위로 분해되어 이탄에게 흡수된 탓이었다. 이제 언노운 월드에는 언령의 벽이 남아 있지 않았다.

그 후 시간이 조금 더 흐른 뒤, 이탄은 '유추'라는 새로운 언령을 깨달았다. '유추'는 이탄이 깨우친 열한 번째 언령이었다.

이미 이탄이 확보한 언령이 총 11개.

'그렇다면 이번에는 과연 몇 개의 언령을 깨달을 수 있을까?'

이탄의 뇌리에 얼핏 이런 의문이 깃들었다.

욕심에서 비롯된 이 의문이 이탄의 마음에 파문을 만들었다. 잔잔한 호수의 표면처럼 고요하던 이탄의 심상이 와락 헝클어졌다.

'안 돼. 이건 아니야.'

이탄은 다시 한번 머리를 흔들어 잡념을 털어버렸다. 그리곤 뇌리 속에서 3개의 벽을 하나로 겹쳤다.

무수히 많은 실금들이 겹쳐지면서 더 이상 선은 보이지 않았다. 이탄의 뇌에 떠오른 영상은 무한개의 선으로 빽빽하게 칠해진 '면'이었다.

이탄은 그 면을 오랫동안 관조했다.

다양한 각도에서 살펴보기도 하였다.

이탄의 의식 가까이 다가가면 면이 다시 선이 되었다. 이탄이 의도적으로 의식을 멀리 물려서 보고 있노라면 면은 하나의 점으로 수렴했다. 이탄이 관조하는 위치에 따라서 면은 선이 되기도 하고 점이 되기도 하였다.

제7화

셋뻐 일족

Chapter 1

점을 0차원이라고 하면, 선은 1차원이었다.

면은 2차원, 부피는 3차원이었다.

이탄은 곰곰이 생각했다.

'공간은 3차원으로 이루어지지. 여기에 시간을 더하면 비로소 하나의 세상이 된다. 그런데 이것이 과연 옳은 이론일까? 공간을 구성하는 차원은 3개인데 시간은 하나뿐이라고? 그럼 시간과 공간의 균형이 맞지 않는 것 아냐?'

이탄이 애써 머리를 비워봤자 소용없었다. 이탄의 뇌리 속에서 이상한 상념들이 저절로 자라나 뿌리를 내렸다.

이탄은 이 상념들을 털어내지 않았다. 머리를 비우기는

커녕 오히려 간씨 세가의 세상에서 배운 물리적인 지식에 마법 이론, 술법의 개념, 심지어 언령의 권능과 만자비문의 권능까지 총동원하여 상념의 뿌리를 점점 더 크게 키워갔다.

'가만! 공간을 꼭 3차원이라 표현해야 할까? 시간은 과거에서 시작하여 현재를 지나 미래로 쭉 흘러가잖아? 3차원 공간도 이와 마찬가지로 하나의 점에서 출발하여 'ㄹ' '자 모양으로 계속 선을 그리면 전부 다 채워질 수 있지 않을까?'

선이 꼭 직선일 필요는 없는 것 아닌가라는 생각이 이탄의 뇌를 스쳤다. 이탄은 문득 정육면체를 떠올렸다.

이 정육면체의 한 꼭짓점에서 출발한 선이 모서리를 따라 두 번째 꼭짓점까지 쭉 연결되었다.

이어서 선이 방향을 틀어 계속해서 늘어났다. 또 다른 꼭짓점을 향해서. 혹은 또 다른 모서리를 향해서.

그렇게 끊임없이 늘어난 선들이 결국엔 정육면체를 가득 채웠다.

'이런 관점에 보면 공간은 3차원이 아니라 1차원이네. 선이 꺾어지는 지점, 즉 꼭짓점만 미리 지정해 놓으면 단 하나의 구불구불한 선으로 공간 전체를 표현할 수도 있겠어.'

이탄은 이런 아이디어를 떠올렸다.

이미 이탄의 의식 속에는 하나의 선이 들어와 또렷하게 자리를 잡은 상태였다.

이 선이 곧 시간을 의미했다. 시간은 시간축을 따라서 과거에서 현재로, 현재에서 다시 미래로 무한히 흘러갔다.

이를 통해서 이탄은 시간의 무한함을 진즉에 깨우쳤다.

그런데 오늘 이탄의 의식 속에 또 하나의 선이 들어와 선명하게 똬리를 틀었다.

이 선이 의미하는 바는 공간이었다. 공간은 공간축을 따라서 무한히 확장되면서 우주의 지평을 점점 더 넓혀갔다.

이탄이 공간을 3차원이라고만 알고 있을 때는 공간(우주)이 어떻게 확장되어 가는지 파악할 길이 없었다.

예를 들어서 그릇된 차원의 공간적 부피가 100이라고 치자. 그렇다면 이 100이라는 부피는 딱 정해진 크기일까?

그건 아니었다. 그릇된 차원의 별과 별 사이의 간격은 지금 이 순간에도 아주 조금씩 멀어지는 중이었다.

이것은 곧 그릇된 차원이 지금 이 순간에도 팽창 중이라는 사실을 의미했다.

'풍선이 팽창하려면 풍선 바깥쪽에도 세상이 존재해야 하지. 그렇다면 우주의 외곽에는 또 다른 우주가 둘러싸고 있을까? 그럼 그릇된 차원의 우주가 공간적으로 팽창하면,

이를 둘러싼 공간들은 그만큼 부피가 쪼그라든단 말인가?'

이탄이 공간을 3차원으로 인식했을 때는 이러한 의문들에 대한 해답이 잘 보이지 않았다.

그런데 이탄이 공간을 1차원 선이라고 인식하자 모든 게 단순해졌다.

'시간이 하나의 선을 따라 무한한 미래를 향해 흘러가는 것처럼, 공간도 하나의 선을 따라 계속해서 흘러가고 있을지도 모른다.'

이와 같은 깨달음이 이탄의 가슴에 불도장처럼 뜨겁게 틀어박혔다.

퍼퍼펑!

이탄의 머릿속에서 오색의 불꽃이 마구 폭발했다. 이탄은 망치로 뒤통수를 크게 한 방 얻어맞은 것처럼 머리가 띵했다.

깨달음의 순간, 열두 번째 언령이 이탄에게로 다가와 이탄의 것이 되었다.

이번 언령도 '무한'이었다.

다만 이탄이 예전에 깨우친 '무한'은 시간의 무한함에 대한 것이었다면, 지금 이탄이 얻은 '무한'은 공간의 무한함에 대한 것이었다.

이탄은 두 언령을 구분할 필요성을 느꼈다.

그리하여 이전의 언령을 '무한시(無限時)'라고 이름 붙였다.

그 다음 지금 막 깨우친 언령은 '무한공(無限空)'이라 명명했다.

무한공도 무한시와 마찬가지로 최상급의 언령이었다.

이 언령의 주인이 된 이상 이제 이탄은 그 어떤 공간마법사보다도 더 강력하게 공간을 주무를 수 있었다.

그 어떤 공간술법사도 이탄을 따라잡을 수는 없었다.

사실 공간마법사는 복잡한 마법식을 그린 뒤, 그 속에 마나를 가득 채워 공간을 제한적으로 조정할 수 있을 뿐이었다.

공간술법사도 술과 법을 나열하고 그 내부에 법력을 불어넣어 공간을 제한적으로 움직일 뿐이었다.

이탄은 달랐다. 그는 공간의 주인 그 자체였다. 정상 세계를 지배하는 인과율 가운데 공간을 다루는 인과율이 이탄에게로 와서 이탄의 것이 되었으므로 그가 곧 공간의 주인이자 지배자였다.

또한 만자비문의 주인이 마격 존재가 되는 것처럼, 언령의 주인은 곧 신격 존재였다.

지금 이 순간 이탄은 공간의 무한함을 깨달아 신격 존재의 반열에 올라섰다. 물론 그 전에도 이탄은 시간의 무한함을 깨우신 신격 존재였지만 말이다.

열두 번째 언령인 무한공을 깨우친 이후로도 이탄은 언령의 벽 앞에 진득하게 머물렀다. 이탄은 정말 엉덩이가 무거웠다.

아쉽게도 새로운 언령은 나타나지 않았다.

'일단은 열두 번째 언령을 얻은 것으로 만족해야 하는가.'

마침내 이탄이 자리를 털고 일어났다.

그때까지도 수백만 톤 이상의 모래가 허공 수백 미터 높이에 떠 있었다. 방대한 양의 모래 때문에 구름이 보이지 않았다. 하늘도 모래에 꽉 막혔다.

자리를 뜨기 전, 이탄은 마지막으로 다시 한 번 언령의 벽을 바라보았다. 언령의 벽 표면에 새겨진 실금들은 이미 이탄의 뇌리에 단단히 복사된 상태였다. 따라서 이탄이 벽을 떠난다고 해서 문제 될 것은 없었다.

'모든 정보는 이미 내 뇌에 담겨 있어. 그러니까 앞으로 시간이 날 때마다 언령의 벽을 불러내서 살펴보다 보면 또 다른 언령을 발견할 수 있겠지. 언령이라는 것은 조급하게 마음을 먹는다고 해서 찾아질 것은 아니야.'

이탄은 이만 언령의 벽을 떠나기로 결심했다.

이탄이 음차원의 마나를 거둬들였다.

그 즉시 하늘에 떠 있던 모래더미가 쏟아졌다.

Chapter 2

쏴아아아아—.

댐이 터지면서 가둬져 있던 강물이 튀어나오는 것처럼, 하늘 위의 모래가 우수수 쏟아졌다. 이탄은 그 엄청난 모래의 폭포를 뚫고 단숨에 하늘로 솟구쳤다.

수십만 톤, 아니 수백만 톤이 넘는 모래가 한꺼번에 낙하하면서 암석 계곡을 온통 뒤덮었다. 아치형의 건물 유적도 모래 속에 다시 파묻혀 자취를 감추었다. 이탄은 높은 허공에 둥실 떠오른 채로 휘몰아치는 모래의 흐름을 잠시 굽어보았다. 저 소용돌이 속에 언령의 벽이 파묻혀 있다고 생각하자 이탄의 마음이 싱숭생숭해졌다.

'휴우우.'

이탄은 의미 모를 숨을 한 번 내쉰 다음, 신발형 법보를 구동하여 에스테르 일행이 휴식을 취하는 장소로 날아갔다.

이탄이 도착할 때까지도 에스테르 일행은 멈춰진 시간

속에서 조각상처럼 꼼짝도 못 했다. 이탄은 원래 서 있던 자리에 다시 내려앉은 뒤, 비로소 무한시의 권능을 거둬들였다.

째애애깍, 째애깍, 째깍, 째각, 째깍.

멈춰졌던 시간이 다시 정상 속도를 되찾았다. 에스테르는 반쯤 감았던 눈꺼풀을 완전히 닫았다가 다시 떴다. 호위대장은 사막의 끝 지평선을 살펴보던 일을 계속했다. 시녀들은 멈췄던 숨을 다시 내쉬었다.

이 자리에 있는 그 누구도 이탄이 시간을 잠시 멈춰놓고서 다른 장소에 다녀왔으리라고는 생각하지 못했다. 이탄이 언령의 벽을 발굴했다는 사실도 당연히 알지 못하였다.

'후후훗. 이 행성을 방문한 목적을 드디어 달성했구나.'

오직 이탄만이 만족스러운 미소를 머금었다.

두 시간 뒤.

에스테르 일행은 아직도 광활한 모래사막을 가로지르는 중이었다. 그러다 결국엔 키펀 성으로 통하는 출구에 도착했다.

물론 이 출구는 다른 이들의 눈에는 보이지 않았다. 감각에도 잡히지 않았다. 오직 특수한 혈통을 타고난 에스테르와 레니만이 문의 존재를 감지했다.

[여기로구나.]

에스테르가 손가락을 까딱이자 6개의 상급 음혼석이 그녀의 주위에 둥실 떠올랐다. 음혼석은 육각형 모양으로 포진하였다. 에스테르는 상급 음혼석의 도움을 받아 손목에서 하얀 뇌전을 뽑어냈다.

쩌저저적!

강렬하게 뻗어 나간 흰색 뇌전의 다발이 빈 허공을 훑으면서 직사각형을 그렸다.

이 직사각형이 바로 숨겨진 문이었다.

에스테르는 문을 빼꼼 열고 바깥쪽을 확인했다.

[휴우우. 키펀 성이 맞네. 드디어 도착했어.]

에스테르의 입에서 안도의 한숨이 새어나왔다.

레니가 귀를 쫑긋 세우고 물었다.

[둘째 언니, 키펀 성이 확실해요?]

[그래. 레니야. 드디어 키펀 성이야. 이제는 안심해도 돼.]

에스테르는 레니를 향해 포근하게 웃었다.

호위무사들 가운데 3분의 1 정도가 먼저 문 밖으로 나갔다. 주변의 동태를 살피기 위함이었다.

잠시 후에는 에스테르와 레니, 그리고 시녀들과 짐꾼들이 순혈의 공간을 벗어나 키펀 성에 발을 디뎠다.

이탄과 코후엠, 투론은 그 다음 차례였다.

호위대장은 3명의 이방인을 경계하듯이 뒤에 바짝 따라 붙었다.

마지막으로 나머지 3분의 2의 호위무사들이 문을 벗어났다.

에스테르 일행이 모두 빠져나온 뒤, 에스테르가 방출했던 하얀 뇌전은 츠츠츠춧 소리를 내면서 사라졌다. 허공에 불쑥 돋아났던 신비한 문도 하얀 뇌전이 사라질 때 함께 자취를 감추었다.

[그거 참 신기하네.]

코후엠은 흥미롭다는 듯이 사라지는 문을 바라보았다.

바로 그때였다.

후왕! 후왕! 후왕! 후왕! 후왕! 후왕! 후왕! 후왕! 후왕!

아홉 다발의 굵직한 빛기둥이 에스테르 일행을 빙 둘러 작열했다.

[누구냣?]

호위대장이 반사적으로 칼을 뽑아 에스테르의 앞을 가로막았다.

[레니. 이리 와. 언니 곁에 꼭 붙어 있어.]

에스테르는 동생의 팔을 붙잡아 가까이 잡아당겼다.

[응? 으응.]

레니는 겁에 질린 표정으로 에스테르의 곁에 꼭 달라붙

었다. 호위무사들이 에스테르와 레니의 주변을 둥글게 둘러쌌다. 무사들은 한 손에는 칼을, 다른 손에는 호리병의 주둥이 부분을 움켜잡은 채 주위를 경계했다.

시녀들과 짐꾼들은 호위무사들이 만든 원 안에 들어와 등 굽은 새우처럼 바짝 꾸부려 앉았다.

한편 이탄과 코후트, 투론은 원 밖에 섰다.

호위대장은 전면에서 눈길을 떼지 않은 채 3명의 이방인들, 즉 이탄과 코후엠, 그리고 투론에게 동시에 뇌파를 보냈다.

[다섯 번의 맹약 가운데 두 번째를 사용하겠소. 세 분은 만일의 사태에 대비하여 에스테르 님과 레니 님을 보호해 주시오.]

호위대장의 뇌파는 무척이나 긴박해 보였다.

코후엠이 묵직한 봉을 어깨에서 들어 바닥에 쿵 내리찍었다.

[약속은 약속이니까 당연히 지켜야지.]

대답은 코후엠이 했는데 행동은 투론이 앞장섰다. 투론의 소매 속에서 12미터나 되는 긴 채찍이 츠르르륵 소리를 내면서 튀어나왔다. 거무튀튀한 채찍은 마치 살아있는 뱀처럼 꿈틀거리며 투론의 주변을 맴돌았다.

반면 이탄은 아무런 준비도 없이 그 자리에 가만히 서 있기만 했다.

이윽고 9개의 빛기둥 속에서 9명의 몬스터들이 등장했다.

노인, 젊은이, 여자, 어린아이 등등.

9명의 외모는 제각기 달랐다. 하지만 다들 짙은 초록색 옷에 같은 색깔의 망토를 두르고 있다는 점은 동일했다.

에스테르의 눈동자가 파르르 흔들렸다.

[셔핑 공. 이게 무슨 뜻인가요?]

에스테르의 눈이 향한 곳에는 백발의 점잖아 보이는 노인이 자리하고 있었다. 에스테르를 바라보는 노인의 눈가에 얼핏 곤혹스러운 빛이 스쳐 지나갔다.

[둘째 아가씨…….]

노인이 입술을 질끈 물었다.

Chapter 3

이번에는 레니가 나서서 따졌다.

[셔핑 할아버지. 할아버지가 어떻게 이럴 수가 있어요? 에스테르 언니가 얼마나 할아버지를 믿었는데요. 다른 자들은 몰라도 셔핑 할아버지는 이러면 안 되잖아요.]

레니의 절규는 송곳처럼 날카롭게 셔핑의 심장을 찔렀
다.

[셋째 아가씨……]

백발의 노인 셔핑의 안색이 더욱 어둡게 변했다. 셔핑뿐
아니라 빛기둥 속 다른 8명의 표정도 그리 편해 보이지는
않았다.

셔핑을 비롯한 이 9명은 신성한 숲 키펀의 동쪽 지역을
지배하는 영주들이자 키펀 숲의 수호자들이었다. 동시에
이 9명의 영주들이야말로 에스테르와 레니가 믿고 의지하
는 배후세력들이기도 했다.

한데 지금 분위기를 보아하니 에스트레와 레니는 믿었던
배후세력들에게 뒤통수를 맞은 듯했다.

에스테르는 터질 듯이 뛰는 심장을 애써 침착하게 가라
앉혔다. 그리곤 기품 있게 뇌파를 가다듬었다.

[흥! 결국엔 셔핑 공도 큰언니의 편에 섰나 보군요. 역시
명예보다는 목숨을 선택한 거겠죠? 큰언니의 뜻을 거슬렀
다가는 셔핑 공도 목숨을 부지하기 어려울 테니까요.]

기품 있는 음색과 달리 에스테르의 뇌파에는 뼈가 실렸
다.

[크음. 둘째 아가씨.]

셔핑은 곤혹스럽게 입가를 일그러뜨렸다.

바로 그때였다.

후왕! 소리와 함께 열 번째 빛기둥이 작렬했다. 앞선 9개의 빛기둥보다 더 크고 화려한 빛이 하늘에서 출발하여 대지에 내리 찍혔다. 그 빛기둥 속에서 금빛 드레스를 입고 머리에 금빛 티아라를 쓴 여인이 등장했다.

[허억! 첫째 아가씨께서 어떻게 이곳에?]

호위대장이 헛바람을 집어삼켰다.

[큰언니!]

에스테르와 레니도 동시에 소리쳤다.

금빛 드레스의 여인이 등장하자 빛기둥 속 9명의 영주들이 조용히 한쪽 무릎을 꿇었다.

[숲의 수호자들이 첫째 아가씨를 뵙습니다.]

아홉 영주들은 뇌파를 하나로 모아 공손히 아뢰었다.

하지만 금빛 드레스를 입은 여인, 에스더는 9명의 영주들을 거들떠보지도 않았다. 그저 미끄러지듯이 영주들 사이를 지나쳐 에스테르의 앞에 설 뿐이었다.

[에스테르. 그리고 레니.]

에스더는 서리가 한 겹 내린 듯 차가운 뇌파로 동생들의 이름을 불렀다.

[큰, 큰언니…….]

레니가 주춤주춤 뒷걸음질을 쳤다.

천방지축 말괄량이인 레니가 세상에서 가장 두려워하는 상대가 있다면 그것은 바로 큰언니인 에스더였다. 그 증거로 레니는 에스더의 눈을 감히 마주 보지 못했다.

이것은 에스테르도 마찬가지였다. 아무리 애를 써도 에스테르는 바들바들거리는 주먹의 떨림을 멈출 수 없었다.

에스더는 동생들을 노려보던 눈길을 옆으로 돌려 호위대장에게 시선을 주었다.

[헙.]

호위대장이 흠칫하더니 곧바로 무릎을 꿇었다.

[첫째 아가씨를 뵙습니다.]

그 뒤를 이어 에스테르를 따르던 호위무사들과 시녀들도 모두 무릎을 꿇고 에스더 앞에 머리를 조아렸다. 짐꾼들은 말할 것도 없었다.

코후엠이 어깨를 으쓱했다.

[에게? 이게 뭐야. 우리에게는 에스테르와 레니를 보호해달라고 요청하더니, 지들이 먼저 무릎을 꿇고 항복해버리면 어쩌라는 거임?]

[크으윽.]

코후엠의 비난에 호위대장이 얼굴을 구겼다.

에스더의 시선은 자연스럽게 코후엠과 투론, 그리고 이탄에게 향했다.

'엇?'

순간 이탄의 눈동자 속에 짧은 이채가 스쳐 지나갔다. 금빛 드레스를 입고 금빛 티아라를 착용한 여자의 눈빛이 어딘지 모르게 익숙했기 때문이었다.

'어디서 본 듯한 느낌인데? 저런 눈을 가진 여자를 어디서 보았더라?'

이탄은 기억을 곰곰이 되새겼다.

한편 에스더도 이탄을 보는 순간 고개를 갸웃했다.

'저쪽 3명 중 가장 왼편에 서 있는 자가 눈에 익은데? 분명히 처음 보는 얼굴인데 이상하게도 몇 번 봐왔던 느낌이야. 왜 이러지?'

에스더는 잠시 이탄을 주시했다.

그러나 그녀는 끝내 이탄을 알아보지 못했다. 한편 이탄도 에스더의 정체를 정확하게 특정 짓지는 못하였다.

에스더는 이탄에게 주었던 시선을 다시 거두어 두 동생에게 돌렸다.

[어리석은 것들.]

에스더의 뇌파는 얼음을 뒤집어쓴 듯 차가웠다. 그렇지 않아도 차갑던 에스더의 표정이 더욱 싸늘하게 가라앉았다.

그에 비례하여 에스테르와 레니의 떨림은 더욱 증폭되었다.

[큰언니…….]

[닥쳐라. 누가 너희들의 큰언니란 말이냐? 나는 우리 셋
뽀 일족의 안녕을 위하여 온몸을 내던지고 있건만, 너희들
이 하고 다니는 짓이 이 따위라니. 쯧쯧쯧. 정말 가당치도
않구나.]

쏴아아아—.

에스더가 화를 내자 눈폭풍이 휘몰아치는 듯했다. 에스
더의 머리카락은 하늘로 후루룩 치솟아 올라가 무섭게 일
렁거렸다. 에스더의 두 눈에서는 새하얀 광채가 쏟아졌다.

에스테르와 레니는 감히 에스더의 분노를 감당하지 못했
다. 놀라서 그냥 제자리에 주저앉았다. 심지어 겁에 잔뜩
질린 레니는 둘째 언니인 에스테르의 품으로 파고들었다.
에스테르는 레니를 꼭 끌어안고는 부들거리는 눈으로 에스
더를 올려다보았다.

에스더가 무서운 눈빛으로 에스테르를 굽어보았다.

[왜? 무슨 할 말이라도 있나?]

[큰언니. 큰언니의 마음은 나도 알아요. 일족의 안녕
을 위하는 충심은 이해한다고요. 하지만 우리 일족이 멍에
처럼 뒤집어쓰고 있는 이 비참한 굴레를 언제까지 용납해
야 하나요? 그걸 벗어던지기 위한 노력은 전혀 하지 않아
도 되나요? 우리 셋뽀의 후손들에게도 이 비참한 굴레를

천 년 만 년 계속해서 씌워줄 것인가요? 그건 아닌 것 같아
요.]

에스테르가 마음을 굳게 먹고 열변을 토했다.

그럴수록 에스더는 더 큰 분노를 쏟아내었다.

[흥. 말은 번지르르하지. 멍에를 벗겠다고? 굴레가 비참
하다고? 그 멍에와 굴레가 일족의 존망과 맞바꿔도 될 정
도란 말이더냐? 참으로 무모하구나. 자칫하다가는 우리 셋
뽀 일족이 전멸할 수도 있음이야.]

Chapter 4

에스테르는 울먹이는 눈으로 고개를 가로저었다.

[차라리 전멸이 낫죠. 비참하고 비굴하게 노예로 생명을
이어가느니 차라리 죽어버리는 게 나은 것 아닌가요? 오랜
시간 우리 셋뽀 일족은 비참한 굴레를 뒤집어쓰고 살아왔
잖아요. 셋뽀라는 이름을 자랑스럽게 내세우지도 못한 채
노예처럼 목숨을 구걸해왔잖아요. 그런데 그런 노예의 삶
을 계속 연장하자고? 위험해지기 싫으니 그냥 노예로 천
년 만 년을 비굴하게 살아가자고요? 저는 그렇게 살 수 없
어요.]

[뭣이라? 죽어버리는 게 낫다고? 하면 진짜로 죽여주랴?]

에스더가 진심으로 화를 내었다. 에스더의 등 뒤에서 서슬 퍼런 냉기가 날개처럼 우두두둑 자라나 펄럭거렸다. 그 날개의 깃털 하나하나가 얼음의 뱀이 되어 가닥가닥 뻗었다. 얼음 뱀들은 에스테르를 단숨에 얼려죽일 듯이 달려들었다.

[안 돼요. 큰언니. 제발 둘째 언니를 죽이지 마세요.]

레니가 두 팔을 활짝 벌려 에스더의 앞을 가로막았다.

그 행동이 에스더의 화를 더욱 북돋았다.

[너도 에스테르와 똑같구나. 그렇다면 둘 다 용서할 수 없다. 우리 셋뽀 일족을 위험에 빠뜨리는 자들을 처단하는 것이 나의 임무니라.]

에스더가 손을 쭉 뻗었다.

쩌저저적!

에스더의 손끝에서 방출된 얼음벼락이 단숨에 에스테르와 레니를 향해 날아갔다.

[헉?]

호위대장이 벌떡 일어났다. 호위대장의 손은 반사적으로 칼을 뽑았다.

그 즉시 에스더의 서슬 퍼런 눈빛이 호위대장에게로 향

했다.

[네놈이 감힛.]

에스더가 분노했다. 에스더의 뇌파가 쏟아지기도 전에 그녀의 두 눈이 하얗게 백열되었다.

번쩍!

에스더의 눈에서 튀어나간 얼음벼락이 한 가닥의 포승줄이 되어 호위대장을 꽁꽁 묶었다. 호위대장의 팔뚝과 몸통에는 수십 센티미터 두께의 얼음이 꽝꽝 얼었다.

[끄으윽. 컥.]

호위대장이 한기를 견디지 못하고 다시 무릎을 꿇었다.

한편 에스테르와 레니의 몸 주변에는 둥그런 얼음 구체가 형성되었다. 에스더는 눈 깜짝할 사이에 지름 2 미터 크기의 얼음 구체를 만들어 두 동생들을 그 속에 가둬버렸다.

[큰언니. 제발 다시 생각해줘요. 일족의 안녕을 위하는 큰언니의 마음은 알지만, 그것이 우리 셋뿐 일족의 족쇄가 된다고요. 흐흐흑.]

에스테르가 손바닥으로 얼음 구체를 탁탁 두드리면서 절규했다.

에스더는 듣지 않았다.

[흥. 배신자 따위가 감히 일족의 이름을 입에 담다니. 부끄러운 줄 알아라.]

에스더는 이런 말로 동생을 꾸짖은 다음, 셔핑에게 고개를 돌렸다.

[셔핑.]

[예. 첫째 아가씨.]

백발의 노인 셔핑이 에스더를 향해 공손히 머리를 숙였다.

에스더는 턱으로 얼음 구체를 가리켰다.

[에스테르와 레니를 즉시 감옥으로 보내라. 그리고 에스테르를 도와서 부화뇌동한 저자들도 모두 감옥에 처넣어. 내가 날을 잡아 직접 처형할 것이다.]

에스더의 명은 차가운 가을서리와 같았다. 셔핑은 감히 그 명령을 거부하지 못했다.

[……. 첫째 아가씨의 명을 따르겠습니다.]

짝짝.

셔핑이 손뼉을 두 번 쳤다.

빛기둥이 좌라락 더 내려앉았다. 그 빛기둥 속에서 초록색 갑옷에 초록색 투구를 쓴 전사들이 우르르 튀어나와 호위대장과 호위무사들을 포위했다. 초록 갑옷 전사들의 창 끝은 호위대장의 목젖 바로 앞까지 파고들었다.

[크윽.]

호위대장은 무방비로 목젖을 내주었다.

호위대장이 저항하지 않은 것은 초록 갑옷 전사들이 무섭기 때문이 아니었다. 그는 에스더의 눈치를 보느라 손을 쓰지 못했다.

호위무사들도 같은 이유에서 저항 없이 항복했다.

코후엠과 투론, 이탄은 호위무사들과는 입장이 달랐다. 세 이방인들은 굳이 에스더의 눈치를 볼 이유가 없었다.

[이봐. 그 창 좀 치우지.]

코후엠이 낮게 으르렁거렸다.

[쌍! 한바탕 피를 보기 싫으면 그 창부터 치우라고.]

그래도 적들이 창을 치우지 않자 코후엠이 한 발 앞으로 나섰다. 코후엠의 전신에서 포악한 기세가 줄기줄기 뿜어졌다.

촤촤촤촤촤!

코후엠의 기세는 이내 실체를 갖추고 주변으로 뻗어나갔다. 땅이 푹푹 팼다. 공기가 갈가리 찢어졌다.

[우와왓.]

코후엠에게 달려들던 초록 갑옷 전사들이 깜짝 놀라서 다시 거리를 벌렸다.

투론을 포박하려던 전사들도 뒷걸음질을 치기는 매한가지였다. 투론의 주변을 꿈틀꿈틀 배회하던 채찍이 갑자기 살벌한 살기를 내뿜은 탓이었다.

[크흐흐. 젖비린내 나는 것들이 어디서 감히. 크흐흐.]

투론이 섬뜩하게 웃었다.

코후엠과 투론에게선 역한 피냄새가 풍겼다.

Chapter 5

[으으으으.]

초록 갑옷 전사들은 두 이방인의 기세에 눌렸다. 그들은
감히 코후엠과 투론에게 가까이 다가가지 못했다. 대신 전
사들은 20미터쯤 간격을 두고 먼 발치에서 이방인들에게
창끝을 겨눌 뿐이었다.

반면 이탄은 아무런 기세도 방출하지 않았다. 이탄은 아
무런 힘도 없는 일반 주민과 같았다.

이탄을 포위한 전사들은 마음속으로 상대를 우습게 여겼
다.

'이 자식은 별거 없구나.'

'우선 이 자식부터 후다닥 제압하자.'

초록 갑옷 전사들이 서로 눈짓을 주고받았다. 8명의 전
사들이 이탄을 둥글게 에워싼 가운데, 정면에서 이탄을 담
당한 전사 3명이 짧은 스텝으로 돌진했다.

[이노옴.]

[무릎을 꿇어랏.]

3명의 초록 갑옷 전사들은 이탄을 향해 무섭게 달려들더니 서로 다른 각도에서 창을 뻗었다. 창끝이 이탄의 목젖과 심장, 그리고 복부를 동시에 노렸다.

초록 갑옷 전사들은 실제로 이탄을 창으로 찌를 생각은 없었다. 그저 상대를 강하게 압박하여 체포하는 것이 초록 갑옷 전사들의 진정한 목적이었다.

'이제 한 놈은 해치웠고.'

3명의 공격자 가운데 한 명이 이렇게 중얼거렸다. 아직 이탄이 제압을 당한 것도 아니건만 이 전사는 결과를 미리 단정했다.

큰 오산이었다.

아무런 힘도 없어 보이는 이탄이 사실은 코후엠보다도 훨씬 더 포악한 존재임을 초록 갑옷 전사들은 알지 못하였다.

슈왁—.

이탄을 향해 날아들던 세 자루의 창이 강한 흡입력에 의해 한쪽으로 확 딸려갔다. 3개의 창끝은 이탄의 왼손이 이끄는 대로 S자를 그리며 좌아악 휘어지더니 이탄의 옆을 스쳐 지나갔다.

[어엇?]

창이 훅 딸려갈 때 창대를 붙잡고 있던 전사 3명도 함께 딸려가게 되었다.

이탄이 하얗게 웃었다.

그 웃음을 목격한 순간 3명의 전사들은 뒷골이 쭈뼛 섰다.

이탄은 왼손으로 세 자루의 창을 한꺼번에 거머쥐어 파스스 가루로 만들었다. 그러면서 오른손으로는 둥그런 궤적을 그렸다.

뻐버벙!

이탄의 오른손 손바닥이 전사 3명의 머리통을 한 방에 터뜨리고 지나갔다. 수박 3개가 동시에 터진 것처럼 허공에는 시뻘건 액체가 비산했다.

완전히 으스러진 두개골 아래쪽에선 머리를 잃은 몸뚱어리들이 비틀거렸다. 전사들의 목에서 뿜어지는 피가 온 사방을 흠뻑 적셨다.

이탄은 에스더의 눈치를 보지 않았다. 주변을 빙 둘러싼 9명이 영주들도 이탄의 눈 밖이었다. 이탄은 아무런 거리낌도 없었다.

주변이 갑자기 적막에 빠졌다. 이탄의 과격한 행동에 다들 머리가 멍했다.

이탄은 피를 흠뻑 뒤집어쓴 채로 에스더를 바라보았다.

[엇?]

에스더는 무언가에 놀란 듯 입술을 살짝 벌렸다.

에스더의 등 뒤로 새로운 빛기둥들이 후왕! 후왕! 떨어졌다. 그 빛기둥 속에서 에스더의 호위 병력들이 우르르 튀어나왔다.

대부분 검은 복장에 검은 천으로 얼굴을 가린 자들이었다. 그 사이에는 은색 복장도 한두 명 보였다.

성벽 상공에는 어느새 커다란 부양함이 떠올라 불꽃을 마구 내뿜었다. 이 부양함 위에도 에스더를 추종하는 병력들이 한가득이었다.

휘하의 대군이 등장한 와중에도 에스더는 다른 생각에 골몰했다. 에스더는 자신도 모르게 하나의 이름을 내뱉었다.

[설마 어쩌다 언데드 님?]

에스더는 생명체를 갈가리 찢어죽이고 두개골을 박살내 버리는 포악한 괴물을 한 명 알고 있었다. 그녀가 블랙마켓에서 만난 그 괴물은 '어쩌다 언데드'라는 해괴망측한 가명을 사용했다.

조금 전 에스더가 이탄을 마주했을 때 그녀는 어쩐지 이탄의 눈빛이 익숙하다 여겼다. 암울하면서도 깊이가 있는 그 눈빛이 에스더의 뇌세포 한구석을 간질간질 자극했다.

그런데 그때까지만 해도 에스더는 이탄이 누구인지 전혀 생각나지 않았다.

사실 에스더는 이탄의 체형도 눈에 익었더랬다.

'저런 체형의 사내를 어디선가 본 적이 있는 것 같은데? 이상하다.'

에스더는 이런 생각을 하며 고개를 갸웃거렸다.

그러다 이탄이 초록 갑옷 전사 3명의 두개골을 단숨에 박살 내는 장면을 보자 에스더의 뇌세포에 전기 신호가 번쩍 튀었다. 에스더는 무의식중에 어쩌다 언데드라는 이름을 뇌파로 내뱉었다.

그 말이 트리거(Trigger: 방아쇠)가 되었다. 이제 이탄도 에스더의 정체를 알아차렸다.

[어라? 설마 서리를 판매하는 뱀 님?]

이탄이 되물었다.

[맞아요. 저예요.]

에스더는 반갑게 손뼉을 쳤다.

매사에 카리스마기 넘치고 서릿발처럼 냉정하던 에스더였다. 그런 그녀가 이렇게 반가운 감정을 드러내는 모습은 참으로 보기 드물었다.

에스더의 부하들은 다들 눈이 휘둥그레졌다.

[음음. 으으음.]

에스더도 그 점을 의식했는지 헛기침을 했다.

이탄은 에스더, 아니 서리를 판매하는 뱀과 만났던 과거를 잠시 머릿속에 끌어당겨 놓았다.

그릇된 차원에 넘어온 이후로 이탄은 블랙마켓에 두 번 참여했었다. 그리고 그때마다 서리를 판매하는 뱀과 만났다.

당시에 서리를 판매하는 뱀은 눈이 3개 달린 뱀, 즉 삼목사 가면을 쓰고 있었는데, 이탄 다음으로 손이 빨라 블랙마켓 직영점에서 많은 성과를 올렸던 여인이었다.

이탄은 블랙마켓에서 만났던 여인을 이곳 행성에서 마주칠 것이라고는 꿈에도 생각하지 못했다.

이것은 에스더도 마찬가지였다. 에스더는 어쩌다 언데드를 이 자리에서 만나게 될 것이라고는 전혀 예상하지 못하였다.

Chapter 6

에스더가 어이가 없다는 듯이 이탄에게 물었다.

[아니, 어쩌다 언데드 님. 우리 행성까지 어쩐 일이세요?]

[여기가 그쪽 행성이었나? 나는 전혀 몰랐는데?]

이탄도 눈을 동그랗게 떴다.

놀란 것은 둘만이 아니었다. 의외의 사태에 다들 어안이
벙벙했다.

마침 초록 갑옷 전사들은 이탄을 향해 목숨을 걸고 돌격
하려던 중이었다. 그런데 에스더가 이탄과 친분이 있는 것
같지 뭔가.

전사들은 이탄을 공격하지도 못하고 그렇다고 그냥 멈추
지도 못하고 엉거주춤한 자세를 취했다.

코후엠과 투론도 기가 막혔다.

두 이방인들은 조금 전에 이탄이 초록 갑옷 전사들을 향
해서 선방을 날리자 자극을 받았다. 그래서 그들도 한바탕
피를 보려고 작심했다.

한데 코후엠과 투론이 막 공격을 퍼부으려는 찰나에 이
탄과 에스더가 서로 아는 체를 하는 게 아닌가.

코후엠은 번쩍 치켜들었던 철봉을 슬그머니 내려놓았다.

[이게 대체 어떻게 돌아가는 상황이야?]

코후엠이 투론에 속삭였다.

[코후엠 님, 저도 잘 모르겠습니다.]

투론은 고개를 절레절레 내저었다. 살기를 잔뜩 품고 똬
리를 틀었던 투론의 채찍은 어느새 느슨하게 풀려 있었다.

놀란 정도로 치면 에스테르와 레니도 다른 이들에게 뒤지지 않았다.

[뭐야? 저 이방인이 큰언니와 아는 사이라고?]

에스테르가 멍하게 중얼거렸다. 솔직히 에스테르는 망치로 뒤통수를 세게 얻어맞은 느낌이었다.

[둘째 언니. 저놈이 의도적으로 우리 행렬에 끼어들었을지 몰라요. 큰언니의 사주를 받고 말이죠.]

레니가 에스테르의 뇌에 이렇게 속삭였다.

[에이 설마. 그건 아니겠지.]

에스테르는 레니의 속삭임을 믿지 않았다. 그래도 이탄에 대한 에스테르의 의심은 짙어져만 갔다.

호위대장도 이탄에게 배신감을 느낀 듯했다.

[설마 저 이방인 놈이 첫째 아가씨가 심어둔 첩자였나?]

호위대장은 얼음 포승줄에 포박을 당한 것도 잊은 채 고리 눈으로 이탄을 노려보았다.

에스더가 곧 처분을 내렸다.

에스테르와 레니는 얼음 구체 속에 갇힌 채로 지하감옥에 보내졌다.

그나마 두 자매의 곁에는 시녀들이 함께하게 되었다. 에스테르와 레니의 시중을 들어주라는 에스더의 배려였다.

호위대장도 얼음 포승줄에 묶여 지하감옥에 구금되었다. 호위대원들도 호위대장과 마찬가지 신세였다. 다만 그들은 각기 분리된 독방에 보내졌다.

코후엠과 투론도 당연히 감방에 갇혔다.

처음에 이 둘은 초록 갑옷 전사들과 한바탕 맞붙을 생각이었다. 그런데 수백 척의 부양함이 하늘에 뜨고 헤아릴 수 없이 많은 병력이 등장하자 별 저항 없이 포박을 당해주었다.

에스더도 코후엠과 투론이 범상치 않다는 점을 느꼈는지 이들에게 특별한 대우를 해주었다. 에스더가 부하들에게 명하기를 [저 두 이방인의 무기를 빼앗지 말 것이며, 몸수색도 금지한다.]라고 하였다.

그릇된 차원에서 포로를 이렇게 우대하는 경우는 없었다. 다들 에스더가 낯선 이방인들을 왜 이렇게 대접해 주는지 이해하지 못했다.

심지어 에스더는 코후엠과 투론에게 가장 좋은 감방을 내주었다. 이곳은 말이 감방이지 사실은 고급 여관방보다 더 훌륭했다.

코후엠과 투론은 에스더의 특별대우에 나름 만족했다.

이탄의 경우는 한 술 더 떴다.

이탄은 아예 감방으로 보내지지도 않았다. 대신 에스더

가 손수 이탄을 키펀 성의 특실로 데려갔다.

　화려한 응접실 안.

　에스더는 산뜻한 미소와 함께 이탄에게 대화를 걸었다.

　[호호호. 그렇지 않아도 어쩌다 언데드 님께 연락을 하려고 했지 뭐예요. 제가 어쩌다 언데드 님께 도움 받을 일이 좀 있어서요.]

　[도움 받을 일?]

　이탄이 눈매를 살짝 좁혔다.

　에스더는 곧바로 본론으로 들어가는 대신 다른 것부터 물었다.

　[그나저나 어쩌다 언데드 님께서 이 행성을 방문한 목적은 무엇인가요?]

　[뭘 좀 찾으려고.]

　이탄은 솔직히 대답했다.

　꼭 필요한 경우가 아니라면 가급적 거짓말을 하지 않는 것이 이탄의 성격이었다. 다만 이탄은 거짓말은 하지 않되 모든 것을 다 떠벌리는 떠버리도 아니었다. 이탄은 늘 적당한 선에서 감출 것은 철저하게 감추었다.

　에스더가 다시 물었다.

　[그래서, 소기의 목적은 달성하셨나요?]

이탄이 어깨를 으쓱했다.

[반반이라고나 할까?]

[반반이요?]

[일정 부분은 달성했지만 완전하지는 않소.]

이탄은 목표로 삼았던 언령의 벽을 찾았다. 하지만 안타
깝게도 딱 한 개의 언령 밖에 깨우치지 못했다. 이탄은 이
런 상황을 '반반'이라는 단어로 에둘러 표현했다.

에스더는 똑똑한 여인인지라 더 이상 깊게 파고들지 않
았다.

[그렇군요. 그럼 제 이야기 좀 할까요?]

에스더는 본격적인 이야기에 들어가기에 앞서 이탄에게
자리를 권했다.

이탄은 푹신한 소파에 몸을 푹 파묻고 에스더를 바라보
았다.

[그 이야기라는 거, 어디 한번 들어봅시다.]

이탄의 눈에도 궁금함이 어렸다.

제8화

에스더의 용역 의뢰 I

Chapter 1

에스더는 머릿속에서 생각을 가다듬은 다음, 속에 든 말을 천천히 꺼냈다.

[저는 셋뽀 일족이에요. 가면을 봤을 때부터 짐작하셨겠지만 저희 일족은 뱀과 관련이 깊지요.]

[그렇구려.]

이탄이 고개를 끄덕였다.

에스더가 뇌파를 이었다.

[사실 셋뽀는 널리 알려진 종족은 아니에요. 우주의 오대강족들만큼 유명하지도 않죠. 하지만 셋뽀의 숨겨진 저력은 오대강족에 버금갈 정도랍니다. 다만 저희 일족에게는

오래된 굴레가 하나 있어서 문제예요. 하아아. 사실 굴레가 아니라 족쇄라고 표현해야 할까요? 노예들이나 차고 다니는 족쇄 말이에요.]

족쇄라는 단어를 꺼내는 순간 에스더의 표정이 더없이 처연해졌다.

지금의 에스더는 오늘 오후의 에스더와는 조금 상반된 감정을 드러내었다.

오후에 언쟁을 벌일 때 에스더의 두 동생들은 셋뽀 일족이 노예 생활을 청산하고 독립해야 한다고 강하게 주장했다.

반면 에스더는 노예의 굴레를 벗어던지는 것보다는 셋뽀 일족의 안전이 훨씬 더 중요하다고 항변했다.

한데 지금 이탄에게 털어놓는 에스더의 속마음은 그때와는 다소 결이 달랐다.

'에스더도 마음 속 깊은 곳에는 두 동생들과 동일한 생각이 도사리고 있나 보구나. 그녀도 노예의 굴레를 벗어던지고 싶나 봐.'

이탄은 에스더의 진심을 느꼈다. 하지만 그런 내색을 드러내지 않고 상대의 푸념 섞인 하소연을 묵묵히 듣기만 했다.

다른 한편으로 이탄의 머릿속은 다소 혼란스러웠다.

'그런데 셋뽀 일족이 오대강족에 버금갈 정도라고? 그런 셋뽀 일족을 노예로 부리는 자들이 있단 말이야? 그게 가

능해?'

이것이 이탄이 품은 의문이었다.

'도대체 누가 셋뽀 일족을 노예로 부릴 수 있단 말인가?'

이탄의 의문에 대한 답이 곧 나왔다. 에스더는 거꾸로 이탄에게 되물었다.

[어쩌다 언데드 님, 혹시 3명의 늙은 왕들에 대해서 귀동냥을 하신 적이 있나요?]

[호오? 늙은 왕이라고?]

이탄이 소파에 파묻었던 상체를 벌떡 일으켰다.

당연히 이탄은 늙은 왕에 대해서 알고 있었다. 알블—롭 일족의 곁에 머물 당시 이탄은 기억의 바다를 통해서 수없이 많은 정보를 입수했다. 당시 이탄이 바다 속 물방울을 통해 읽은 정보 가운데는 3명의 늙은 왕에 대한 이야기가 수도 없이 나왔다.

나라카.

닉스.

츠롭클.

이상 3명의 늙은 왕들이야말로 그릇된 차원의 모든 몬스터들이 두려워하고 또 경외하는 존재들이었다. 이들이야말로 진정한 왕 중의 왕이자 먹이사슬의 최정점에 서 있는 자들이었다.

늙은 왕들은 그릇된 차원이 처음 열렸을 때부터 존재했으며, 아주 간헐적으로 세상에 나타나 젊은 왕들을 잡아먹곤 했다.

알블—롭의 전성기를 이끌었던 신왕 프사이도 3명의 늙은 왕 가운데 한 명인 나라카에 의해 무참하게 잡아먹혔다.

처음 늙은 왕을 마주했을 때, 신왕 프사이는 당당히 상대와 맞서 싸우려 들었다.

어림도 없는 일이었다.

핏빛으로 점철된 나라카의 발톱은 신왕의 모든 방어구를 허깨비처럼 투과했다. 그런 다음 신왕의 몸을 갈가리 찢어놓았다. 늙은 왕의 이빨은 신왕의 투구를 그대로 통과하여 두개골을 씹어놓았다.

신왕은 변변한 저항 한 번 해보지 못하고 단숨에 나라카에게 잡아먹혔다. 신왕의 부하들은 나라카의 발톱에 걸려 잔인하게 찢어발겨졌다. 심지어 신왕이 다스리던 알블—롭의 주행성도 나라카의 손짓 한 방에 그대로 터져서 블랙홀이 되었다.

신왕의 파멸적인 죽음 이후로 알블—롭 일족은 차츰차츰 힘을 잃고 쇠락을 거듭하게 되었다. 이후로 우주의 모든 종족들은 늙은 왕을 더욱 두려워하게 되었는데, 지금 에스더는 그 무시무시한 존재들을 입에 담고 있었다.

[흐으음. 좀 더 말해보시오.]

어느새 이탄은 에스더를 향해 상체를 바짝 기울여 앉았다. 거기서 그치지 않고 이탄은 두 팔꿈치를 무릎에 얹고, 손은 깍지를 낀 다음, 깍지 낀 손 위에 다시 턱을 얹었다. 이와 같은 자세는 이탄이 에스더의 이야기에 완전히 빨려 들어 갔다는 점을 의미했다.

에스더가 이탄에게 더욱 놀라운 정보들을 털어놓았다.

[3명의 늙은 왕 가운데 나라카 님은 리종이라는 종족이에요. 그리고 닉스 님은 기브흐라는 종족이고, 츠롭클은 부이부라는 종족이죠.]

[어?]

이탄이 손가락으로 에스더를 가리켰다.

에스더가 쓴웃음을 지었다.

[맞아요. 지난번 블랙마켓에 부이부의 알 한 쌍이 판매품으로 나왔죠. 그리고 제가 그 무지갯빛 알들을 낙찰받았고요.]

[아하. 그 알이 늙은 왕 중 한 명과 직접적으로 관련이 있는 물건이었군.]

[그래요. 어찌 보면 제가 아주 위험천만한 물건을 낙찰받은 셈이죠. 하아아.]

에스더는 한숨을 포옥 내쉬었다.

한편 이탄은 다른 생각에 잠겼다.

'당시 블랙마켓에서는 부이부의 알만 내놓은 게 아니야. 기브흐 일족의 알도 판매품으로 나왔었다고.'

부이부 일족의 알이 무지갯빛으로 영롱하게 빛난다면, 기브흐 일족의 알은 성게껍질처럼 뾰족뾰족한 생김새를 지녔다.

이탄은 기브흐의 알에 손을 대었다가 그만 놀라운 일을 겪었다. 기브흐의 알이 스르륵 녹아서 이탄의 체내로 흡수된 것이다.

그때부터 이탄에게는 특이한 현상이 발생했다. 이탄이 기브흐의 알을 흡수하자 이탄의 뱃속에 뭉쳐 있는 단단한 음차원의 덩어리가 쿠르릉 쿠르릉 회전을 하기 시작했다.

그 현상이 지금까지도 계속되어 이 순간에도 이탄의 뱃속에서는 지름 25센티미터의 음차원 덩어리가 태동을 하듯 천천히 자전 중이었다.

'후우우. 그런데 그 기브흐가 알고 보니 늙은 왕의 후손들이었구나.'

이탄은 자신도 모르게 볼록한 배를 쓰다듬었다.

[풉!]

별안간 에스더가 웃음을 터뜨렸다. 에스더의 반짝거리는 눈이 이탄의 볼록 솟은 복부에 꽂혔다.

'아우, 씨.'

이탄은 창피해서 얼굴을 붉혔다.

[아, 죄송해요. 다른 뜻은 없었어요.]

에스더가 황급히 손사래를 쳤다.

Chapter 2

민망해진 에스더는 이탄의 배 쪽으로는 눈길도 주지 못했다.

이번에는 이탄이 쓴웃음을 지었다.

[쩌업. 웃어도 괜찮소. 뭐, 종종 겪는 일이니까.]

이탄은 자조적으로 뇌까렸다.

더욱 미안해진 에스더가 황급히 화제를 돌렸다.

[어쩌다 언데드 님, 제가 어디까지 이야기했죠? 아! 맞다. 3명의 늙은 왕들이 어떤 종족인지 설명해 드렸었죠? 사실 저희 셋뽀 일족의 선조들은 이 가운데 닉스 님의 시중을 들어드리고 있었어요.]

[오호라!]

이탄이 손뼉을 딱 쳤다.

[따지고 보면 셋뽀 일족은 닉스 님의 오른팔인 셈이구려.]

이탄은 이런 사탕발림으로 에스더의 일족을 추켜세웠다.

에스더가 절레절레 고개를 가로저었다.

[오른팔이요? 호호호. 절대 아니에요. 솔직히 털어놓자면 저희는 닉스 님의 팔이 아니라 비루한 노예일 뿐이죠. 비록 최근 1,000년 이내에는 닉스 님께서 직접 저희 앞에 모습을 드러내신 적은 없지만요.]

에스더의 얼굴에는 자괴감이 가득했다.

[흠.]

이탄은 묵묵히 에스더의 이야기를 경청하는 한편, 마음 속으로 닉스를 한번 만나보고 싶다는 생각을 품었다.

'기브흐의 알을 흡수했더니 음차원 덩어리에 변화가 생겼단 말이지. 그렇다면 기브흐의 왕을 부숴서 흡수해버리면 과연 어떤 일이 벌어질까?'

이탄의 뇌리에 얼핏 이런 생각이 스쳐 지나갔다.

만약 에스더가 이탄의 속마음을 엿보았다면 놀라서 까무러쳤을 것이다.

그릇된 차원의 몬스터들에게 늙은 왕은 공포와 경외의 대상이었다. 늙은 왕은 감히 대적할 수 없는 먹이사슬 최상위의 포식자였다.

그런 존재를 감히 부숴서 흡수할 생각을 하다니! 에스더의 입장에서는 도저히 상상도 할 수 없는 일이었다.

이탄이 약간의 시간차를 두었다가 다시 에스더에게 뇌파를 보냈다.

[이제 셋뽀 일족의 입장은 대충 알겠소. 한데 내가 도울 일이 뭐요?]

[저도 막 그 말씀을 드리려고 했어요. 사실 닉스 님은 1,000년도 넘게 저희들 앞에 나타나신 적이 없거든요. 하지만 닉스 님의 후손들, 그러니까 기브흐 분들이 예전부터 저희들에게 닦달하는 바가 있어요.]

[닦달하는 바?]

[네. 예를 들어서 부이부 일족의 알을 구해오라든가. 리종 일족의 어린아이를 납치해오라든가. 이런 일들 말이죠.]

에스더의 얼굴이 다시 한 번 어둡게 물들었다. 다른 종족에게 이런 지시를 받는다는 것 자체가 그녀에게는 굴욕인 모양이었다.

'역시 서리를 판매하는 뱀 님은 자신의 일족이 타 종족에게 종속된 것이 속상한가 보구나. 그러면서도 두 동생들이 독립을 주장하니까 그건 또 강하게 반대를 하던데. 아마도 그녀는 두 동생을 무척 아끼나 보다. 혹시라도 어린 동생들이 기브흐 일족에게 붙잡혀서 다칠까 봐 미리 손을 쓴 것 같아.'

이탄은 비로소 뒤에 숨겨진 그림이 보였다. 에스더와 에스테르, 그리고 레니 자매는 반목하는 것처럼 보이지만 사실 그 이면에는 다른 감정선들이 자리 잡고 있었다.

이탄이 말을 돌렸다.

[그나저나 세 종족이 서로 사이가 나쁜가 보군. 그러니까 기브흐 일족이 그런 일들을 시킨 것 아니오?]

[어쩌다 언데드 님의 말씀이 맞아요. 세상에는 잘 알려지지 않았지만 사실 기브흐와 부이부, 그리고 리종은 태고 때부터 지금까지 앙숙 중의 앙숙들이죠. 이들 세 종족 사이에는 역사에 수록되지 않은 전쟁도 허다했답니다.]

에스더는 기브흐와 부이부, 리종 사이에 벌어졌던 대표적인 전쟁에 대해서 설명해주었다. 그런 다음 이들 세 종족을 대신하여 싸워온 또 다른 세 종족에 대해서도 이야기를 꺼냈다.

셋뽀.

크라포.

츄루바.

이상 세 종족이 에스더의 설명 속에 새로 등장했다. 이탄은 상대의 뇌파를 들으면서 머릿속으로 개념도를 하나 떠올렸다.

기브흐(상족) ─ 셋뽀(하족)

리종(상족) ― 크라포(하족)

부이부(상족) ― 츄루바(하족)

이 개념도에서 하족이란, 상족을 섬기는 하부 종족을 의미했다. 말이 좋아서 하부 종족이지 사실은 노예족이나 다름없었다.

이탄이 입을 쩍 벌렸다.

[허어. 블랙마켓을 주도하는 크라포 일족이 리종의 하부 종족이라고? 그러니까 크라포의 상인들이 리종의 왕인 나라카를 신으로 떠받든다는 소리 아니오?]

[맞아요.]

에스더는 순순히 고개를 끄덕였다.

놀랄 일은 그것만이 아니었다. 우주의 오대강족 중 하나로 손꼽히는 츄루바가 알고 보니 부이부의 명령을 듣는 하부 종족이었다.

알블―롭이나 흐나흐 일족 가운데 그 누구도 이러한 비밀을 꿈에도 알지 못하였다.

'아! 그러고 보니 짚이는 바가 있구나.'

이탄이 갑자기 무릎을 쳤다.

Chapter 3

예전에 이탄이 알블—롭의 행성에서 블랙마켓에 참여했을 때의 일이었다. 빨주노초파남보 일곱 가지 색깔의 원숭이 가면을 쓴 자들이 이탄에게 시비를 걸었다.

당시에 이탄은 겁대가리를 상실한 원숭이 가면 녀석들을 독립 공간으로 유인하여 단숨에 찢어 죽였다.

그때 녀석들의 시체에서 시커먼 털이 추출되었다.

'알고 보니 그 털이 바로 츄루바 일족의 것이었단 말이지. 그러니까 그 하찮은 원숭이 녀석들이 츄루바 일족이라는 뜻이잖아?'

이탄은 츄루바 녀석들이 일곱 색깔의 원숭이 가면을 썼다는 점을 주목했다.

한편 부이부의 알도 일곱 색깔 무지갯빛으로 반짝인다고 했다.

이것이 우연일 리 없었다.

'후후훗. 상족인 부이부 일족은 아마도 무지갯빛 일곱 색깔이 상징일 거야. 그러니까 하부 종족인 츄루바가 자신들이 섬기는 상족을 흉내 내어 일곱 가지 색깔을 사용하는 것이겠지. 하하하하. 재미있네.'

이탄은 새로운 사실을 발견하여 기분이 좋았다.

둘 사이에 이야기가 좀 더 진전되었다. 이탄은 에스더의
얼굴을 빤히 바라보았다.

[그러니까 나더러 어린 리종을 붙잡아 달라?]

에스더는 진지한 표정으로 고개를 주억거렸다.

[네. 저는 셋뽀 일족을 대표하여 어쩌다 언데드 님께 정
식으로 이번 용역 의뢰를 드리고 싶어요.]

이탄이 다시 말문을 열었다.

[그리고 그 어린 리종 녀석이 마침 이곳에 와 있고?]

[물론이죠. 설마 제가 어쩌다 언데드 님께 수억 개의 행
성을 뒤져서 리종 일족을 납치해달라고 무리한 부탁을 드
리겠어요? 그건 너무 염치가 없죠.]

에스더가 배시시 웃었다.

[한데 우연찮게도 그 어린 리종 녀석이 코후엠이다?]

이탄은 하나하나 에스더에게 재확인을 했다. 그러면서
머릿속으로는 꽁지머리에 덩치가 큰 이방인을 떠올렸다.

묵직한 봉을 어깨에 걸치고 다니는 그 오만한 이방인 녀
석이 이제 보니 외계성역의 강족인 리종 일족이라고 한다.

다시 말해서 코후엠은 늙은 왕 나라카의 직계후손이란
뜻이었다.

[허어, 이거야 참.]

전혀 예상치도 못한 전개에 이탄은 기가 막혔다.

에스더가 자신 있게 대답했다.

[어쩌다 언데드 님, 놀라셨죠? 하지만 제 말을 믿어주셔야 해요. 코후엠은 분명히 리종 일족이에요. 녀석을 이곳으로 유인하기 위해서 제가 얼마나 공을 들였는데요.]

리종.

기브흐.

부이부.

이들 세 종족은 늙은 왕으로부터 말미암은 직계 후손들이었다. 그런 만큼 우주의 오대강족보다도 이 세 종족이 더 상위 서열이 분명했다.

대신 이 종족들은 개체수가 그리 많지 않았다. 게다가 세 종족 모두 우주 바깥쪽의 외계 성역에 흩어져 사는 터라 일반 몬스터들이 이들 종족을 만나기란 거의 불가능했다.

에스더도 셋뽀 일족의 방대한 정보망을 총동원한 끝에 겨우 어린 리종 일족을 하나 발견했다.

그게 바로 코후엠이었다.

에스더의 정보망에 걸릴 당시 코후엠은 종자 한 명을 데리고 여러 행성을 돌아다니는 중이었다.

[그 종자라 함은 투론을 가리키는 것이겠지. 그리고 리종 일족이 부리는 하족은 크라포 일족이잖아? 그렇다면!]

[네. 투론이 바로 크라포 일족이에요. 크라포 족 대부분이 상인으로 성장하는 것과 달리, 투론은 다른 길을 걷고 있지만 말이에요.]

이것이 에스더의 대답이었다.

이탄은 갑자기 에스더에게 묘한 눈빛을 보냈다.

[거 참 궁금해지는구려. 대체 무슨 수단을 써서 코후엠을 꾄 거요? 어떻게 녀석을 이곳 행성으로 유인했느냔 말이오.]

[호호호. 사실 그건 제 영업비밀이거든요. 호호호호.]

에스더가 모처럼 짜랑짜랑하게 웃었다.

이탄은 압박하듯이 에스더를 빤히 바라보았다.

결국 에스더는 영업비밀(?)을 털어놓았다.

[에효. 알았어요. 지난번에 제가 블랙마켓에서 부이부 일족의 알을 손에 넣었잖아요?]

[그랬지.]

이탄이 추임새를 넣으며 들었다.

[그 알의 존재를 코후엠에게 은밀하게 흘렸거든요. 그랬더니 그가 이 행성으로 곧장 달려오지 뭐예요. 호호호.]

[아하. 그러니까 부이부의 알을 미끼로 썼다? 리종과 부이부는 서로 앙숙이니까 당연히 코후엠도 그 무지갯빛 알에 관심이 있었겠네.]

그러다 이탄이 고개를 갸웃했다.

[한데 이상한걸.]

[뭐가 또 이상해요?]

[크라포 일족은 리종의 하족이라 하지 않았소?]

[맞아요. 제가 어쩌다 언데드 님께 그렇게 설명드렸죠.]

[그쪽이 가지고 있는 부이부의 알은 지난번 블랙마켓에서 크라포 족으로부터 산 것이고.]

[그 말도 맞아요. 제가 블랙마켓에서 무지갯빛 알을 구매했죠.]

이탄은 바로 그 점이 이해되지 않았다.

[크라포 족이 왜 부이부의 알을 그쪽에게 팔았을까? 당연히 상족인 리종 일족에게 그 알을 가져다 바쳐야 하는 것 아뇨? 리종이 그토록 부이부의 알을 원하고 있는데?]

이탄의 질문은 예리했다.

에스더가 입꼬리를 매혹적으로 끌어올렸다.

[호호. 역시 예리하시네요. 저도 그 점이 이상하여 뒷조사를 좀 해보았지요. 그러다 재미있는 사실을 알게 되었지 뭐예요.]

[허. 재미있는 사실이라?]

[크라포 일족 내부에 말 못 할 문제가 생긴 모양이에요. 그 계산적인 상인들 가운데 일부가 리종 일족 몰래 뭔가를

꾸미다가 일이 터진 거죠. 부이부의 알도 그러다가 손에 넣게 된 것이고요.]

Chapter 4

이탄은 곧바로 말귀를 알아들었다.

[오호라. 크라포 상인들 가운데에도 리종의 지배로부터 벗어나려는 자들이 생겼구먼. 마치 에스테르와 레니처럼.]

에스더는 두 동생이 언급되자 잠시 씁쓸한 표정을 지었다. 하지만 곧 미소를 짓고 이탄의 물음에 대답했다.

[네. 그게 제 추측이에요.]

이탄이 추론을 계속했다.

[그렇군. 그래서 크라포 상인들이 서둘러 부이부의 알을 처분하려 든 거야. 녀석들은 이 사실을 리종 일족에게 들키기 전에 부랴부랴 부이부 알을 블랙마켓에 내놓은 거지.]

[아마도요.]

에스더가 이탄의 추측에 동의했다.

이탄은 거기서 멈추지 않았다. 뇌를 빠르게 굴려 한 발 더 나갔다.

[아하! 이제 보니 코후엠, 그 어린 리종 녀석이 단순히 부이부의 알에 홀린 게 아니었구나. 코후엠은 뭔가 구린 냄새를 맡았을 거야. 노예에 불과한 크라포 일족이 어쩐지 수상하다 싶었던 거지. 그 뒷조사를 하다가 녀석은 확실한 증거를 확보하기 위해서 그 부이부 알을 찾아나섰구먼. 내 추측이 맞소?]

　[!!]

　에스더는 말문이 턱 막혔다.

　'내가 알려준 몇 가지 단편적인 정보만 가지고 여기까지 추측을 해내다니. 어쩌다 언데드 님은 정말 무서운 분이로구나. 단지 무력만 무서운 것이 아니라 두뇌가 더 두려워.'

　에스더의 등에 소름이 쫙 돋았다.

　'대체 내가 누구를 끌어들인 거야?'

　에스더의 뇌리에는 순간적으로 이런 생각이 들었다.

　이탄은 에스더의 용역 의뢰를 선뜻 수락했다.

　사실 이탄이 대가를 바라고 그녀의 부탁을 들어준 것은 아니었다. 이탄은 이미 차원이동 통로를 뚫는 데 필요한 재료들을 다 모았기에 더는 필요한 것이 없었다.

　"그래도 공짜로 일을 해줄 수는 없지."

　이탄이 나직이 독백했다.

이탄이 보건대 에스더는 두 동생들과 뜻이 같았다. 겉으로는 아닌 척하지만 사실 에스더도 기브흐 일족의 억압적인 지배로부터 셋뽀 일족을 독립시키길 원했다. 다만 그녀는 동생들과 일족의 신변안전이 걱정되어 독립의 불꽃을 강제로 억누르고 있을 따름이었다.

"그렇다면!"

이탄의 머릿속에서 일련의 그림이 그려졌다.

셋뽀 일족이 간절히 독립을 원한다.

상족인 기브흐 일족은 당연히 힘으로 셋뽀를 진압하려 들 것이다. 기브흐의 무력은 실로 무시무시하여 셋뽀 일족은 큰 위기에 빠질 게 뻔했다.

이탄은 바로 이 대목에서 무릎을 쳤다.

"캬아. 불쌍한 셋뽀 일족에게는 그야말로 목숨이 간당간당한 위기가 닥치겠구나. 에스더 또한 분명히 기브흐의 무력진압에 굴복하여 땅에 쓰러지게 될 거야. 그런데 말이야, 땅에 쓰러진 자에게 은화 한 닢을 쥐여줘서 다시 일으켜 세우는 것이 바로 모레툼 님이 아니시던가. 하하하."

이탄이 호탕하게 웃었다.

이탄은 이곳 그릇된 차원에서 모레툼의 자비(?)를 본격적으로 보여줄 마음을 먹었다.

'에스더가 땅에 쓰러지면 그녀에게 은화 한 닢을 쥐여주

고 다시 일으켜 세우자.'

이탄은 이렇게 결심했다.

말이 나왔으니까 말인데, 사실 그동안 이탄은 몇 차례나 포교의 기회를 엿보았다. 알블―롭 일족의 곁에 머물 때에도, 그리고 흐나흐 일족과 함께할 때에도 이탄은 이런저런 기회를 살피면서 그릇된 차원에 모레툼 교단의 지부를 설립하고자 했다.

다만 당시에는 이탄이 재료를 모으는 일이 급하여 본격적으로 포교활동에 나서지 않았을 뿐이었다.

"그런데 지금은 차원이동 통로 제작에 필요한 재료들도 다 모았겠다, 세 번째 언령의 벽도 찾았겠다, 급한 불을 모두 껐으니 이제 나의 본래 직업에 충실해야지. 기회가 닿는 대로 은화를 뿌리고 다녀야겠어. 마치 농부가 씨앗을 뿌리듯이 말이야. 그러고 나면 그 씨앗들이 발아하여 은화의 열매들이 주렁주렁 맺히게 될 거야. 하하하하하."

더 기쁜 점은, 그릇된 차원에 설립된 모레툼 지부는 교의 총단에서 전혀 모른다는 점이었다.

다시 말해서 이탄이 장차 이곳의 신도들에게 거둬들이는 은화는 교의 총단에 상납할 필요 없이 오로지 이탄의 몫으로 떨어질 것이었다.

"하하하하. 아하하하하."

이탄은 목젖이 보일 정도로 크게 웃었다.

이탄의 큰 그림이 성공하려면 우선 에스더의 첫 번째 의뢰를 성실하게 수행할 필요가 있었다.

이탄이 손바닥을 슥슥 비볐다.

"일단 그녀의 요구대로 어린 리종 녀석부터 붙잡아 보자."

지금 이탄은 코후엠이 들으면 펄쩍 뛸 이야기를 서슴지 않았다.

어이가 없을 만도 한 것이, 이탄의 나이는 이제 고작 25세 안팎이었다. 최근에 이탄이 동차원과 언노운 월드를 오가면서 시간이 이상하게 뒤틀려 있기는 하나, 아무리 많이 쳐줘도 이탄이 살아온(?) 햇수는 불과 27년을 넘기지 못하였다.

더군다나 이탄은 언데드인지라 시간이 지나도 외모가 변하지 않았다. 지금 이탄의 생김새는 높게 봐줘도 17세, 혹은 18세 정도의 미소년이었다.

반면 코후엠은 무려 250년 넘게 살아온 몬스터였다. 수명이 긴 리종 일족의 입장에서 보았을 때 코후엠이 어리다는 것이지, 실제 나이로만 따지면 코후엠은 이탄보다도 10배는 더 오래 살았다.

이탄이 키펀 성의 감옥 특실로 향할 즈음, 에스더도 만반의 준비를 미리 해두었다. 감옥에 가둔 두 동생에게 피해가 가지 않도록 공간마법을 발휘한 것이다.

에스더의 특기는 얼음마법과 공간마법이었다.

에스더가 미리 설치해둔 마법진을 발동하자 감옥의 특실 전체가 키펀 성으로부터 공간이 분리되었다.

에스더는 이탄에게도 이 점을 주지시켰다.

[어쩌다 언데드 님께서 아무리 격하게 싸우더라도 그 피해가 밖으로 전파되는 일은 없을 거예요. 코후엠 주변을 독립공간으로 만들어두었으니까요.]

이상이 에스더가 이탄에게 귀띔해준 내용이었다.

이탄은 당장 하얀 이빨부터 드러내었다.

[그거 좋군, 마치 블랙마켓의 독립공간처럼 만들었단 말이지.]

이탄은 블랙마켓의 독립공간을 아주 좋아라 했다. 그곳에 다녀올 때마다 재화가 수북하게 쌓였기 때문이었다.

[네에? 블랙마켓의 독립공간이요?]

에스더도 무엇인가를 떠올렸는지 웃는 듯 마는 듯한 표정을 지었다.

〈다음 권에 계속〉